追寻

徐鲁 著

作家出版社

图书在版编目（CIP）数据

追寻/徐鲁著. -- 北京：作家出版社，2025.7.
（冰心奖 35 周年典藏书系/翌平，郭艳主编）. -- ISBN
978 - 7 - 5212 - 3374 - 2

Ⅰ. I247.5

中国国家版本馆 CIP 数据核字第 20251GL026 号

追　寻

主　　编：翌平　郭艳
作　　者：徐鲁
策　　划：左眩
统　　筹：郑建华
责任编辑：李雯
插　　图：王俊宇
装帧设计：瑞泥
出版发行：作家出版社有限公司
社　　址：北京农展馆南里 10 号　　邮　　编：100125
电话传真：86 - 10 - 65067186（发行中心）
　　　　　86 - 10 - 65004079（总编室）
E - mail: zuojia@zuojia.net.cn
http://www.zuojiachubanshe.com
印　　刷：三河市紫恒印装有限公司
成品尺寸：145 × 210
字　　数：200 千
印　　张：8.125
版　　次：2025 年 7 月第 1 版
印　　次：2025 年 7 月第 1 次印刷
ISBN 978 - 7 - 5212 - 3374 - 2
定　　价：35.00 元

徐鲁，诗人、散文家、儿童文学作家。现任湖北省中华文化促进会副主席、武汉市全民阅读促进会会长、中国作家协会儿童文学委员会委员。

出版有《致一百年以后的你》《天狼星下》《沉默的沙漏——徐鲁自选集》《万家灯火》等。

曾获全国五个一工程奖、中国出版政府奖、中华优秀出版物奖、全国优秀儿童文学奖、屈原文艺奖、百花文学奖、陈伯吹国际儿童文学奖等。作品被译为俄、英、法、意等语种。

童真之眼与面向未来的儿童文学

郭艳（鲁迅文学院教研部主任、研究员）

　　高科技 AI 时代带来人类文明更加深刻的嬗变，人作为宇宙居民和星球物种已然发生了更为异质的变化，儿童无疑是这一巨变最为直接的对象。儿童是未来，儿童文学抒写地球人最本真的生命感知和审美体验，是写给未来者的文字。在纷繁芜杂的多媒体虚拟语境中，纸质文本对于儿童智力、情感和心灵的塑形更显出古典的崇高与静穆的优美。冰心奖包括冰心儿童图书奖、冰心儿童文学新作奖、冰心作文奖、冰心儿童艺术奖四部分，获奖儿童文学作家逾千人。冰心奖作为中国以著名作家命名的全国性儿童文学奖项，其架构设计蕴含着深远的文学社会学意义。在冰心先生的关怀下，以及冰心奖创始人雷洁琼、韩素音和葛翠琳的筹划、设计和主持下，经过三十五年、几代人的共同努力，冰心奖已成为中国儿童文学重要的民间奖项，它还是新时期以来众多初登文坛的儿童文学作家在创作初期获得的重要激励，其获奖文本成为文学佳作的写作风向标，获奖作家日渐成为当代儿童文学的中坚力量和引领者。本套合集中，老中青数代作家济济一堂，年龄横跨了近一个世纪的时空场域，印证了该奖项作为"儿童文学作家摇篮"的独特功能。

冰心奖以文学性为核心，关注作品的叙事结构、语言艺术、象征系统构建等文学本体特征，众多获奖作家呈现不同向度的美学追求，体现了新时期以来中国儿童文学原创的丰硕成果。

一、现实关怀与多元成长叙事

面对二十世纪九十年代以来的中国社会，众多作家显示出了对于童年和成长更为多元的认知，写作视域从校园、家庭、都市、乡村延伸至自然、博物、地域、民俗，乃至科学、科技、科普和科幻等，从而延展和拓宽了当代儿童文学现实主义的深度和广度，也极大地推动了文本叙事革新的深化。

其一，乡土审美叙事与诗意美学结合，重塑乡土中国镜像和乡村儿童生命成长。曹文轩作为首位获国际安徒生奖的中国作家，推动中国儿童文学走向世界。他的创作以诗性现实主义与古典悲剧意识为内核，书写水乡泽国的乡土，形成哀而不伤的美学境界。王勇英的写作则以俚俗幽默与野性生命力为底色，乡野喜剧中暗藏成长隐痛，书写大地伦理滋养的童年精神，展现万物有灵的乡土世界。林彦在古典诗意与江南韵律之中编织绵密的童年心事，笔触疏淡却意境幽微。薛涛在山林、江河与民间传说里讲述独特的成长故事，文字间潜藏着温暖与救赎。湘女守望边地乡土，凸显红土高原的山川风物、茶马古道与民族原生态浸润中的童年故事，奇幻而质朴。彭学军以诗意语言与生活化叙事勾连历史记忆与当代童年经验，赋予传统手工艺、地域文化以现代生命。高凯书写童心，通过童真语言、自然意象与现实哲思的融合，呈现出对生命教育与乡土诗性的审美追求。常星儿以辽西沙原为精神原乡，在少年成长叙事中凸显对乡土中国的深情回望。

其二，现代主体性观照下的城市—乡村—世界—少年群像：疼痛中的向光成长。具有现代主体性观照的作家们聚焦都市生活流和乡村日常的童年经验，摹写少年们的精神、情感与心理成长，塑造更具现时代当下性的少年群像。高洪波运用新奇的视角和想象，创造出有趣的形象和情节，体现对儿童自由天性和生命价值的尊重。常新港以冷峻笔法刻画少年在成长阵痛中的蜕变，幽默中蕴含思辨，粗犷而饱含生命热度。翌平以独特的少年视角审视童年往事，倾诉少年成长烦恼与对世界的好奇，想象力充沛，情感真挚深刻。刘东聚焦青春期少年在都市与乡土夹缝中的精神困境，用蒙太奇拼贴记忆碎片，形成破碎感与治愈力并存的独特文本。老臣以雄浑苍劲的北方为底色，塑造质朴、刚毅的少年形象，苦难书写中淬炼悲怆，叩问生命与人性的坚韧。李东华探讨少年在历史洪流中的命运，直面成长创痛，以悲悯情怀熔铸坚韧品格。毛云尔相信每个孩子都有潜能：石头的翅膀深藏在内心，在好奇心、爱与理解的情境中，石头就会开始它自在的飞翔。文本具有生动而真实的细节与陌生化的想象力，显示出对儿童心理的深刻理解。孙卫卫以温润质朴的现实主义笔触聚焦当代校园生态与男孩成长的心灵图谱，渐进式成长浸润着生命的质感，寓教于情。

其三，现代女性视角下的家庭—校园—社会—少女形象：柔韧中的向暖而生。陆梅以江南为底色，构建潮湿而坚韧的童年镜像，摹写少女青瓷裂纹般的生命痛感，书写夏日阳光疗愈青春期的孤独。张洁以温婉的女性视角捕捉童年情感的细微震颤，在淡淡的疏离中重建童年与他者的联结。赵菱擅长在当代童年经验中植入神话原型与传统文化基因，在幻想叙事中体现现实关切，心灵镜像通透而明亮。谢倩霓聚焦现代家庭变迁与青春期少女的精神成长，脆弱与倔强交织、伤痛与治愈共存。辫子姐姐郁雨君以童心为底色，凸显儿童成长、互动创新的情感疗愈文学场域。周蜜蜜坚持多样化文体创作，以岭南文化为核心，文本兼具地域性、时代性与人文关怀，在传统与现代、科技与文学之间构建了独特的平衡。

其四，高科技时代的共情：科幻与现实相互交织，科技与伦理彼此关切。随着高科技时代的来临，儿童科幻越发成为解读现实不可或缺的文本。作家们将中国神话、历史、民俗与科幻结合，在时空旅行、生态灾难、末日危机等题材中普及科学知识，探讨批判性思维与伦理问题。本合集中，冰波的作品具有独特的构思和创新性，善于使用对比手法，在新鲜有趣的故事中传授知识、交流情感，文字温暖而治愈。

二、幻想美学的本土化重构

近三十年中国幻想文学致力于跨文化审美范式建构，在童话文本中注入东方哲学意蕴，构建中国童话的本土范式。童话作家们将文本叙事与幻想美学融合，探讨个体生命、自然万物，以及历史记忆之间的本质与诗性。众多创作传承本土文化基因密码，融入现代性思考，推动了中国原创童话的创新与发展。本套合集中，张秋生的《小巴掌童话》文体灵动自由，叙事充满诗意哲思，价值启蒙自然天成，以"小而美"的独特风格成为中国儿童文学经典。周锐的童话擅于将奇幻想象照进现实，在荒诞变形中表现当代儿童的生活镜像，延续民间叙事智慧，又注入现代批判意识，历史与童话结合，风格诙谐。汤素兰的童话将中国神话意象与西方幻想文学结合，在儿童视角中展开双重成长，使地域文化记忆获得当代审美价值，轻松、温暖而幽默，具有独特的美学意味。车培晶的文本通过纯真人性的浸润、苦难的观照与诗性语言的呈现，构建了童趣与美善的世界。吕丽娜在梦想、快乐、爱心主题中激发儿童的想象力和创造力，引导儿童向上成长。这些童话文本在更多本土化探索的同时，又关注当下社会性问题，以童话介入现实，并以绘本、微童话等形式延伸文体边界，实现现实关怀与跨界融合。当下的童话写作既延续了叶圣陶、张天翼的现实主义传统，又融入了现代人文情怀，在诗化童话的审美追求中，提升中国童话的哲学意蕴和童年精神表达。

值得一提的是班马的儿童文学创作，他以先锋姿态重构中国童年精神场域，从文化人类学视角构建奇幻文本，在虚实交织的地理疆域和古今时空穿梭中，提升儿童与自然的神秘交感，揭示被现代性遮蔽的原始生命感知，抵达对中华文化的现代性阐释。在语言实验层面，班马融合民族文化与后现代拼贴技法，在叙事迷宫中拓展儿童文学边界，激发儿童潜能（创造能力、感应能力、探索能力和审美能力等），从而参与对未来世界的影响和构建。他的写作融文化寻根、哲学思辨与游戏精神于一体，开创中国儿童文学文化智性书写范式。

三、爱的哲学与美善化育

当代儿童散文延续冰心先生提倡的"爱的哲学"，坚守儿童本位的语言与叙事表达，力求审美性与功能性平衡。同时文类和题材边界日益拓展，作家们关注人类学视野的边地童年、地域风物，以及方志化叙述中的城乡记忆等，表现出儿童散文创作更多维度的探索与追求。本套合集中，徐鲁的创作融合自然、历史与人文，兼具文学性、审美性和现代认知，充满诗意化的抒情气质，又蕴含对真善美的坚守，展现了中国儿童散文的思想深度与美学品格。韦伶将自然美学、情感哲学、教育娱乐，以及独特的女性视角和理论实践相结合，文本富有教育意义又兼具娱乐性。阮梅的散文语言优美，主题深刻，透露出慈祥的母爱与关怀，提供丰富的阅读体验和人生指导。张怀存的写作诗、书、画相交融，秉持童心与真诚，散文体现出情感与哲思、中西文化交融的特质，展现了文化碰撞与互鉴的魅力。毛芦芦注重生命与自然的思考，通过拟人化叙事赋予自然生命体验，情感真挚，富有审美教育功能。王琦的写作融入对地域文化和日常生活的回忆，在和读者共情中回溯童年的美好和难忘。

当下儿童散文创作在美善化育中，更注重对儿童本位和童年经验的反思，在时代嬗变中表达对儿童真实境遇的深切观照。同时在多文体、叙事多元结构、视角交融等维度进行更多的文本创新和实践，从而更为及时而深入地反映儿童的内心，表达儿童对于自我、他者和世界更为本真的体验和感悟。

四、文学史视野与价值重估

在 2025 年的时空节点，冰心奖评委会在冰心奖设立三十五周年之际，特推出由三十五位儿童文学名家名作组成的冰心奖获奖作家典藏书系，邀请儿童文学评论家徐妍、徐鲁、崔昕平、李红叶、冯臻、谈凤霞、涂明求、聂梦，参与本系列合集的审评，并为作品撰写推荐语。回溯历经三十五年的冰心奖是对纸媒辉煌时代的回眸与凝视。从文学史维度看，冰心奖三十五年历程恰与中国儿童文学现代性进程同频共振。她以"爱与美"为精神内核，恪守冰心先生"以童真之眼观照世界"的理念，以扎实的文本实践推动了中国儿童文学原创，培育了具有现时代文化精神和儿童主体性的文学新人群体，助推了中国儿童文学创作多元美学范式的转换。表现为：美学传统的接续与转化，深化童年本位的审美转向，重构现代儿童主体性；深度激活本土文化资源，推进传统文化符号的现代性转化，地域美学多层面呈现；深化儿童本位视角的现实主义，成长叙事多元共生，增强现实关怀与人文深度；幻想文本的本土化创新及东方诗化童话的美学追求；生态意识和绿色美学观照下的大自然文学、生命共同体的童真童趣表达等。在传统根脉和现代性诉求的双向张力作用下，中国儿童文学在时间、空间和价值维度上都发生了深层的变革和创新。

总而言之，新时期以来中国儿童文学所描述和呈现的童年经验、文化记忆和幻想世界等，都是和中国现代化进程深度融合的，是中国现代化语境中童年镜像的多元呈现和多声部表达，体现了中国现代性审美的诸多特征。冰心奖通过制度创新、精神传承与国际拓展，不仅推动了中国儿童文学原创的繁荣，更以美善化育重塑了儿童文学的价值内核，成为新时期以来儿童文学发展的重要引擎，也必定继续对未来的中国儿童文学产生更为持续而深远的影响。

2025 年 4 月 30 日

目录

楔子 ………………………………………… 1

第一章　桃花汛 …………………………… 7

第二章　老艄公的渡口 …………………… 15

第三章　漫长的夜晚 ……………………… 24

第四章　不安的心 ………………………… 32

第五章　等待 ……………………………… 40

第六章　生命的尊严 ……………………… 48

第七章　湖畔的渔火 ……………………… 58

第八章　遥远的往事 ……………………… 65

第九章　疼爱 ……………………………… 74

第十章　风雨芳华 ………………………… 82

第十一章　无微不至的爱 ………………… 92

第十二章　汪洋中的小船 ………………… 98

第十三章　新的难关 …………………… 106

第十四章　惦念 ………………………… 114

第十五章　志愿者 ························ 122

第十六章　拯救 ···························· 129

第十七章　鹧鸪飞过茶山去 ········· 137

第十八章　听见你的哭泣 ············· 145

第十九章　艰难的选择 ················· 153

第二十章　寒夜客来 ···················· 162

第二十一章　无知的恶果 ············· 171

第二十二章　永不放弃 ················· 179

第二十三章　淇淇长大了 ············· 187

第二十四章　天鹰翱翔 ················· 195

第二十五章　珍珍 ······················· 202

第二十六章　大水来袭 ················· 209

第二十七章　山楂树之歌 ············· 220

第二十八章　杜鹃啼归 ················· 225

第二十九章　淇淇，再见 ············· 232

第三十章　妈妈回家了 ················· 240

尾声 ··· 245

附录　白鳍豚小常识 20 问 ··········· 250

楔　子

　　天还没亮，洞庭湖边的人家就被山雀子和水鸟们噪醒了。淡淡的晨雾里，一阵接着一阵，不停地传来各种禽鸟的欢叫声。竹鸡、斑鸠、鹧鸪、布谷、鹡鸰，还有野鸭、鸬鹚、草鹭、水葫芦和各种叫不出名字的水鸟，好像都在同一个时辰苏醒了，开始了它们的大合唱……

　　"布谷！布谷！布谷！……"

　　"鹁咕咕——咕！鹁咕咕——咕！……"

　　一大清早，少年霍伊又被鸟声唤醒了。他早早地起来，站在院子里，一边应和着远处传来的鸟叫声，一边准备着去湖边打猎用的火铳和背袋，还有干粮什么的。

　　"早上好，霍伊，你把我们都吵醒了。"

　　"嗨，爸爸，早上好！"霍伊一边忙活着，一边笑着对爸爸说，"不是我，是那些水鸟，它们正在呼唤我。"

　　"你今天又要去打野鸭吗？"

　　"不，爸爸。说不定，我还会猎到一头白狮子的。"

"霍伊，别做梦了，这里可不是非洲，这里是中国的南方，哪里来的白狮子？不过，我还是要祝你好运！"

"谢谢你，爸爸。"霍伊笑着说，"我一直记得你给我讲过的那个古老的非洲谚语：'能看到白狮子的人是幸运的'……"

"是的霍伊，能看到白狮子的人是幸运的。"爸爸端来一铜盆清水，一边洗脸一边对霍伊说，"不要忘了，这个古老的谚语还有后半句呢：'如果你看到了白狮子，请把它们记在心上，不要告诉任何人，你在哪里见过它们。'"

"是的爸爸，我不会忘记的。"

霍伊八九岁时，就跟着父母亲从美国来到了中国南方的洞庭湖畔，在这里生活了多年。现在，他已经是一个十六岁的少年了。

他的父母亲都是传教士，多年来一直在洞庭湖周边地区传教。

这是 20 世纪初叶，1914 年的春天。

八百里洞庭湖，正在迎来它水草丰茂的季节。

霍伊的父母亲，本来希望自己的儿子也能继承他们神圣的事业，在不久的将来，也能成为一名传教士。可是现在看来，霍伊好像对打猎、钓鱼、在芦苇荡和湖边露营，更有兴趣。

这天，霍伊像居住在洞庭湖边的猎人和渔人一样，带上猎枪和一些干粮，撑着一只小船，慢慢划到了洞庭湖上。

穿过一片芦苇荡，他好像听到了大群的野鸭在扑棱翅膀的声音。

他循着声音传来的方向，使劲地划着小船……不知不觉间，他的小船划进了洞庭湖的一个宽敞的出口。

这片港汊，当地渔民叫它"城陵矶"。出了城陵矶，如果继续再往前面划去，小船就能划进长江里了。

就在这时，突然，好像有一群黑压压的大鱼，正从前面游过来。大鱼在小船前方，搅起了一大片水花……

霍伊虽然在湖上狩猎过多次了，但他还从来没有遇见过这样大的"鱼群"。

难道是遇到当地人说的"江猪"了？

少年霍伊顿时感到无比兴奋。他的小船上没有渔网，只有一杆猎枪。他有点紧张地端起猎枪，朝着不远处的猎物连开了两枪。

枪响过后，黑压压的"鱼群"很快就游走了，不见了踪影。

不过，总算有一条猎物被打中了，翻着乳白色的肚子，慢慢地浮上了湖面。

"耶！打中了！"

霍伊兴奋地把小船划过去，费了好大的力气，才把那个硕大的猎物拖上了小船。

可是，这是一只什么猎物呢？

霍伊惊异地打量着他的猎物。这可是他从来也没有见过的一种动物，看上去像一条鲸鱼，但又没有鲸鱼那么大；身长大约有两米，灰蓝色的脊背，乳白色的肚子，头上还长着一个又长又尖的嘴……

正在附近撒网的两个渔民，听到了猎枪响，也划着船靠了过来。

生活在洞庭湖上的人们，有一个祖祖辈辈传下来的规矩：只要听见附近有火铳和猎枪响，都会跑过来看一看有没有什么要帮忙的。这也许是从远古的时候，人们一起围猎时形成的一个传统吧。

打到了这么大的一个猎物，霍伊还真的需要帮忙呢！

两个渔民帮着霍伊把这个奇怪的猎物运回了家。

"哦，你这是猎到了什么啊？"霍伊的父母亲看着儿子打回来的奇怪猎物，惊讶得不停地在胸前画着十字。

霍伊笑着说："爸爸，我不是说过吗，说不定，我会猎到一头白狮子的。"

"哦，不，霍伊，你可能比见到了白狮子还要幸运！"

霍伊的爸爸在洞庭湖周边和华中地区已经生活十几年了，虽然说不上是一个"中国通"，但是凭着已有的经验，他立刻就意识到了，儿子捕猎到的，可能是一种罕见的稀有动物。

这时，他想起了自己的一位朋友米勒对他的嘱托。

米勒的全名叫小格里特·S.米勒，是美国"史密斯协会"的一位哺乳动物学家和自然研究者。

这个史密斯协会，是用英国科学家詹姆士·史密斯的一部分遗产作为基金，在1846年创办的，并用史密斯的名字命名。史密斯本人并没有到过美国，但是他在去世前留下了一个遗愿：为了广泛传播人类掌握的自然知识，他想在华盛顿建立一座自然历史博物馆……

后人用他遗产里的五十五万美金，替这位科学家实现了这个遗愿。小格里特·S.米勒就是这个自然历史博物馆里的研究员。

米勒曾对霍伊的爸爸交代过：到了地大物博的中国，请留心替他收集一些珍稀动物的资料，多多益善。

想到这里，霍伊的爸爸赶紧拿来照相机，为这个奇怪的猎物拍下了几张照片。

"霍伊，我想我们可能还需要做点别的什么。"

他是想把这个奇特的猎物做成一个标本。

可是，这个猎物的躯体实在太大了，脊背也被猎枪打烂了。

接卜来，霍伊就和爸爸一起，找来锯了，锯下了猎物完整的头部和又长又尖的嘴部，把这两部分制成了标本。

不久，这两个标本就被运回了美国，送到了在华盛顿的史密斯协会里做研究的米勒手上。

米勒一看到标本，如获至宝，惊喜得双眼发亮，嘴巴都变成了○形。

他从形态学、解剖学的角度，对这个动物标本的骨骼、牙齿的位置等，都做了十分仔细的研究，还把它与从巴西的亚马孙河流域采集到的一种亚河豚的标本，做了细致的骨骼比对。

最终，米勒认定，霍伊猎捕到的这种动物，是一种珍稀的淡水豚类生物，也是世界上从没有人报道过的一个新物种。

1918年，米勒把他的研究成果写成一篇论文，发表在史密斯协会的科学杂志上，题目叫作《来自中国的一个淡水豚新物种》。

按照国际通用的生物命名规则，米勒为这种来自中国的淡水豚，正式起了一个拉丁文学名：*Lipotes vexillifer Miller*，1918。

这是这个新物种第一次以拉丁文的名字，在世界生物文献中现身。按照惯例，发现这个新物种的人，可以把自己的名字写在物种名称的后面，作为"后缀"，并注明发现的年代。这样，发现者和新物种就可以一起"流芳后世"。

现在，全世界都知道了，美国少年霍伊1914年在中国的洞庭湖里猎捕到的这种水生动物，中文名字叫"白鳍豚"（Baiji Dolphin），属于喙豚科，鲸目。

后来，更多的科学考察和研究成果表明：白鳍豚是长江中下游独有的古老物种，早在两千五百万年以前，它们就生活在辽阔的长江里了。因为稀少和罕见，白鳍豚又被人们称为"活化石"。

白鳍豚的国际命名，比最早命名的恒河豚，晚了近一百年。

白鳍豚的英文名称，被定为 Chinese River Dolphin，直译为"中国江豚"；在日文里，它也被直译为"扬子江河豚"（Yangtze River Dolphin）。

少年霍伊的那个标本，成为了公认的白鳍豚模式标本。

中国的洞庭湖，也被记录为白鳍豚的模式产地。

只不过，霍伊当时也许是因为惊喜和激动，也许是出于别的什么心理，总之，他把从爸爸口中听到的那个古老的非洲谚语，抛在了脑后——

看到白狮子的人是幸运的。如果你看到了白狮子，请把它们记在心上，不要告诉任何人，你在哪里见过它们。

那么，我们是该埋怨还是该感谢这个不太安分的美国少年、这个喜欢打猎和冒险的传教士的儿子呢？

白鳍豚的神秘面纱被揭开了，就像白狮子的秘密被说了出去。

自然，后来发生的故事，霍伊和他的父母亲都不可能知道了……

第一章　桃花汛

柳伢子很小的时候，就听妈妈唱过一首童谣，但他只记住了前头的两句："洞庭湖干了，妈妈哭了……"

后面的句子是什么，他再也想不起来了。

他好想问问妈妈，后面是怎么唱的，可是，妈妈已经离开他，离开这个家，走了。

妈妈是在一个冬天里离家走的。

那个冬天，柳伢子的爸爸在洞庭湖里挖沙，船沉了，被淹死了。

妈妈把柳伢子交给了年老的爷爷，说是要到外面去打工挣钱，好养活柳伢子。然后，就再也没了音信。

谁也不知道，妈妈去了哪里。

"洞庭湖干了，妈妈哭了……"

柳伢子几次问过爷爷，后面应该怎么唱。

爷爷在船帮上磕了磕烟袋锅，叹叹气说："爷爷也不晓得这是什么歌子哪！伢子，听爷爷的话，以后不要再唱它了。"

柳伢子知道，爷爷每次听他唱起这首童谣，也好难受。

爷爷当然明白，柳伢子在想妈妈。

爷爷每年一过了春节，就会托那些外出务工的人，帮着打听伢子妈妈的消息，可是，一连打听好多年了，还是一点音信都没有。

慢慢地，爷爷好像已经死了这份心了。

柳伢子一直跟在爷爷身边生活。爷爷已经六十多岁了，是洞庭湖边、城陵矶头的一位老艄公，大半辈子都在湖上和江河港汊里驶船摆渡，风里来，雨里去，什么事情没有见过呢？

一顶斗笠，一领蓑衣，一条小船，一把橹，再加上一盏昏黄的风灯，一只花狗，陪伴着爷爷，度过了一年又一年。

跟在爷爷身边，柳伢子从小就学会了撑篙、摇橹和系缆。

到了夜晚，爷爷会在夜色茫茫的江畔上，守在花狗渡口，生起一小堆橘黄色的篝火，等着那些赶夜路的山里客。

当地的渔民把这样的篝火叫作渔火。

爷爷守在渔火边，默默无语地抽着旱烟，想着心事。

柳伢子就坐在火堆边背书、做作业。

那只名字叫"虎子"的花狗，有时躺卧在爷爷腿边，有时依偎着柳伢子坐着，支棱着耳朵，机警地听着四周的动静。

吊锅里煮着沸腾的江水，也煮着天上的星星和月亮。

一小锅焖米饭，半截腊肉，三五支笋子，一把干辣椒，还有一碗野菜或野青蒜，爷爷省吃俭用，用他自己小时候最喜欢吃的饭食，用他力所能及的最好的方式，养育着正在长身体的柳伢子。

洞庭湖畔的春天，总是来得很早。

2 月里，泥土变得松软和湿润了，柳枝也变得柔软了。

3 月里，春水荡漾，湖畔的蒌蒿和芦芽开始返青了。

到了 4 月，春雷不断，雨水越来越多，桃花、杏花、梨花，一树接着一树，还有田间的油菜花和紫云英，一片连着一片，都盛开了。

这时候，长江中下游流域，鄱阳湖、洞庭湖，还有洞庭湖四周的江河港汊，都开始涨水，进入了一年一度的"桃花汛"。

桃花汛里，雨水丰沛。白天黑夜里，都能听见从天边滚来的阵阵春雷，好像一队队隆隆的车马，络绎不绝地驰入了 4 月的疆界，奔跑在天边的长街上……

这天夜晚，随着一阵阵闪电和霹雳，大雨哗哗啦啦地越下越急。一道道电光闪过，把漆黑的夜晚映照得煞白煞白的，也映照着天边巍峨的山影和丛林。一声声震撼山岳的雷鸣，好像正在威慑着天地间的一切。滂沱大雨，翻江倒海似的涤荡着春天的大地……

电光闪过的时候，透过沉沉的夜色，只见一个小小的身影，正在大雨中飞奔。

小小的身影前面，还有一个更小的影子，也在飞奔着。

这是柳伢子和他的花狗虎子。

柳伢子戴着一顶斗笠，披着一领小蓑衣，还提着一盏风灯用来照路。

虎子不断地抖搂着皮毛上的雨花，在前面狂奔。当它发现柳伢子被远远地甩在后面了，又赶紧掉回头来"接应"一下，好像生怕柳伢子被甩得太远，迷失了方向一样。

洞庭湖周边地区，在古代被称为"云梦泽"。这里的土地大都是红胶泥，洞庭湖一带有一句谚语，形容这种红胶泥："天旱了，一把刀；下雨了，一团糕。"意思是说：天旱的时候，特别是到了冬天，泥土坚硬得像刀背一样，硌脚硌得生疼；一到下雨天，特别是在桃花汛里，泥土又变成了糯米糕一样的泥淖，黏黏的、厚厚的泥巴，让人每走一步都要付出好大力气。

这个雨夜里，柳伢子和虎子，正急匆匆地、艰难地跋涉在像糯米糕一样粘人的红胶泥上。

雨水、汗水，流在了一起。

每一道闪电划过，都会照亮斗笠下面柳伢子那挂满了雨花也挂满了汗珠的脸庞，也映照着他那坚定的、闪亮的眼睛……

这时刻，柳伢子蓑衣里面的衣服，已经全部湿透了。

不过，他顾不了这些了。

看样子，闪电和雷雨，一时半会儿还不愿意停下来。

柳伢子大声叫着花狗说："虎子，快去！看，前面就是刘叔叔的观察站了！"

虎子大声叫唤着，朝着江边那栋简易的观察站飞奔过去。

观察站的小窗上，透出了一团不太明亮的灯光。

虎子用前腿急促地拍着、抓着小屋的门，"汪汪汪"地叫唤着。

门开了，小屋里的灯光泻了出来。开门的正是柳伢子要找的刘叔叔。

刘叔叔名叫刘俊，四十来岁。虽然长期在野外奔波，风吹雨淋日晒的，看上去神态有些疲惫，但毕竟还是年轻人，眉宇间透出一种果断、干练和蓬勃的英气，身上也散发着一种青春的力量。

　　他是中国科学院水生物研究所的一位研究员和野外科考小队的队长。这栋坐落在江边的小房子，是他们设在洞庭湖与长江汇流的一条最有名的河道——城陵矶头的一个观察站。

　　洞庭湖边的渔民，把湖畔和江边那些突出来的岩石或石滩，叫作"矶"，城陵矶是洞庭湖的许多出口中最人的一个。但是当地的渔民们更喜欢叫它"浮陵矶"。

　　原来，老一辈的洞庭湖渔民，每当下湖、行船时，会有不少禁忌的话，是不能说出口的，比如姓"陈"或姓"程"的，连带其他与"沉"字有相似发音的字，像"城""成"这些字，都不能说出口，一律都要改为和"沉"的意思相反的"浮"字，所以，"城陵矶"就被渔民们叫成了"浮陵矶"。

　　借着灯光，刘俊仔细一看，原来是花狗渡的老艄公和柳伢子养的那条大花狗虎子。

　　虎子正在门前一边吐着舌头，"呼哧呼哧"地喘着粗气，一边使劲抖搂着浑身的水花，喉咙里还不断地发出低低的呜咽声，好像正要告诉他什么。

　　"虎子，你怎么来了？出什么事了吗？"

　　刘俊吃惊地看着虎子，连忙蹲下身，检查虎子是不是受到了什么伤害。

　　虎子继续呜咽着，使劲叼起了刘俊的裤脚，好像在拽着他说：赶紧走，赶紧走……

　　"虎子，是老艄公和柳伢子叫你来的吗？还是大雨天，你找不到回家的路了？"

　　这时候，刘俊的几个年轻的队员，也披着雨衣走出来，站在门口的灯光里，不解地看着花狗虎子。

"刘队,会不会是桃花汛来了,涨水了,柳伢子和老艄公出什么事了?"

刘俊一听这话,顿时一阵紧张,连忙吩咐说:"肯定有情况!大家快点穿好雨靴雨衣,咱们赶紧去察看一下到底是怎么回事!"

就在这时,从远处传来了柳伢子的呼喊声:

"刘叔叔——,刘叔叔——"

虎子一听到柳伢子的声音,又忽的一下跃起身,跑进雨幕里,去迎接它的小主人。

刘俊也紧跟着虎子,朝着声音传来的方向跑过去。

不一会儿,刘俊看见了柳伢子,还有他手里提着的那盏风灯发出的闪闪烁烁、摇摇晃晃的微光。

"伢子,怎么啦?发生什么事了?"

刘俊快跑上前,顾不得柳伢子满蓑衣的泥水了,一把抱住了他。

"刘叔叔,快……爷爷他……他……"柳伢子累得几乎就要瘫倒在刘俊的怀抱里,上气不接下气地说着。

他的脚上,有一只鞋子已经跑掉了。

"柳伢子,不要急,慢慢说,爷爷怎么啦?"

"爷爷……在看守着……逮到了……"

"逮……到了?"这时,刘俊的同事也赶了过来,围住柳伢子,吃惊地问道,"爷爷逮到什么了?是野猪吗?"

洞庭湖边的山野上和芦苇荡里,生活着不少野物,像野猪、野麂、豹猫、狼什么的,都是常见的。

在这一瞬间,刘俊首先想到的是野猪。野猪的攻击性最强,如果老艄公逮的是野猪，毕竟是上了年纪的人，在这样的黑夜，万一受到野猪的攻击……

"不，不是野猪，是一条大……大鱼，好大好大的……大鱼！"

一听到"大鱼"二字，刘俊的脑袋里"腾"的一下，瞬间惊悸得浑身有点颤抖了！

"真的是大、大、大……鱼吗？"刘俊紧张得舌头都有点不利索了。

"真的是大鱼，快有爷爷的小船那么长了……"柳伢子一边伸开手臂比画着，一边说，"爷爷叫你们快点去，去晚了大鱼就跑了。"

刘俊怎么也没有想到，今年的桃花汛期刚刚到来，就给他们带来了好运气。事情来得有点突然，大家都紧张地盯着刘俊。

"刘队，现在怎么办？"

事不宜迟！这可是他们苦苦等待和追寻了许多年，却一直不曾得到过的一个好消息。

"你们两个，快去准备好担架和车子，记住，别忘了带上供氧设备。"刘俊当机立断，分头布置说，"高翔，你马上去挂电话，通知所里，准备好监护池……"

"刘队，要不要今晚就通知徐教授？"

"这个时候……太晚了，徐教授应该睡下了，我们先弄清楚状况，明天一早再通知她吧。"说到这里，刘俊看了一下手表，"大家注意，一个小时后，咱们在花狗渡会合。事不宜迟，马上分头行动！"

年轻的队员们几乎是以闪电般的速度，分头消失在了大雨如注的夜色里……

刘俊也趁着安排任务的时候，快速穿好了雨衣，然后一弯腰，背起了已经跑得气喘吁吁的柳伢子。

"伢子，你把风灯提得高一点。"刘俊把柳伢子背紧了，然后又朝着花狗说道，"虎子，好样儿的，快走！"

虎子就像在雨幕里射出的一支箭，"嗖"的一下，又飞进了茫茫的夜色里……

第二章　老艄公的渡口

"莫怕，莫怕咯，你这个小家伙！"

老艄公罗老爹守护在长满苇草的汉港边，盯着那条已经被堵截在水里，却一直不太安分的"大鱼"，不停地念叨着。

闪电一阵接着一阵，雨也越下越大。

冷冷的雨水顺着他的斗笠边缘，"哗哗"流到蓑衣上，又顺着蓑衣淌到他的草鞋上，淌到脚底下的一团团泥水洼里。老艄公的双脚和脚腕都浸在冷冷的泥水里。

"安静点，安静点咯，又不会伤害你……"

看得出来，老艄公心里觉得挺欣慰的。他终于帮徐教授、刘队长他们寻到了一条"大鱼"。

为了找到"大鱼"的踪影，他们在这长江沿岸、洞庭湖边，还有周围的港汉河湾，可是苦苦地守候、追寻不少个年头了！

老艄公还记得，当初，徐教授带着她的两个学生，头一次来到花狗渡渡口过湖的时候，柳伢子还没出生呢。一转眼，伢子已经长到能帮爷爷撑船、系缆了。

说是"大鱼"，也就是老艄公、柳伢子和这一带的乡亲们习惯这么叫。其实，这可不是一条什么"大鱼"，而正是刘俊他们日思夜想、有时连做梦都在呼唤和追寻的一头白鳍豚。

不知纯粹是一种巧合，还是冥冥之中谁的故意安排，老艄公今天堵截到这头白鳍豚的地方，与几十年前，那个名叫霍伊的美国少年意外地获得猎物的河道，竟是同一个地方——

都是在城陵矶边，离老艄公的这个花狗渡渡口不远的河道里！

算起来，老艄公在这洞庭湖边的花狗渡口，已经生活有一个甲子了。

他记得，自己不到十岁，就跟着祖父、祖母和父母亲，从湘江畔的捞刀河老家，迁到这洞庭湖边居住了下来。

祖父和父亲，都是撒网打鱼、收割芦苇的好手。渔船空闲的时候，祖父和父亲也会摆摆渡，送那些南来北往和遇到点急事的人过湖、渡河去。

洞庭湖一带，湖连着湖，江连着江，河湾连着河湾，汊港连着汊港，没有船可怎么行呢！修桥，是修不过来的，所以，当田地和田地被水分割了的时候，当道路和道路被汊港截断了的时候，湖区的渔民们最便利的交通工具就是船只。有船的地方，就会有渡口，所以，洞庭湖四周，到处都是大大小小的渡口。

苦于跋涉的人类，应该感谢这些渡口，感谢渡口上的摆渡人。每一个渡口，都是田地与田地的联系，都是江湖汊港与村镇小塆和道路的联系，是船只和车马点头致意的驿站，也是过渡者与山里客们挥手告别的地方。

当还是细伢子的时候，老艄公就跟着阿爸早早学会了洞庭湖一带的男子都要掌握的那些谋生技能：撒网、踩罶、打野鸭、收割芦苇、撑船摆渡……

大半辈子过去了，老艄公什么事情没有经历过和见识过呢？

祖父祖母死在了这里。父亲母亲死在了这里。后来，跟着他受了一辈子累、吃了一辈子苦的媖馳——柳伢子的奶奶，也死在了这里。

没料想，七年前，伢子的爸爸，年纪轻轻的，竟然也被一只失事的挖沙船压在了洞庭湖底……

儿子死了，儿媳妇也留不住了。

有一天，年轻的妈妈狠下心，把幼小的伢子领到爷爷渡口的小屋里，叮嘱说："往后要听爷爷的话，妈妈出去挣钱，好供你上学。"从此就再也没有了音信。谁也不知道，柳伢子的妈妈去了哪里。

唉，洞庭湖，洞庭湖，你收藏了老艄公多少不忍回味的记忆啊！

柳伢子还没有过来的时候，老艄公养着一条大花狗。

大花狗朝夕都在桃林河边和老艄公做伴，相依为命，形影不离。渡船上，汉港边，苇林里，风里，雨里，下雪天……日子久了，老艄公在连着洞庭湖和长江的这条桃林河上摆渡的渡口，原本的名字"桃林渡"渐渐没人叫了，人们更喜欢叫它"花狗渡"。

有时候，要过渡的人走到了这里，没有见到老艄公，却总能看见那条花狗守在这里。

花狗一看到有人来，"哧溜"一下不见了踪影。不一会儿，花狗又会欢跑着回到渡口，老艄公也跟着回到了渡船前……

柳伢子来到爷爷身边，没几天就和花狗熟识了，还给花狗起了个名字叫"虎子"。虎子不仅是柳伢子形影不离的童年伙伴，也是他的"信使"和"保护神"。

花狗渡，成了老艄公、柳伢子和虎子共同的家、共同的世界。

日复一日，年复一年……

柳伢子偶尔还会想念妈妈。但是，随着时光的流逝，妈妈的样子，已经渐渐在他的记忆里变得模糊不清了。

现在，柳伢子最亲的亲人，除了爷爷，就是花狗虎子。

今年的桃花汛，比往年来得要早。

桃花汛仍然没给老艄公捎来半点柳伢子妈妈的音信，却给他带来了一个意想不到的收获：他把刘俊那几个从武昌城里来的后生苦苦追寻了多年的一条大鱼，给堵截在了汉港里。

老艄公和许多外地人一样，分不清楚"武汉""汉口""武昌"还有"汉阳"这些名字之间的关系，所以总是按老一辈的叫法，把武汉叫作"武昌城"，要不就把去武汉叫作"下汉口"。其实，现在的武汉已经包含了汉口、武昌、汉阳这三个地方，人们说起现在的武汉，还常常称为"武汉三镇"，就是这个意思。

这会儿，不时地还会有一道明亮的闪电，在远山那边闪过，照亮远处山影的轮廓，雷声和雨水，倒是慢慢缓了下来……

都到后半夜了，这4月的雨水，实在是冷冷的，有点透心凉！老艄公的双脚、双腿浸泡在雨水里太久了，冷得他连打了好几个冷战。

"唉，真的是老咯，不顶用了，扛不住咯……"

他一边自言自语，一边从腰间摘下那个跟随了他几十年的酒葫芦，仰起脖子喝了两口烧酒，借以暖和一下身子。

这时候，大鱼好像还不甘心就这样被围困在汉港里，不时地还要扭动和拍打着尾巴，在水里弄出"泼剌""泼剌"的声响。

"小家伙，还不安分哪？快省省力气吧……要不要也给你喝两口？……哦，你是不会喝的……不会喝的……"

他一边说着，一边又举起酒葫芦喝了一大口。

"这下子可暖和多啦！莫怕咯，小家伙，有罗老爹守着你，怕么子咯……"

这条汊港的河床不算太宽，两边又长满了苇子。只因为连续几天的涨水，苇子被淹了一半高，水面也变宽了。

老艄公把渡船牢牢地横在汊港里，然后把长长的竹篙插到底，抵住渡船。

这条大鱼，也许是让桃花汛的涨水给迷惑了，竟然误闯进了这条芦苇荡里。

今天傍晚的时候，老艄公驾着渡船，刚刚把几个人送过了湖，回来的时候，又遇见了几个正在附近收"罶床"的打鱼人。

罶，就是捕鱼的竹篓子，也叫"罶床"。这是洞庭湖一带老一辈渔民保留下来的一种古老的捕鱼方式，叫作"踩罶"。有经验的渔民会利用江河、湖泊和汊港、塘堰的地势和水流方向，在水下设置好"罶床"。清晨设置好了，傍晚就来收罶床，也叫"起篓子"。这种比较原始的捕鱼方式，在中国古老的诗歌集《诗经》里就出现过，有一首诗《小雅·鱼丽》里说："鱼丽于罶，鲿鲨。君子有酒，旨且多。"鲿鲨，是鱼名。这几句诗歌的大意是说：鱼儿钻进竹篓里游啊游，有的鱼儿很小，有的鱼儿是肥美的大个头儿；好客的主人家里，还有味道醇厚、喝也喝不完的美酒……

如今，这种古老的捕鱼方式，都快要失传了。

"罗老爹，天黑了，雨也下大了，还在驶船哪？"

老艄公认出了，说话的是簰洲湾的胡家兄弟俩。

"哦，是你们兄弟俩咯！"老艄公跟他们打着招呼，"盛伢子，罶床收了吗？有收获吗？"

"水涨得太快，也许鱼群都躲起来了。"兄弟俩笑笑说，"有一个大罶，也许被大鱼给冲烂了，白踩了。不过，罗老爹，刚才我们好像看到，有两头江猪游过去了，黑压压的脊背，说不定我们的罶床就是它们给冲烂的……"

"哈哈，这倒是一个喜讯咯！这条河道上，好多年没有见过江猪了。"

"是咯，都是让那些布'迷魂阵'的家伙给祸害的，江猪都不敢游到这段水流上来了……"

这兄弟俩说的"江猪"，是这一带的渔民对生活在洞庭湖和长江里的江豚的称呼。

其实，渔民们也实在是分辨不清楚什么是江豚、什么是白鳍豚。他们习惯把那些跟普通的鱼长得不太一样、个头儿也大得多，而且特别不常见的水生动物，要么叫作"江猪"，要么叫作"大鱼"。

胡家兄弟俩，收完罶床离开了。

老艄公撑着渡船朝着花狗渡渡口驶去，准备靠岸。

柳伢子和虎子已经站在渡口等着他了。

就在这时，他听见从不远处那个长满苇子的汊港里，传来一阵阵"泼剌""泼剌"的水声。声音不小，光听动静就知道不是一般的鱼群发出来的。

老艄公怕是又有什么坏家伙，偷偷跑到花狗渡来布设"迷魂阵"，就撑着渡船靠过去，想看个究竟。

借着一道闪电光，老艄公看见，汉港里的苇草间，好像有一个长长的、像尖嘴巴一样的东西露出了水面……

紧接着，苇草间又露出了一个蓝灰色的头颈，一会儿跃出，一会儿又沉了下去……

"我的老天！真的是一条大鱼，一头江猪咯！"

老艄公惊叫了一声，赶紧又撑着渡船往里面靠近了一些。

距离越来越近，大鱼被牢牢地堵截在只有十几米宽、水流也不算太深的汉港里，四周的苇草，也使它无法自如地调转方向，只能不时地扭动着身子，用尾部拍打着水流，弄出一阵阵"泼剌""泼剌"的声响……

"好家伙！总算找到你咯……"

老艄公吃力地把渡船横在了汉港里，用撑篙固定稳妥了，然后唤来柳伢子，吩咐他赶紧跑去城陵矶那个观察站，告诉刘叔叔他们，堵到一条大鱼了……

"伢子，提上风灯，让虎子带路，可不要跑错了方向……"

"爷爷，放心吧，我和虎子都知道刘叔叔他们住的地方。"

"好，快去吧，爷爷会一直守在这里！"

算起来，柳伢子和虎子已经去了一两个时辰了，这时候，也该往回返了吧。

老艄公的目光，一刻也不敢离开汉港那里……

又一道闪电划过，他看见，大鱼这会儿稍微安静了一点，长长的尖嘴巴又露出了水面，黑压压的一条脊背，忽隐忽现的……

"小家伙，算你走运咯，没有闯进'迷魂阵'里！"

老艄公知道，就在汉港连着江湾的另一边，时常会有当地几个游手好闲的家伙，偷偷来这里布置"迷魂阵"。

要是眼前这条大鱼钻进了那样的"迷魂阵"里,那不仅没有逃脱的可能,身体也会受到"倒钩刺"伤害的。

一想到这"迷魂阵",老艄公心里就会来气!

什么是"迷魂阵"呢?就是把连着大片网片的几十根竹篙,牢牢地插入湖水或河湾中,围住一片水域,只留出一个入口,围内再安放一些网兜。网片和网兜底下,还会坠上起固定作用的几十斤重的鹅卵石。更为缺德的是,有的贪心者还在水下布置一些"倒钩刺",只要有"猎物"误闯进了"迷魂阵",不管大小,都会有进无出。

那些布下"迷魂阵"的贪心者,也多半不是正经的打鱼人,往往是一些游手好闲、好吃懒做的家伙,他们只想着"守株待兔""坐收渔利",哪管什么"涸泽而渔"的后果!

在老艄公心里,"迷魂阵"可不是打鱼人的正经技能,而是一种涸泽而渔、大小通吃、"断子绝孙"的缺德勾当,要不得的!

所以,只要被老艄公发现和识别出哪片河湾、汊港和湖面上布了"迷魂阵",他就会想方设法去通知镇上的管理人员,赶紧派人来拆除它们。特别是在禁渔期,有人还偷偷地在湖面、河湾布置"迷魂阵",那就不仅仅是缺德,还是违法的。

早些年,老艄公的眼力好,力气也还算大,一两天下来,能撑着渡船找到和拆除好几个"迷魂阵"。现在可不行咯!老艄公明白,现在,那些布设迷魂阵的家伙,一个比一个狡猾,布下的迷魂阵也越来越隐蔽,不容易被发现,就算老艄公亲眼发现了哪里有迷魂阵,也没有力气去拆除它们了!

唉,渡口还是以前的那个渡口,河湾还是以前的那些河湾,可是，世道变得太快了！

　　洞庭湖，也越来越不是从前的那个洞庭湖了。

　　更不要说人心，也变得让老艄公越来越不能理解了。

　　正想到这里，从远处漆黑的夜色里传来了柳伢子的喊声：
"爷爷——，爷爷——"

　　接着，隐隐约约地，老艄公看见，花狗大步流星地朝着这边
奔来，后面还跟着一些摇摇晃晃的手电筒光束……

第三章　漫长的夜晚

传说，长江上有一位美丽的巫山神女，世界上没有哪个美女的容貌，能和她的美丽相比。

有的故事里还说，她是远古炎帝的第三个女儿，从小体弱多病，不幸在少女时代就夭折了。这个少女死后，身体化作了一种美丽的小草，生长在花团锦簇的姑瑶山上。因为吸收了姑瑶山上的日月光华，这株小草最终修炼成了一位心地善良的仙女，名字叫瑶姬。

当你在长江上旅行，经过著名的"长江三峡"之一的巫峡，遥望云雾缭绕的巫山山峰时，如果你是一个特别幸运的人，兴许能从云雾中看到正站着俯瞰人间的巫山神女……

天上人间，美丽的故事代代相传，引起了人们多少美好的遐思与向往！当然，没有谁真正见过神秘的长江女神——巫山神女。

可是，就在刘俊见到"大鱼"的那一瞬间，他竟然惊讶得脱口而出，大声叫道：

“天哪，太美了！这是传说中的‘长江女神’吗?”

漆黑的雨夜里，紧跟着在前面飞奔的虎子，满脸汗水和雨水的刘俊、柳伢子，还有科考队的队员们，都陆续赶到了花狗渡渡口，站在了老艄公看守了大半夜的汊港边。

高翔他们还从镇上借来了一辆破旧的敞篷吉普车，又从车上拉下来一副用帆布做的特殊的担架。

借着天上的闪电和手电筒的光束，刘俊仔细观察着汊港里的“大鱼”——不，现在应该准确地叫它“白鳍豚”才好。

它的体形真的有点大呢，脊背上的皮肤是蓝灰色的，全身呈现出美丽的流线型，看上去十分光滑，不像别的鱼类那样浑身长满鱼鳞。最特别的是，从它的头部前端，伸出一个长长的、尖尖的嘴巴，就像有的大鸟长的长喙。它的尾鳍，看上去倒像是某些大鱼的尾巴，分成了对称的两叶，这时候正在轻轻扭动着，拍打着水面，不时地溅起一些水花……

“太美了，真的是太美了！‘长江女神’下凡了……”刘俊有点忘情地看着汊港里的“女神”，喃喃地自言自语着，“你……你让我们找得好苦……”

这一瞬间，他甚至有点不敢相信自己的眼睛，觉得好像是在做梦一样。他的眼睛湿润了，嘴角也感觉到了一点咸咸的味道。

这不是雨水，也不是汗水，分明是眼泪的味道。

是的，他激动得流泪了。幸好是在夜色里，队员们没有看到他晶莹的泪光。

这会儿，春雨已经变得淅淅沥沥，乌云正在朝着山那边移动，闪电好像也转移到了远处的山峰之间。

刘俊转身对老艄公说：“罗老爹，多亏您发现了它，把它堵进了河道里。您老人家也许还不知道，今天晚上，您创造了一个多么伟大的壮举！"

"是呀，罗老爹，看守了大半夜，雨水又这么凉，真是辛苦您老人家了！"队员们也纷纷说道。

"哎哟，哪里是我这个老汉有么子伟大咯！老话说得好，功夫不负苦心人哪！"老舢公捋着花白的胡子说。

老舢公确实也不太能明白，被他堵截在汉港里的这个小家伙，究竟有多么金贵和难得，对这些青年后生来说，它到底又有多么重要，但是他清晰地看见了，挂在刘俊眼角的晶亮的泪花。

这时候，老舢公又摘下腰上的酒葫芦，递给刘俊说："来，你和伢子们每人都喝上两口，暖暖身子……"

"罗老爹，您老先喝嘛！"

"我这一夜里，可没少喝哟，这春天的雨水，冷得很咯！"

刘俊双手接过酒葫芦，突然转过身，一个人离开汉港，朝着江边的方向走了几步。

远处，雨雾茫茫，隐隐传来浩荡的江声……

他的队员们似有所悟，也赶紧跟着他，面朝江边的方向站定了。

只见刘俊双手捧着酒葫芦，对着远处的茫茫夜空说道："大星，你在天上看到了吧？我们找到了，终于找到了……"刘俊一边说着，一边慢慢地把酒葫芦里的酒，洒了一点在地上，"这是罗老爹的酒，白鳍豚也是老爹帮我们找到的，今晚，我们就借老爹的酒敬你一口，你听见了吗？……"

说完，刘俊自己也仰头喝了一大口烧酒，然后把酒葫芦传给高翔他们，每个人都喝了一大口。

柳伢子远远地看着刘俊叔叔他们的举动，虽然有些不解，但他知道，刘叔叔是在跟一个名叫"大星"的人说话。

柳伢子好像听爷爷说过，这个叫"大星"的叔叔，也曾是刘叔叔他们的一个队员，不幸的是，几年前，他为了追寻"大鱼"，被江上的洪峰卷走了……

这时候，刘俊看见柳伢子神色有点难过的样子，就故意逗他说："伢子，冷不冷？你要不要也来一口呀？"然后又对老艄公说："老爹，要不，您老先带伢子回去休息，烤干衣服，暖和一下？"

"不，刘叔叔，我要在这里看你们捞起大鱼。"

"伢子，你记住啊，这可不是什么'大鱼'，也不是渔民说的'江猪'，它是一种鲸，比所有的大鱼都要宝贵！它的学名叫'白鳍豚'。"

"白鳍豚……"柳伢子忽闪着大眼睛，点了点头。

"老爹，都快一整夜了，您老吃得消吗？"刘俊又问老艄公。

"莫嫌弃我老汉咯。"老艄公说，"我也想仔细看看，眼前的这个宝贝家伙，到底有多爱煞人咯！"

"刘队，你看我们是不是现在就开始动手，把它弄出来？"高翔迫不及待地问道。

"不，再稍微等等，天快亮了，"刘俊抬头看了看远处的天象说，"我担心夜色太暗，弄得不好会伤害到它，反正这会儿它也安静下来了，我们守着它，再观察一下。"

老艄公说："也好，你们守在这儿，我和柳伢子去渡口抱点柴火过来，生个火，给你们烤烤裤腿和鞋子。柳伢子，走，跟我拿柴火去。"

老艄公刚说完，还没等他和柳伢子转过身，花狗就像听懂了似的，"嗖"的一下先朝着渡口跑去了……

等老艄公和柳伢子抱来柴火，在汊港边的空地上生起了一小堆篝火的时候，雨也停了，云层也慢慢地散开了……

雷雨过后的夜空，显得那么澄净，那么空阔。

不知不觉地，满天露出了像宝石一样晶莹的星光……

老艄公、柳伢子和队员们围在火堆边烤着湿透的衣服和鞋子，刘俊守在汊港边，就像一个忠诚的侍者，在守护着他睡熟的主人——他的"公主"、他的"女神"……

这个夜晚，对他来说是多么漫长，又多么神奇啊！

在澄净、空阔的星空下，他想到了好多过去的事情……

刘俊是在港汊密布、荷塘遍野的江南水乡长大的。他的童年和少年时代的大部分时光，都留在了小小的乌篷船上，留在了开满油菜花和紫云英的水田里，也留在了长满芦苇、菖蒲、莲藕的湖泊、小河、水塘和芦苇荡里。所以，无论在什么地方，只要一想起自己的家乡，刘俊的眼前立刻就会出现那些弯弯的小河和小桥、密密的芦苇荡、连成片的夏日荷塘，还有装在乌篷船上的莲蓬、莲藕、菱角、莼菜、茭白、荸荠、水芹菜，更不要说还有新鲜的鱼虾、螃蟹、螺蛳、野鸭蛋……

这是美丽富饶的江南大地的馈赠。它们养育了一代又一代像刘俊这样的江南少年，给了他们身高、体重和肺活量，也给了他们智慧、梦想和灵秀的心。

二十二岁那年，刘俊从上海复旦大学生物系毕业了。

青春的力量是无敌的。当他用网兜提着自己简易的行李，兴冲冲地来到武昌珞珈山下，跨进中国科学院水生生物研究所报到时，正在埋头整理着一堆鱼类图片的徐佩芬教授，抬起头，只看了这个英姿勃发的小伙子一眼，就笑着说道：

"好啊，小伙子身体挺棒，往后在长江上搜寻，在洞庭湖和鄱阳湖上蹲守，应该都没有问题，我要了！"

就这样，刘俊成为了水生生物研究所的一名新兵，也成了徐教授的学生和助手。

还在复旦大学读书时，刘俊就知道了，徐教授是一位赫赫有名的淡水鱼类研究科学家，能在她的身边工作和学习，这是当时许多学这个专业的大学生的梦想。

刘俊觉得，自己是一个幸运儿。可是这时候，他一下子并没明白，徐教授说的"在长江上搜寻，在洞庭湖和鄱阳湖上蹲守"，是什么意思。他更没有想到，在以后漫长的岁月里，甚至自己整个的一生，都将与长江流域的江河汉港，与洞庭湖、鄱阳湖等大大小小的湖泊，紧紧地联系在一起。

甚至，在这个时候，他还不能确切地说出，白鳍豚，到底是一种什么神秘的生物……

很小的时候，他听祖父给他讲过《聊斋志异》的故事。那么多的鬼怪故事，他都没有记得太清晰，却牢牢记住了一个叫作"白秋练"的美丽传说……

故事说的是一个商人的儿子，名字叫慕蟾宫，他聪明伶俐，又喜欢读书。这个少年十六岁的时候，乘着父亲的商船来到长江边——也就是今天的湖南、湖北一带，学着做生意。

商船行驶到了洞庭湖边时，已是深冬时节，长江和洞庭湖的水位都下降了，他们的船也搁浅了。

滞留在洞庭湖畔的日子里，蟾宫无事可做，每天就勤奋地诵读诗文。父亲留在武昌城的旅店看管货物，蟾宫就在月明星稀的夜晚，坐在船上用功读写。有时候，遇到了脍炙人口的诗文时，夜色里会传出他琅琅的诵读声……

偶尔，蟾宫好像看到，纸窗外面隐隐约约有一个人影儿在晃动，就像谁在偷听他诵读一样。不过，他也没有太在意。

有一天晚上，蟾宫正在读书，一抬头又看到，窗外的月光把一个窈窕的身影清晰地映在了纸窗上。

他很是好奇，推开窗门，竟看见有一个长得十分俊美的少女，站在外面听他诵读。少女正听得入神，一看到蟾宫出来了，吓了一跳，赶紧默默地走开了……

又过了些日子，父子俩带着货物，要乘船离开这里了。

没想到，就在父子俩的船准备离岸远去的时候，原本用船桌也探不到底的湖水里，一夜间忽然沙石堆积，把船托住，怎么动也动不了了。

按照以往的经验，洞庭湖里每年都会有船只被沙石阻住，没有别的好办法，只能等到第二年春天，桃花开了，湖水涨了，船儿才能开走。父亲考虑到等到明年春天，身上的盘缠也许会用完了，想了一想，就让蟾宫留下来，自己回老家取钱去了。

接下来，一来二往，慕公子和那个听他诵读的少女白秋练不仅相识，而且彼此山盟海誓，深深地相爱了……

第二年春天，桃花汛一到，长江和洞庭湖都涨水了，慕公子的父亲取钱回来，回到了商船上。

春天来了，慕公子要回到北方老家去读书，求取功名了。秋练也跟着他去了北方。

可是，秋练终究是喝着南方的长江水和洞庭湖水长大的。她让公子带到北方的一些湖水，很快就用光了。没有了湖水，白秋练就无法存活。最后，慕公子为了自己的心上人，为了美丽、善良的白秋练，只好告别自己在北方的家乡，也放弃了功名，跟随着秋练又回到了波光潋滟的洞庭湖，开始了新的生活……

这个美丽的传说，给小时候的刘俊留下了深刻的记忆。

可是，一直到他来到徐教授身边、进入水生生物研究所之前，他从来也没有想到，《聊斋志异》里这个"白秋练"，原来就是生活在长江和洞庭湖里的白鳍豚！

想到这里，刘俊不由得暗暗吃惊：莫非，冥冥之中真的是有一种因缘关系存在吗？

这时候，一些小一点的星星，三三两两地隐进了幽蓝的夜空里。几颗晶莹耀眼的大星，也开始渐渐变得黯淡了。

天快要亮了，东方隐约显出了一道鱼肚白似的熹微。

忽然，汊港里又响起了一阵"泼剌""泼剌"的水声……

老艄公站起身，在一截木柴上磕了磕烟锅，说："小家伙睡醒了，急着要坐花轿咯！"

第四章　不安的心

晨星隐退了，东方的天际闪耀出了薄薄的曙色。仔细看去，暗金色的微光里，正透出一抹美丽的玫瑰红色。新的一天又到来了！崭新的太阳，我们共同的华灯，正在群山之后冉冉升起……

黎明时分的芦苇荡里，随着一些银亮的小鱼的跳跃，一些夜宿的小野凫也早早地醒来了，一只接着一只，"扑棱""扑棱"地振翅飞起，像箭一样飞出芦荡，离开汉港，直射向远处而去了。

雷雨后的早晨多美啊！无论是一条鱼儿跳跃起来，一只水鸟飞向远方，还是一只像水蜘蛛那样的小虫子，从芦苇叶上掉落到水面上，都会用一圈圈波纹和圆涡，用美丽而无声的线条，展示出大自然怀抱里的勃勃生机——有的是轻柔的挣脱与搏动，有的是自由的呼吸与欢唱。是的，黎明每天都会如期到来，太阳每天都是新的。当江河大地在明亮的晨光中苏醒的时候，生命的新一轮欢舞又开始了……

此时的光线已经足够好，不会影响刘俊和队员们作业了。

可是，真的要把汉港里的"女神"，从水中安全地、万无一失地捞起来，然后把它抬上老艄公说的"花轿"——那辆破旧的敞篷吉普车里，可不是说说那么容易的。

刘俊已经在水生生物研究所工作近二十年了，他深知，鲸类动物的运输，至今仍然是一个世界性的困难课题，在中国就更没有多少经验了。

前两年，刘俊和队员们曾经在长江上捕获过三头江豚，然后长途运送到了水生生物研究所的饲养池里，以便从事科学观察和人工饲养实验。

当时，他们采用的是一种"半干半湿法"，就是用帆布做成一个大水箱，在里面灌满洁净的清水，再在清水里放进一层棉絮。这样，等江豚进入水箱时，就不会全身都浸在水中，而是上半身露出在外面，可以不影响它的呼吸，同时，下半身又没有离开水，它身子两侧的鳍肢，仍可以在水中划动……

但是，这种"半干半湿法"也有"隐患"存在。比如，长途运送，毕竟要经过一些坑坑洼洼的泥泞路和上下颠簸的山路。只要遇到糟糕的路况，车子一颠簸，水箱里的清水就会剧烈地晃荡，水浪冲击起来，就有可能使江豚的鼻孔呛水，或者使它受惊，不断地挣扎……这时候，护送人员要不断地用浸在水箱中的棉絮和其他泡沫之类的东西，给江豚加固一张尽量减少颠簸的"安全床"……

那次运送江豚，可把刘俊他们给折腾得够呛！这一次，刘俊决定不再采用"半干半湿法"，要换一种"全干法"。

下水和动手前，刘俊还不放心，又让队员们把事先就准备好的一整套"装备"，一一检查了一遍。

"吸水的棉布准备好了吗？"

"报告刘队，准备完毕。"

"担架两边的预留豁口，有无问题？"

"报告刘队，没有问题。"

"医用凡士林油膏，足够吗？"

"报告刘队，足够使用。"

"好，现在开始下水作业，大家各就各位，务必小心翼翼，不可慌张！"

这时候，刘俊看见罗老爹也在扎裤腿，就连忙说道："老爹，芦苇荡里水太冷，您老就在岸上接应一下吧。"

"快别说了，千载难逢的时候，你们让我干看？论下水的功夫，我比你们强！动手吧……"

刘俊不再说什么，就和罗老爹、高翔等队员们一起，抬着那副特殊的担架，慢慢地下到了汊港里。

连续几天的桃花雨，使芦苇荡里的水涨了真不少。

河水好凉啊，凉得有些刺骨！

一瞬间，河水就淹没了每个人的大半个身子。

刘俊听见了有的队员冷得牙齿上下相碰的声音。他自己也咬紧了牙关，腮帮上鼓起一道棱子。

白鳍豚这时候也意识到有人靠近了，开始紧张和挣扎起来。

"注意，把担架摊开，伸到它身体下面，"刘俊吩咐说，"动作要轻柔，不要别着它脆嫩的鳍肢……"

担架很快就位了。

"老爹，没有问题吧？"

"嗨，放心吧！"

"队长，现在可以出水了吗？"

"等一下，等它的两个鳍肢自然地伸进豁口里……好，伸进去了，大家握紧担架扶手……预备……出水——"

河水哗哗地从担架两头流去。硕大的白鳍豚，身体正好稳稳地躺在了担架中间。

一离开水面，想必是白鳍豚敏感的皮肤立刻就有点不适了，所以，身子马上就扭动起来。

"高翔，快给它盖上'被子'！动作轻一点……"

刘俊说的"被子"，就是事先准备好的十分吸水的厚棉布。

果然，"被子"一盖上身，白鳍豚顿时又安静了下来，看上去好像还蛮享受躺在担架上的那种感觉。

白鳍豚的皮肤十分娇嫩和敏感，给它盖上吸满水的厚棉布，不仅可以保持它皮肤的湿润，还有防风和保暖的作用。

大家小心翼翼地抬着担架，慢慢地从泥水中拔出身子，拔出双腿，然后半游半爬地出了芦荡。

这一时刻，谁也不敢有半点闪失，大家都尽量保持着平衡，就像抬着一个娇贵的"新嫁娘"。

"小家伙，挺乖的嘛！"老艄公说，"好像知道自己要'坐花轿'咯。"

"表现得真不错呢，安安静静的，像个'新媳妇'！"

"本来就是'长江女神'嘛，当然优雅、文静啦……"

柳伢子睁大眼睛，惊喜地看着爷爷和叔叔们的一举一动，看着躺在担架上、好像正在享受"坐轿子"滋味的"大鱼"。

"伢子，好好看看哦！这就是我们和爷爷一起，苦苦寻找了好多年的白鳍豚，好家伙，比你还沉呢！"

大家你一句、我一言地这样一边说着，一边就抬着白鳍豚来到了吉普车前。车厢里，早已经用两床厚厚的棉絮为这个"新娘子"铺好了一张柔软的"床铺"。

"注意，慢慢把它移送到'床铺'上。高翔，准备好凡士林……"

白鳍豚真像个娇贵得不得了的"新媳妇"呢！刘俊和另外一位队员动作麻利地在它的鼻孔和眼睛周围，在它长长的嘴巴上，还有背鳍、尾鳍和胸部两边的鳍肢的皮肤上，轻柔地涂上了薄薄的一层医用凡士林油膏，以防这些部位的皮肤干裂。

原来，白鳍豚的这些部位，皮下脂肪少，血管也比较浅，一离开水，就容易发热和干裂。

就在刘俊给它涂抹油膏的时候，突然发现，在它的颈背有一道伤口，轻轻一碰，就从伤口里涌出了一些脓液……

"天哪！它受过伤，伤口已经化脓了……"刘俊惊叫道。

老艄公近前仔细一看，一眼就认出来了，说："这是被锚钩刺出的口子！还算它命大，要是再深一点，钩到头部和肚子，那肯定就活不成了！"

"怎么会这样？渔民们干的吗？"刘俊问道。

"这种锚钩，正经的渔民都不会使用，全是那些布设'迷魂阵'的鬼崽子们干的，真是作孽呀！"罗老爹气愤地说。

"也算万幸了，它没有撞上更要命的螺旋桨！"高翔说，"要是像上次我们看到的那头被机动船上的螺旋桨搅碎了头部的江豚，那它就活不到今天了。"

"现在，最要紧的是尽快把它送回水生生物研究所里去，尽快给它的伤口做消毒和医疗处理，越快越好！"刘俊吩咐说，"高翔，路上你负责观察它的各种行为，记录好它的呼吸频率；

甘霖，你就负责不断地往它身上洒水——哦，不，洒'甘霖'，时刻保持'被子'的湿润度。"

"好嘛，甘霖，你的名字起得真有预见性哪！"高翔打趣道。

"没有时间开玩笑了。从这里回武汉，不仅路途遥远，有好几段路路况也相当糟糕，我负责开车，会尽量减少车子颠簸……"

布置完这一切，刘俊又双手拉着老艄公的手说："老爹，这一晚上，您老和柳伢子可受苦啦，您多保重……"

"就要走了？什么时候回来呢？"罗老爹打心眼儿里舍不得他们走。

"刘叔叔，你们啥时候再回来呢？"柳伢子上前抱着刘俊的腿说，"你答应过，还要带我去找白鳍豚的……"

"是呀是呀，伢子，放心吧，叔叔一定会带你去的。你记着，要听爷爷的话，好好念书。不会过太久的，叔叔就会回来，到时候，叔叔还会带好多新书给你……"

这时候，高翔突然想起了什么，走过来对刘俊说："哦，刘队，刚才太紧张了，有件事差点忘了告诉你，听到你跟伢子说到新书，我才想起来。"

"什么事？"

"我去镇政府借吉普车的时候，你猜我碰见谁了？"

"碰见谁了？"

"我碰见小月了！"

"什么？小月？"刘俊睁大眼睛，惊讶地问道。

"是的，王小月。因为要赶着跟你们会合，我没来得及跟小月多说，不过，她告诉我，她又回到洞庭湖区的小学当老师了。"

"她不是去了南方吗？什么时候又回来啦？"

看得出，这一瞬间，刘俊显得十分惊喜。

"具体是怎么个情况，我也不太清楚。小月听说我们又来到城陵矶一带追寻白鳍豚，也很惊喜。"

"哦，你们说的是小月那个细妹子？"罗老爹听见了他们的交谈，连忙说，"细妹子人可真好啊！"

"老爹，您也认识王小月？"

"认识，认识，当然认识，待我和伢子可亲咯！"

这到底是怎么回事呢？刘俊一时有点蒙了。

不过这时候，他没有仔细询问的时间了，他得赶紧发动车子赶路，把白鳍豚安全地送回所里。

"所有的预备用品都备好了吗？'床铺'加固了吗？"

"都准备好了，刘队，可以出发了。"

"那好，上车，我们现在出发。"刘俊朝着罗老爹和柳伢子挥挥手，"老爹，伢子，我们走了，再见啦……"

"伢子们，要记得早点回来咯！"老艄公叮嘱说。

"叔叔，早点回来……"伢子跟着爷爷的声音说道。

吉普车缓缓驶离了给他们送来了幸运和收获的汉港，驶离了他们熟悉的花狗渡。

这一瞬间，刘俊心头突然隐隐升起了一丝不安。

是的，真真切切的，是一丝不安……

不对呀，好不容易找到了一头珍贵的白鳍豚，而且马上就可以送回到研究所里去了，按理说，应该高兴和欢呼才对嘛！为什么会感到不安呢？

难道是因为，从高翔口里突然得到了小月的消息？还是因为，他对躺在车上的这头白鳍豚未来的命运，产生了隐隐的担忧?

这时刻，刘俊自己也难以分辨清楚，到底是什么原因，让他突然感到了这种不安。

也许，两方面的原因都有? 也许，根本就与这些原因无关，而只是一场突如其来的兴奋、一场紧张的"大战"结束之后，心头忽然掠过的一丝短暂的疲惫、一丝空茫?

车子在远处转了一个弯。远远地，刘俊看到，老艄公和柳伢子，还有花狗虎子，都站在绯红的晨光里，向他们挥着手，目送着他们。

第五章　等待

算算时间，刘俊他们要用那辆破旧的吉普车，把白鳍豚从城陵矶那里安全地运送到武汉来，路上少说也得耗上八九个小时，到武汉肯定已经是下午了。

可是，一听到喜讯，徐佩芬教授就再也坐不住了。

刘俊在岳阳给车子加油时，好不容易才找到了一部电话，向自己的老师报告了找到白鳍豚的消息。

真是喜从天降啊！还是上午八九点钟，这位白发苍苍的老教授，就开始了迫不及待的等待，就像是在等待自己一个失散多年、如今就要重逢的亲人一样。

要知道，作为一位著名的淡水鱼类科学家，作为中国科学院水生生物研究所最早的几位创始人和研究者之一，徐教授把自己的大半生都献给了长江，献给了长江流域的洞庭湖、鄱阳湖、梁子湖、太湖等大大小小的湖泊，以及数不清的河湾、溪流与汉港……

能追寻和捕获到一头活着的白鳍豚，用来从事科学观察和人工饲养实验，也是这位女科学家几十年来，一直在苦苦追寻的一个梦想。今天，这个梦想就要真实地呈现在她的眼前了，她怎么能平静得下来呢！

从早晨开始，徐教授就早早地来到了水生生物研究所的饲养基地，和几个年轻人一起，把基地里的一个最大的饲养池，洗刷得干干净净，然后开始往里注入洁净的湖水。

"教授，这样的力气活儿，让我们年轻人干，您坐镇指挥就行了嘛！"一位新分配来的女大学生周笑琳，已被徐教授指定为白鳍豚的专职饲养员，她一边往池子里灌水，一边笑着说。

另一个和周笑琳一同分来的小伙子彭子兰，看上去瘦瘦弱弱的，一声不响地在洗刷着水桶。

"小周啊，你知道吗，为了等来这样一个日子，我都熬白了头啦，你说，我能有心思袖手旁观吗？"

"教授，我听所里的老师们说，伍老送您一个美誉：'白鳍豚之母'。我觉得，您是当之无愧的！"

"不敢当，不敢当！"徐教授连忙摆着手说，"那是伍老的一句戏言，是老一辈科学家对后辈的勉励和期望，哪能当真哪？小周，你们以后可不要这么挂在嘴上呀！"

她们说的"伍老"，是新中国刚刚诞生时，从美国返回祖国怀抱的一位老科学家，也是中国水生生物科学研究领域的一位奠基人。徐教授最初进入淡水生物科学研究领域时，就在伍老身边工作。

此刻，当她弓着腰身，一丝不苟地洗刷着饲养池的一层层台阶，接着又仔细测量和记录着饲养池里的水温时，她觉得，自己好像又回到了初为人母的时候，心里充满了一种正在为自己的宝贝儿子大星整理柔软的摇篮、铺展温暖和舒适的小床的感觉……

似乎是那温柔的、强烈的母爱的感觉，重临她的心头了。

奇怪呀，怎么会有这样的感觉呢？

她的心中突然划过一个念头：难道是……是大星……他是借着这头白鳍豚的身体，要回来和妈妈相见了吗？

她想到，假如大星还活着，那么今天，他一定也会坐在刘俊他们的吉普车上，载着他们找到的白鳍豚，一起从长江边、从洞庭湖边回来的，回到久别的妈妈身边……

一想到这里，她觉得自己的眸子一片潮湿。

眼前的一切，瞬间都变得模糊了……

"唉，大星这孩子……在长江上殉职好多年了，宽厚的长江母亲河，一定会永安着他年轻的灵魂的……我今天这是怎么啦？不是说，不要再去想这件痛苦的往事了吗？……"

想到这里，她把头转向一边，为了不让小周看到她的眼泪。

这时，小周为她搬来了一把藤椅，她就对着差不多准备妥当的露天饲养池，坐了下来。

她想让自己的心，从一种激动和伤感的情绪中平静下来。

她努力地让自己不再去回忆那些一想起来就令她百般难受的往事。她把目光转向不远处的那些苍翠的桂花树、小叶女贞树，还有正在盛开的几株西府海棠……

珞珈山下的春天，总是比别处来得更早，也更为生机盎然。

当她还在这座城里读大学的时候，她就听自己的老师说到过，"珞珈山"这个名字，还是赫赫有名的现代诗人闻一多先生起的呢！

那是在 20 世纪 20 年代末，她的母校"国立武汉大学"创办的时候，地质学家李四光、诗人闻一多，和另外几位教育家一起，在武昌东湖边的落架山一带，为学校选定了新校址。

1928年深秋时节，几位先生登上距离武昌城六公里远的落架山，眺望着山下烟波浩渺的东湖，看到湖面上自在地游弋着许多野鸭，眼前还飘飞着金色的、红色的和琥珀色的落叶……真是一派"楚天千里清秋"的好景色呢！

可惜的是，当时老百姓口中的"落架山"这个名字，有点俗气，没有多少诗意。于是，几位先生就公推诗人、学者闻一多，给这座山改一个美丽、雅致一点的名字。闻一多先生就根据"落架山"的谐音，为它改名为"珞珈山"。

等武汉大学的校区规划和设计好了，校方又专门聘请了一些有名的园艺师，在校园内栽种了四十多种观赏树木，有梅树、桂树、樱树、辛夷等。慢慢地，春天到珞珈山下赏樱花，就成了武汉三镇的一个美丽的新习俗。

本来，今年的春天，珞珈山下的樱花依然早早地就盛开了，吸引了许多市民前来观看和游玩。可是没有想到，已经进入春暖花开的时节了，老天偏偏不作美，突然又来了一场"倒春寒"，满树的桃花、梅花刚刚绽开灿烂的花瓣，天空中又飘起了零星的雪花……

也许是因为这个春天的气候反复无常，空气中的"时令因子"变换得有些"错乱"了，所以，这奇怪的天气让那几棵早已经开过了也谢过了的樱树，又悄悄地、重新开出了几枝鲜艳的樱花……

这不，今天一大早，院里的广播里，还在津津乐道地播放着一位好事的植物学家用英文写的散文小品：

"Changeable weather has confused the cherry flowers……"（变幻莫测的天气把樱花们弄糊涂了……）

是啊，坐落在东湖之滨、珞珈山下的中国科学院武汉分院，像徐教授的母校武汉大学一样，不仅是一座知识和学术的"圣殿"，也是一座闻名遐迩的"科学城"。在这里工作和生活的不同领域的科学家们，都在用勤勉的脚步追赶着每年的时令和季节，他们被称为"抢在时光前头的人"。

可是，说到中国科学界对白鳍豚的关注与研究，起步却是很晚的。

在我们的"母亲河"长江里，很早就生活着白鳍豚、长江江豚这样两类淡水鲸类动物。在我国古代的一些典籍里，例如《尔雅》里，就出现过对白鳍豚的记载；宋代的一位名叫孔武仲的学者，也为后人留下了"墨者江豚，白者白鱀。状异名殊，同宅大水"这样的记述，意思是说：肤色偏黑的，就是江豚，肤色偏白（灰白色）的，就是白鱀豚，它们的体态、形状和名称各不相同，却都喜欢生活在深水里。

然而，使白鳍豚真正引起世界科学界的关注的，却是一个外国少年——也就是我们在前文提到的，20世纪初叶，那个在洞庭湖一带传教的美国传教士的儿子霍伊。

1914年，喜欢狩猎的美国少年霍伊，在洞庭湖边的城陵矶猎捕到了那头白鳍豚时，他并不知道应该叫它什么才好。他问当地的渔民，渔民告诉他，这种动物叫"白鳍"。霍伊听成了"白旗"。所以从那时起，外国的一些关于淡水生物研究的文献中，就时常出现一种生活在中国长江里的动物，名字叫"White flag Dolphin"（白旗豚）。

1918 年，美国哺乳动物学家和自然研究者米勒，用拉丁文为它命名为 *Lipotes vexillifer Miller*，1918。

到了 20 世纪 70 年代，不断有一些外国的科学家，向中国科学院提出请求，要到中国来考察和研究生活在长江里、洞庭湖、鄱阳湖里的白鳍豚。

有的国家的科学家还提出，如果不能批准他们到中国来，那么，中国是否可以提供一小块白鳍豚的皮肤，哪怕只有一张邮票那么大的一小块皮肤都可以；还有的科学家，希望中国能提供一小管白鳍豚的血，供他们做研究用。

法国的一位动物声学科学家，还向中国科学院提出申请，希望能提供一条船，供他们在长江上做科学考察用，他希望能在长江上记录白鳍豚的声音……

1974 年，在加拿大召开的一个"小型鲸类国际会"发给与会者的材料上，"白鳍豚"这个条目下，注明了一行小字：unknown，意思是"情况不明"。

正是在这样的背景下，中国的水生生物科学家们开始意识到，白鳍豚研究已经迫在眉睫。白鳍豚生活在古老和伟大的中国，如果我们自己的科学家不能了解和知悉它的生活，不能揭开它们的生命和生存奥秘，那我们就会愧对自己的母亲河，也愧对这种生活在中国的江河湖泊里的珍稀生命……

就这样，大学一毕业就开始在水生生物研究所研究淡水鱼类的徐佩芬，又开始与白鳍豚"结缘"，成为中国第一个白鳍豚研究组的领头人……

唉，这一晃，又是许多年过去了！

正像一首英文老歌里唱的那样："面对流逝的往事，最坚强的人也会呜咽……"

最初，当徐教授着手白鳍豚研究的时候，她怎么也没有想到，为了这份事业，为了这份长久的、艰苦的追寻，她不仅献出了自己全部的心血和智慧，也献出了自己年轻的儿子大星的生命……

大星死的时候，还只有二十几岁，多好的年华啊！

大星是个单纯和孝顺的孩子，也许是受到了妈妈潜移默化的影响，一心想成为像妈妈那样的科学家，所以，高考填报志愿时，他毫不犹豫地填报了生物专业。

毕业时，大星原本可以去青岛研究海洋生物的。可是，当时中国在白鳍豚研究领域是一片空白，正处在起步阶段，急需年轻的新生力量加入。然而，愿意进入这个冷僻和寂寞的研究领域的年轻人，也像白鳍豚本身一样稀缺。

更何况，人们都明白，要研究白鳍豚，就意味着不可能总是待在舒适的实验室里工作，更多的日子，几乎一年四季，都要餐风宿露在野外，甚至要追寻着你的研究对象，日夜漂荡在长江、湖泊和大大小小的河湾与汊港里……

也许正是因为妈妈的召唤和鼓励，大星毅然做出了自己的选择，加入了妈妈的研究小组。

当时，大星和刘俊、高翔他们一起，都是同期进入水生生物研究所工作的大学生，而且一来所里，就都在一个野外科考小组里。

虽然野外科考和追寻的工作是那么辛苦，但是，毕竟是正值青春芳华的年轻人，他们在一起工作得是那么快乐和投入，那么无怨无悔。可是，谁能想到，大星还那么年轻，就先离开妈妈和同事们，永远地漂流在滔滔的大江上了……

想到这里，徐教授咬了咬嘴唇，痛苦地闭上了双眼，仿佛在用力把要涌出来的眼泪给逼回去。

4月的风，可能因为"倒春寒"的"余威"还在，依然让人感到一丝凉意。她紧了紧围在脖颈上的一条薄薄的围巾，看了看时间。

这时刻，连吃午饭的时间还没到呢，离刘俊他们回来还有好几个小时。唉，平日里总觉得"光阴似箭"，时光过得飞快，可是今天，这时间怎么过得这么缓慢呢？

她坐在饲养池前，坐在4月的风中，耐心地等待着……

没有谁知道，她此刻的心境，有多么复杂；她心中的滋味，是怎样甘苦难分。没错，她的确是在等待着刘俊他们的归来，等着他们给她送回来一个大惊喜。

然而，只有她自己知道，她还是一位母亲，她仿佛是在等待自己亲爱的孩子，从远方归来……

第六章　生命的尊严

已经是下午四点多钟了，刘俊他们的车子还没有到家。

多么漫长的一天啊！

按照徐教授的吩咐，周笑琳和彭子兰又从水鲜市场上买回了两大桶鲜活的小鱼，有鲫鱼、鲤鱼、草鱼、鲢鱼，还有一些黄鳝和泥鳅。

"你们记住呀，刚开始时，投放的食物品种越丰富越好，这样就可以慢慢观察到，白鳍豚最喜欢吃的是哪一类鱼儿。"

两个年轻人把各种鱼儿往饲养池里投放了一些。鱼儿们大约以为自己又获得了自由，重新回到了水中乐园，所以就成群结队地，在池子里摇头摆尾地、快活地游了起来……

"教授，白鳍豚一定要吃得这么好吗？"周笑琳说道，"还有新鲜的鲫鱼、鲤鱼吃，比我们在食堂吃的强多了。"

"是的哦，食堂里只有草鱼吃。"一向不怎么喜欢说话的小彭，也小声嘟囔了一句。

"嘿，听你们两个这口气，我还真有点不放心哪！"

徐教授故意逗他们说。

"咋的啦？教授？"

"我怕你们俩以后偷吃了白鳍豚的口粮！"

"那我们哪敢啊？"笑琳朗朗笑着说，"我们若是偷吃了白鳍豚的鲫鱼啊鲤鱼啊，刘俊老师还不把我们给吃了？"

"这样想就对啦！我相信，等你们相处的时间久了，你们也会像刘俊一样，爱上白鳍豚的！"

这时候，突然传来了吉普车的鸣笛声，刘俊他们终于到家了。

水生生物研究所捕获了一头成活的白鳍豚，这在科学院的大院和整个饲养基地里，可是破天荒的头一遭。所以，刘俊的吉普车驶进饲养基地时，倒真像是一抬迎亲的花轿，把传说中的"新娘子"给抬回来了。

听到了"新娘子"已经被抬回来的消息，人们都纷纷跑来，一瞻这个被誉为"长江女神"，却又一直蒙着神秘面纱的"水中国宝"的风采。

说白鳍豚是"水中国宝"，一点也不夸张。这个说法来自一位著名的国际环境保护专家，他说："白鳍豚生活在哪个国家，就是哪个国家的水中国宝。"更何况，这还是世界上迄今唯一的一头即将开始人工饲养的白鳍豚呢！

明白了这一点，似乎也就不难理解，为什么从早晨到下午，徐佩芬教授一直觉得，自己像是在等待从远方归来的儿子一样，在等待它的到来了。

然而，人工饲养白鳍豚，别说在中国，就是在全世界，也还没有先例。所以，无论是徐教授，还是刘俊、高翔，还有周笑琳这些年轻人，这时都变得有点紧张，谁也不敢丝毫掉以轻心。

徐教授指挥着大家："先给它测量体长、体重和体围，做抽血检查，记录必要的数据，然后清理一下它的皮肤。"

"它的颈背上还有一道严重的伤口，已经化脓了。"刘俊告诉徐教授说，"需要给它消一下毒，处理一下伤口，以免继续恶化。"

这时候，"新娘子"经过一路的颠簸，好像睡着了一样，正温顺地躺在柔软的棉絮里，任由人们摆布着。

当请来的兽医揭开它身上的湿润的棉布，为它清理皮肤时，大家发现，那道伤口，边缘外翻，周围红肿，轻轻一按压，伤口里立刻冒出一些脓液和溃烂组织，比预想的要严重得多。

刘俊心疼得不忍看下去，赶紧把头扭向了一边。

"那些布置锚钩的家伙，心肠有多坏啊！"他在心里说道。

"看来，皮下已经深度溃烂，得先给它少量注射一点青霉素和链霉素消炎，防止伤口扩大。"医生说。

"可以用纱布把它的伤口包扎一下吗？"刘俊建议说。

"这恐怕不行，没准会影响到它的游动和呼吸。"徐教授提醒道。

"那就先擦拭一点双氧水消毒吧。"医生说。

"医生，白鳍豚的皮肤没有毛发，也没有角质层保护，非常娇嫩和敏感，双氧水会不会灼伤它的皮肤和皮下脂肪？"刘俊担心地问。这一瞬间，他已经紧张得满头大汗了。

"这个……我也没有任何经验，先稍微擦拭两次试一下吧，不行的话就放弃。"

刘俊用询问的眼神看了一下徐教授。

徐教授说："我见过兽医为动物治病时，是这样使用双氧水的，我赞成擦拭一点试试。"

"那……请等等。"刘俊拿过来一些消毒药棉，把白鳍豚的鼻孔和眼睛四周围起来，以免双氧水伤及它的鼻孔和眼睛。

处理完伤口，医生又给它全身上下做了一遍全面的检查。

"挺乖的嘛，一动也不动，像个害羞的小姑娘。"徐教授说。

"徐教授，它可不是什么小姑娘。"医生说，"也不是大家说的'新娘子'，而是一个'新郎官'。"

"新郎官？"刘俊睁大眼睛问，"你是说，这是一头雄性白鳍豚？"

"是的，你看这里，"医生指着它腹部的一个隐私部位说，"这里是它的雄性器官。"

"臭小子！"刘俊轻轻地、亲昵地抚摸了一下它软绵绵的身子，舒了一口气说，"差点被你的温顺给蒙骗了，以为真的是一个'女神'呢！"

说完，刘俊又拿过一些数据比对了一下，对徐教授说："这头白鳍豚的体长是 1.4 米，比对一下我们收集到的雄性白鳍豚标本数据，大致可以推算出，这个小家伙的年龄，只有两岁左右，还未成熟……"

"是的，你说得对。就现有的研究成果看，雄性白鳍豚一般要到四五岁，也就是说，它还要在这里再生活两三年，才能成熟。"说到这里，徐教授笑着对刘俊说，"这样说来，它还没有你的宝贝女儿沛沛大呢！"

"好嘛，从今天起，刘队又多了一个小儿子！"

高翔的话，把大家都逗笑了。

等各项检测和处理都完了，徐教授和刘俊才点头同意，把这个小家伙正式送到它的"新家"——那个早已注满了洁净的湖水、湖水里还游动着成群的鱼儿的饲养池中。

可是，小家伙下水后，对自己的新家还有点怯生似的，一直半睡半醒地浮靠在池壁边，一动也不动。就像一个第一次走进陌生城市里的乡下小孩，不知道该往哪里去，看上去可怜兮兮的。

倒是那些无忧无虑的鱼儿，不时地游到它的身边，快速地蹭它一下，然后又成群结队、大摇大摆地向别处游去，好像一点也没把这个庞然大物放在眼里，更不会想到，自己迟早还要成为这个庞然大物的口中餐。

"喂，小家伙，你动一下嘛！"

刘俊见它一直那么傻待着，久久不动，有点着急了。

小家伙无动于衷，还是呆呆傻傻的——哦，不，也可能是十分冷漠地浮靠在池壁边，就像故意要给这个世界一点难堪、一些不安。

"老师，它是不是无法适应这个新环境？"刘俊一脸的担忧，"它可是几乎一整天——对了，还要加上昨天一整夜，都没有进食了！万一它……"

看得出，这时，徐教授也有点忧心忡忡了。

但是，任凭大家怎么着急，怎么急切地期待和盼望，它反正就是不动，不动，仍然不动！

仿佛是在用这种方式，表达着自己无声的抗拒，也表达着自己的倔强和尊严……

春天白昼较短，天色很快就黑了下来。

刘俊吩咐高翔他们先回去休息，然后又对徐教授说："老师，您也等一整天了，回去休息吧，我在这里守着它。"

"不，阿俊，你累了，你也回去休息一下，回家看看沛沛和她妈妈吧！你已经有两个月没回家了吧？"

"哎，这时候，顾不上她们啦！"刘俊说，"小家伙这样傻傻呆呆，不吃不喝的，我真是放心不下。"

"那好，我也留在这里，陪你再观察一会儿。"徐教授说。

等所有人都离开了，徐教授轻声地对刘俊说："阿俊，你有心事，你的心思瞒不过我。"

自从没了大星，徐教授就越来越把刘俊这几个年轻人当成自己的孩子一样看待了。她那母亲般的细致与疼爱的感情，刘俊他们也时时能感受到。

刘俊一愣，赶紧苦笑了一下说："老师，我能有什么心事啊！"

"我注意到了，你们好不容易寻到了一头活的白鳍豚，又赶了一天的长途，把它运回来，按说，你应该开心，应该有点'胜利者'的感觉才是。可是，你好像没有这种感觉。"

果然是母亲般的心最细腻！

刘俊说："老师，还是您最能了解我。说实话，我这一路上，心里一直别别扭扭的，有点纠结，但我自己又分辨不清楚，究竟怎样才对的。不过，我没有在高翔他们面前表现出来。"

"你说说看，到底是怎么啦？"

"你看这个小家伙现在的样子，其实我最担心的，就是这个！"刘俊说，"我这一整天，一边开车赶路，一边在心里斗争着、纠结着。我一遍遍地在想，我们把它从长江里、从洞庭湖里捕获，运回所里，究竟是不是一种好的选择呢？"

"阿俊，你这种反思和担忧的心情，我完全能够理解和体会。"徐教授说，"我们从事生物科学研究的，其实更多的是在研究'生命'，鲜活的、独立的、有血有肉的、有呼吸、有知觉甚至有感情的'生命'！"

"是的，有血有肉的生命！"刘俊说，"记得我刚到所里那年，有一次，您给我们这些年轻人做科学报告时，说过这样的话：一只被打死并被做成标本的鸟，已经不再是一只鸟了，因此，我们不应该过多地待在实验室或博物馆里寻找和发现自然界的生命，而是应该去大江大河，去河湾、湿地、湖泊、芦苇荡里，看看苍鹭和大雁在头顶上盘旋，听听天鹅、野鸭的欢叫声，听听鱼群自由游过时发出的'泼剌'声，甚至跟着松鼠到它的老松树上的小巢中去看看真相……老师，您的这些话，言犹在耳，我从来也没有忘记。"

"不，阿俊，准确地说，这不是我说的话，这是一位毕生献身于大自然的观察与发现的老人、美国著名鸟类专家约翰·巴勒斯先生说过的话。我只是对他的这番话又发挥了一下而已。难得你还记得。"

"怎么能忘记呢！"刘俊的目光，一直没有离开静静地停留在池水里、一动也不动的白鳍豚。他接着说道："大地上、江河里的一切生命，包括这些无言的和无助的，甚至濒临绝迹的动物与植物，都拥有自己不可抹杀的生命的尊严，拥有自己的生命履历与生命传奇。所以，当我用吉普车载着它，往武汉走的这一路上，我就不断地在想，让它的生命，从此永远地离开了辽阔的长江、洞庭湖，离开了散发着沼泽和泥土气息的汉港与芦苇荡，究竟是拯救了它，还是剥夺了它本来的自由、野性与生命的尊严呢？"

"你追问得好，阿俊，我很欣赏你能从这个角度来思考我们的科学工作。"徐教授说，"不可否认，我们做水生物研究，有时也要剖开那些鲜活的动物的肚子，甚至肢解它们鲜活的生命。但是，我们更多的时候，是在研究活着的它们。"

"是的，老师。您知道吗，从我走进大学的生物系教室的那一天，我就在心里不断地告诉自己：你最应该倾心和关注的，不是死亡，也不是那些失去了生命知觉的标本；你将要从事的工作，是去悉心观察活的生命，因此要投入感情去发现它们、去爱它们、尊重它们……"

"你说得对，阿俊，这应该也是我们从事白鳍豚研究的真谛。"徐教授也是第一次听到刘俊这样的肺腑之言，不由得从心底里感到了莫大的欣慰，"既然如此，阿俊，你就不妨换一个角度，再想一想……"

"老师，请您指点。"

徐教授指着饲养池说："比如，你也看到了，这头白鳍豚身上，为什么会带着这么深重的伤口？那一定是冰冷的锚钩给它造成的伤害吧。还有那些缺德的不法之徒在江河湖泊里肆意布设的'迷魂阵'，你肯定也见识过吧？"

"是的，还有那越来越多的机帆船、挖沙船，它们的螺旋桨越来越大，在水下隆隆作响，防不胜防！"

"更让人堪忧的是，这些年来，无论是长江、洞庭湖、鄱阳湖，还是它们沿岸和周边的大大小小的湖泊、汊港，整个自然生态都被破坏、被污染得越来越严重了！你如果从这个角度再去想一想，也许你纠结的心情会稍微有点释然，你会觉得，还是让它离开那里才是对的。"

刘俊和他的老师，就这样说着、说着，不知不觉地，天已经完全黑下来了。

半圆的月亮悄悄升了起来，挂在远处的珞珈山上空。还有不少星星，也一眨一眨地闪现在幽蓝的夜空里……

"老师，这样跟您说说我的心情，我觉得开朗、好受多了。"刘俊说，"您看，天色这么晚了，耽误您吃晚饭了，我现在就让笑琳送您回去。"

"你不是也还没有吃晚饭嘛！"徐教授从藤椅上站起身说，"其实，还有一句话，我也想告诉你，或许，你自己也会想到的，那就是毛主席他老人家说过的，要奋斗，就会有牺牲！从事任何科学研究，都需要牺牲和付出，包括一些鲜活的生命的付出，无论是研究者，还是被研究者，包括眼前这头如此珍稀的白鳍豚。你想想看，我们发现了它，追寻到了它，是不是也就意味着，一项前所未有的研究使命，从此也将由它和我们共同担当起来，共同来完成？如果它也能像人类一样，有感情，能表达，你说，它是不是也会感到几分幸运和自豪呢？"

"您说得完全正确！"刘俊听到这里，眼睛顿时一亮，说，"老师，这倒是我从昨晚到现在，一直还没有想到的，您说得太好了！"

刘俊话音刚落，突然，从夜色笼罩的饲养池里，传来一串响亮的、有力的、显然是尾鳍击打池水发出的"泼剌""泼剌"的声响……

紧接着，池子里溅起了一些晶亮的浪花……

"我的天哪！它游动起来了！"刘俊兴奋地惊叫起来。

徐教授也欣喜地俯下身，目光追随着在池水里自如地游动起来的白鳍豚，长长地舒了一口气……

"阿俊，它是不是听懂我们刚才说的话了？"

"好像是的！"刘俊盯着正在游动的白鳍豚说，"小子，你终于肯动弹一下啦，你可把我吓得不轻啊……好样儿的！你总算与这个世界和解了！"

这一瞬间，刘俊激动得眼泪都涌了出来……

第七章　湖畔的渔火

山月当空，江声浩荡……

皎洁的星光和月光，照耀着生活在城里的人们，也照耀着生活在花狗渡渡口的柳伢子和他的爷爷，还有他们的花狗虎子。

像往常一样，一到夜晚，爷爷又在渡口生起了一小堆渔火。渔火上架着小小的吊锅，里面煮着热腾腾的泉水……

噼啪作响的温暖的渔火，驱走了夜晚渡口的寒气，也好像在告诉那些正在河对岸、湖对岸，或在不远处赶着夜路的山里客——

这里有一个朦胧的家；这里有一个可以供你歇一下脚、喝一口热水的地方；这里也可以供你坐下来，烘烤一下被草露和夜雾打湿的裤脚和鞋袜，顺便也倾吐一下心里的苦楚，交流一下明天的方向……

爷爷对着渔火抽着旱烟，默默想着自己的心事。谁也不知道，一天天，一年年，爷爷的心里在想些什么。

花狗依偎在爷爷脚下，好像也在对着渔火想自己的心事。花狗会有什么心事呢？它是在想念自己的妈妈和兄弟姐妹吗？

柳伢子坐在渔火边，就着一盏风灯的光亮，伏在一张小木桌上写作业。作业写完了，又开始小声背诵古诗。

先是背了一首《舟夜书所见》：

"月黑见渔灯，孤光一点萤。微微风簇浪，散作满河星。"

诗写得真美，好像描绘的就是眼前的光景。一遍又一遍，背了好多遍，柳伢子觉得背熟了，又背起一首《忆江南》：

"江南好，风景旧曾谙。日出江花红胜火，春来江水绿如蓝，能不忆江南？"

一遍又一遍，又背了好多遍。柳伢子小声地、重复地背，爷爷和花狗默默地、认真地听。

不用说，爷爷和花狗，也许都听不大懂。

两首古诗都背下来了，今晚的作业算是完成了。然后，柳伢子收拾起书包，摸一下花狗的头，也倚靠着爷爷，和爷爷说起话来。

"伢子，书都背会了？"

"背会了。爷爷，我背得好吗？"

"好，背会了就好，是爷爷的好伢子。"

"爷爷，你说，刘叔叔现在在做什么？"

"做什么？赶了一天路，该歇息了呗。"

"那他们拉走的'大鱼'，哦，那头白鳍豚，这会儿在做什么？"

"做什么？赶了一天路，住进城里的新家里，也该歇息了呗。"

"爷爷，你说，到了城里，白鳍豚会不会想家？"

"想家？是的咯，离了自己住惯的地方，哪有不想家的？"

"爷爷，城里没有洞庭湖，也没有芦苇荡，那你说，如果它想家了，怎么办？"

"也是咯，怎么办？没有法子咯！又没有汉港，自己又不能偷偷游回来！"

"说不准，刘叔叔他们只好把它又送回来。"

"送回来？湖水里和芦荡里，有那么多滚钩和'迷魂阵'，送回来也没有活路，送回来做什么？"

爷爷说的没有错。也许，这也是让他老人家的心事越来越重、越来越多的原因之一吧。

按说，这些年的日子比往年好过多了。爷爷在这里摆渡，镇上每年会发给爷爷一些补贴。也有好几次，镇政府的领导过来，劝他搬到镇上的敬老院里去。可是，爷爷说什么也不肯去，他就是喜欢在这里摆渡。爷爷说，他的父母亲死在这里，他的老媖驰死在这里，他的儿子也死在这里，总有一天，他自己也要死在这里，陪着他们。

柳伢子知道，爷爷早年和他的阿爸一起，搭救过一个落难的人。后来，这个人当了"大官"，成了有名的将军。很多年后，这位将军多方打听，才找到了爷爷一家，要报答自己的恩人。可惜的是，这时候，爷爷的阿爸已经不在人世了……

镇政府知道了爷爷的故事，说爷爷是对新中国做过贡献的人，就按照有关政策，把爷爷列入了可以住进敬老院的名录里。

听说，那位老将军离休后，还专门拿出自己的一笔存款，捐给了镇里的敬老院和希望小学，还拜托镇政府，希望他们好好照顾老人家和他的孙子……

可是，爷爷总是说：那都是早年的事了，换了谁都会那样做的，哪能把那个当成做人的本钱呢！所以，爷爷说什么也不肯搬到镇上的敬老院里去，只愿意住在江边，住在洞庭湖畔的花狗渡渡口，每日里吹着江风，驶船摆渡。

有时候，爷爷帮着刘叔叔他们的考察队在江上和湖上驶船、做向导，考察队也总是给爷爷一些报酬，哪怕爷爷推辞，他们也坚持要给。爷爷一个人带着柳伢子生活，虽然日子过得比较寂寞和孤单，但是手上比以前可宽裕多了。

可是，为什么爷爷心里仍然不那么舒坦呢？

唉，爷爷的性格，真是有点古怪和固执呢！

就拿前两年说吧，镇子上让王小月老师来劝爷爷说，柳伢子到了上学的年龄，该送去学校念书了，可爷爷心里就是一百个不情愿。

爷爷固执地说："慌什么咯，伢子还小嘛！再说啦，伢子跟着我，撑篙、摇橹、系缆，挑水、烧火、割苇草，哪一样事情不会做？你们说，学堂里那些细伢子，有几个学得了这些本领的？谁会教啊？"

小月听了，笑着劝说爷爷："老爹，难道说，您老打算也让柳伢子以后在这花狗渡渡口摆渡吗？"

爷爷说："那倒不是，伢子们总归得有自己的路要走咯，一兜雨水养一篼禾咯。"

"这就对了，老爹，细伢子一到上学的年龄，都得上学念书，掌握文化知识，这是国家对所有细伢子的九年义务教育法，咱们得好好执行哪！"

爷爷还想坚持，说："反正柳伢子还小，不慌咯！"

"还不慌啊？罗老爹，您可不能像老母鸡一样，老是把他捂在自己翅膀底下，耽误了人家细伢子的前程咯！"

"不会的，不会的！"爷爷自信地说，"细妹子，你放心，伢子跟着我，跟着花狗，看着洞庭湖边那些大雁和野鸭长大，它们是不会教他干什么坏事的！"

幸亏小月老师也非常执着，最终还是说服了爷爷，让柳伢子及时地入了学。

不过，爷爷依然坚持不让柳伢子离他太远，只肯让伢子在小月当老师的那所小学上学，没让伢子到镇子上的小学去。

爷爷知道，到镇上去读书，伢子就得住到那里，一个星期、一个月，都不一定能见上一次两次的。那他可舍不得，也不会放心，决不答应的。于是，柳伢子就在离家较近的希望小学入了学。

这样一来，柳伢子也高兴，因为每天放了学，都能回来陪伴爷爷。

除了对伢子上学这件事，爷爷表现得十分固执外，对于现在的世道人心，他也有自己固执的判断标准。爷爷的心里，好像有一把看不见的尺子，碰到看不惯的事儿，他就拿出这把尺子来量一量。

比如这些年，他眼睁睁地看着洞庭湖被糟蹋得越来越不成样子了，好像谁都可以任意地围起一块来，抽干湖水，填充起来，变成自家的田地和厂子；还有呢，也不知道从哪里突然冒出那么多的挖沙船、掘土机，还有那些鬼也不晓得是做什么的各种厂子，把湖里湖外搅得乌烟瘴气、怪味刺鼻，连那些大雁、秧鸡、蓑羽鹤、大白鹭都不愿再飞来湖边歇脚了。

以往的河湾、汊港和芦苇荡里，野鸭成群，鹭鸟成群，如今可倒好啦，快要变成那些不知羞耻、不劳而获的偷猎者和布设"迷魂阵"的坏家伙，还有那些常常跑来下电网电鱼、用自制土炸弹炸鱼的坏家伙的"乐园"了！

"唉，世道真的变咯，人心也变咯，变得我老汉认不得也不敢认咯！"爷爷常常这样自言自语着，一边叹气，一边摇头。

连柳伢子都觉得，能让爷爷开心的事情越来越少，爷爷也越来越不爱说话了，就喜欢一个人"吧嗒吧嗒"地抽着闷烟，想着心事……

"爷爷，你又在想什么呢？"

柳伢子收拾好小桌子上的书本和作业本，又往小篝火堆里加了点柴棍，还给爷爷的茶碗里添了一碗开水。

"唉，爷爷能想什么，瞎寻思呗！"

"爷爷，那你讲个故事给我听，奖励我一下嘛！"

"又想听故事啦？爷爷肚子里的故事，都给你倒干净咯，哪里还有？"爷爷"吧嗒"着烟锅说。

也许只有这样的时刻，才最让爷爷感到舒心。

"讲个什么呢？让爷爷想想……"

"爷爷，你就讲讲小时候，你和你阿爸搭救那个'大官'的故事吧，我好想听，可你总是不肯讲！"

"唉，那是多久的事了，也算不上'搭救'了人家，哪能天天挂在嘴边讲啊？再说啦，我那吃了一辈子苦的阿爸，早早地就闭上眼走了，爷爷想起来，心里也难受啊……"

夜很安静，也很空旷。星星在远处的山峰上闪亮。半轮山月也显得格外清朗皎洁。几只夜宿的水鸟，栖息在不远处的芦苇荡里，好像还不肯安睡，不时地把芦苇管和芦苇叶弄出一些窸窸窣窣的声响……

坐在橘黄色的、温暖的渔火边，爷爷经不住柳伢子的追问，就把那件发生在几十年前的故事，讲给了伢子听……

第八章　遥远的往事

讲起来，已经很遥远了。是呀，那么遥远了……

有一年夏天，在捞刀河边，一场攻城战打得十分惨烈。

一位年轻的指挥员，率领一支转战多年的队伍，从中午一直打到第二天拂晓时分，终于撕开了一处城门。

战斗结束后当天，那个指挥员就来到了离城门不远的捞刀河边，在曾家垸子一带，寻找几年前曾在这里摆渡的一对渔家父子。

这渔家父子，就是柳伢子的爷爷，还有爷爷的阿爸。

那时候，爷爷差不多也像现在的柳伢子这么大，只有十二三岁吧，跟着阿爸住在捞刀河畔的渡口上，过着打鱼、摆渡的苦日子。

这位指挥员，为什么要寻找他们父子呢？

原来，几年前，年轻的指挥员还是家乡的一个游击队队长，在洞庭湖一带芦苇荡里打游击的时候，派人处决了一个在当地仗势欺压贫苦百姓、横行乡里的汉奸恶霸。

可是，这个恶霸有个哥哥，是伪军团部里的一个团副，团副出钱收买了一个知情的人，把游击队队长给抓住了，要把他押送到城里去。

走到捞刀河边的一棵苦楝树下，几个押解这个年轻人的士兵坐下来等待渡船时，有一个小兵，紧靠着双手被反绑的年轻人坐下，偷偷为他解开了手上的绳子，又用手重重地在他背上按了按，示意他赶紧逃走。

渡船过来了，年轻人在船上瞅准机会，对押解的班长说："兄弟，我口袋里还有几十块钱，你们拿去分了吧，免得白白送给了看管监牢的家伙。"

等这个押解的班长满脸疑惑地上前拿钱时，年轻人趁他不备，一头把他撞进了捞刀河里，自己则一个长长的猛子，潜到了河水里。不一会儿就纵身跃上河对岸，飞跑而去了。

那几个当差的伪军，本来也都是穷苦人家出身，还算有点良心，只是朝天空胡乱地放了几枪，就算了事了。那几十块钱，成了这个年轻人的"买命钱"。

年轻人跳上岸后，一口气跑了二三十里路。险算是脱了，这时候，天也黑了下来。雾气弥漫，夜色空旷无边……

年轻人又累又饿，觉得身上一点力气都没有了，就疲惫地仰身躺在一块避风的田垄上，嘴里嚼着一根苦涩的苇草，好像在品尝着人生苦涩和艰辛的滋味。

怎么办呢？饥肠辘辘且不说，身上分文没有，往后的路，该往哪里走呢？望着茫茫的夜空，望着天上眨眼的星星，他想，黑夜再长，但后头不就是黎明吗？世道再冷酷，天地之间总该有个容身之处吧？

当时，这个年轻人一心想着朝北边走。因为他知道，北边有他们自己的抗日队伍。

这样想着，念头一转，身上又涌起一股劲儿来了。

半夜时分，他艰难地走到了捞刀河边的曾家垮子一带。透过薄薄的夜雾，他望见江边有一点微弱的渔火，还有一只飘摇的小船。

年轻人眼睛顿时一亮。正是这一小团渔火，让他看到了光明，也给他带来了力量和希望。

年轻人迫不及待地朝着渔火走去。渐渐地，他看得清楚了，在雾气茫茫的河畔上，一小堆橘黄色的渔火边，坐着一位闷头抽烟的老倌。渔火上架着一只吊锅，已经煮沸的江水正在冒着热气。

火堆边，还有一个十来岁的细伢子，正蹲在那里收拾着一张渔网。细伢子听见了脚步声，就站起身说："阿爸，有人走过来了。"

老倌抬脸望去的时候，那个满脸汗水、泥水的年轻人，已经站在渔家父子面前了。

只见年轻人朝着老倌深深鞠了一躬，说："打搅了，老人家和细伢子，有劳你们行个方便……"

老倌端详着这个半夜里突然出现的年轻人，赶紧说道："不知先生为何半夜来到这里？你这是从哪里来，要往何处去呢？"

年轻人回答说："惭愧了，老爹，我不是什么先生，我跟老爹和细伢子一样，也是穷苦的种田、放牛人，是为穷苦人做事的。"

这时候，眼尖的细伢子突然看见他的脚踝上正在流血……

"哎呀，阿爸，这位先生受伤了！"细伢子叫道。

"快，细伢子，去棚子里把那个药膏罐子拿来。"老倌吩咐细伢子。

老倌给年轻人的脚踝敷了一些药膏，又从衣襟上撕了块布条，仔细地包扎了一下。年轻人满怀感激地看着这对陌生的父子，眼睛里顿时一片潮湿。

是啊，人在落难的时候受到的哪怕一丁点儿的温热的对待，也会永远地留在心上，温暖一辈子。

这时候，老倌又默默端过来一碗热水和几块烤白薯。

"先生，喝口水吧，也拿不出啥东西来给你吃，就用这个充充饥吧。"

年轻人双手颤抖地接了过来。这一瞬间，轻易不会流泪的七尺男儿，再也忍不住了，大颗大颗的眼泪无声地滚落在水碗里。

年轻人狼吞虎咽地，连皮都舍不得剥，把几块烤白薯都吃了下去，碗里的热水也一饮而尽。喝完水，他觉得有些羞愧，就只好如实说来："老爹，我得渡过湘江去对岸，可又身无分文……"

长年在这里摆渡、打鱼的老倌，大半生风里来雨里去，什么世事没有见识过？他二话没说，提起一盏风灯，走进了棚子里。

不一会儿，老倌取来一件破旧的褂子，还有一点干粮，递给了年轻人，说："先生还要走远道，穿上吧，好挡挡雾气和风寒。"

"老爹，后生……身无分文，受当不起啊！"年轻人含着泪水说。

"唉，快上船吧！是不是自家人，我老倌一眼看得明白！"老倌一边解缆绳，一边叮嘱伢子："细伢子，守着火，别让渔火灭了，阿爸把先生送过江就回来……"

江风呼呼地吹刮着，桨声有力地"哗啦"作响，小船在茫茫的黑夜里驶进了滚滚的湘江……

一盏昏黄的风灯，照着雾气茫茫的江面，也照着老倌花白的胡须和饱经风霜的脸膛。老倌紧握双桨，坚定地朝前划着、划着、划着……

小船抵达了对岸，年轻人无以回报，只能又深深地给老倌鞠了一躬，说："老爹，后生无以回报，留个名姓给我吧，来日若还能回到湘江畔和捞刀河边，我一定来看望老爹和细伢子！"

老倌说："我家三代人，都在湘江上和捞刀河边摆渡、撒网，乡亲们都喊我罗老倌。山不转水转，他日先生若是再转回来，转到这捞刀河边，只要我罗老倌还活着，一定再给先生驶船摆渡。"

"好，一言为定。罗老爹，江上风浪大，你们多保重！"

"先生放心吧，天快亮了，你还要赶远路，路上虎狼多，你也多加小心吧……"

小船掉过头，又驶回了茫茫的湘江里。一星微弱的、摇晃的灯光，渐渐消失在夜雾中……

空旷的江岸上，沉沉的黑夜里，这个年轻人噙着热泪，朝着那渐渐看不见的小船和灯光，一下子跪在了江岸上……

从此以后，他再也没有忘记这个不寻常的夜晚。

几年后，这个游击队队长成为了一位赫赫有名的指挥员，率领着一支队伍回到了家乡，参加了解放长沙城的战役。

可惜的是，战役结束后，他来到捞刀河边的曾家塆子一带，寻找自己的恩人罗老倌和细伢子时，怎么也没有找到他们的踪影。

兵荒马乱的年月，谁也不知道，罗老倌一家人流落到哪里去了。

"恩人哪！今生今世，让我怎么能忘记你们啊！"

这位指挥员没有找到自己的恩人，心里别提有多难受了。他含着泪水，站在江水滔滔的岸边，依依回想着罗老倌送他过江的那个夜晚里的每一个细节，默默地在心里呼唤着："罗老爹、细伢子，你们去了哪里啊？"

他是多么想再看一看那只漂摇在湘江上的小木船，看一看那对好心的渔家父子，还有那一小堆温暖的渔火，那一盏闪亮在黑夜里的风灯……

一些跟随他转战了多年的战士，陪着他站在捞刀河边，看着他对着河水，再一次深深地鞠了一躬。然后，他转过身，向着远方——向着家乡的大地，向着祖国和民族所期待着的方向，坚定地走去……

……

"唉，多好的人哪！为了穷苦人能过上太平日子，大半生都提着自己的身家性命在打仗，风里雨里的……"

讲到这里，爷爷从遥远的、沉重的往事里回过神来，把长长的烟袋杆伸向火堆，又"吧嗒""吧嗒"地点了一锅旱烟。

柳伢子也听得入迷了，好半天还沉浸在爷爷的回忆里。

渔火在夜风里"噼噼啪啪"地燃着。花狗似乎也听懂了爷爷讲的故事，那么安静地支棱着两只耳朵……

"爷爷，那这位将军后来又是怎么找到你们的呢？"

"唉，说起来，话还长哪……"

那天，这位指挥员带着深深的遗憾，带着队伍离开了曾家塆子，又马不停蹄地转战到别处去了。

在这以后的很多年间，他带着自己的队伍，枪林弹雨，出生入死，一直不停地南征北战……

到新中国成立时，他已经是一位赫赫有名的将军了。将军的身上，留下了多处伤疤，身体里还有敌人留给他的好几块弹片呢！

将军每次回到家乡视察和探亲，都不忘打听一下罗老倌父子的下落。也有人劝他说，兵荒马乱的，说不定父子俩已经不在人世了……

但是将军仍然不死心，从没放弃过寻找这父子俩的心愿。他还拜托地方政府，继续帮他打听这对父子的下落。

真是皇天不负苦心人，后来，当地政府终于帮这位将军打听到了父子俩的下落。

原来，兵荒马乱、朝不保夕的日子里，罗老倌一家人，在家乡的日子过不下去了，就背井离乡，流落到了洞庭湖的城陵矶一带，在这里重新搭了个芦苇棚，算是有了个遮风避雨的屋顶。罗老倌带着细伢子，仍然靠打鱼、摆渡养家糊口……

慢慢地，细伢子长大了，成亲了，后来又有了柳伢子的爸爸……

再后来，就有了那位已经白发苍苍的老将军，来到渡口看望当年的恩人的一幕。可是，让老将军感到万分遗憾的是，那时候，罗老倌已经不在人世了。细伢子也已经长大成人，老将军都认不出来了……

"哦，爷爷，现在我明白了，为什么镇里几次要让你搬到敬老院里去住了。"柳伢子忽闪着大眼睛说。

"是的咯，那都是人家老将军的好心好意咯！"爷爷说，"真没想到，你给人家一次好，人家会惦记你几十年、一辈子，念念不忘咯！"

"爷爷，这就是我们老师讲的，生活在世界上，要永远怀着一颗感恩的心。"

"对头咯，伢子，你们老师讲得对，就是这么个道理咯。"

"爷爷，那你见过那位老将军吗？"

"见过，当然见过咯！人家都亲自到这渡口来过，还能没见过？不过，爷爷见他时，他也头发花白，拄着拐杖了。"

"爷爷，那他肯定是个大官咯？"

"大官，当然是大官！人家为国家南征北战了一辈子，哪能不是大官！"看得出，讲到这儿，爷爷特别舒心，又"吧嗒"了几口旱烟，对柳伢子说，"那么大的官，一点架子都没有，把自己省吃俭用的一点钱，都送给了镇上，修了一个敬老院和一所学校。对了，老将军还送给了爷爷一套崭新的毛呢子衣裳哪！后来让你爸给穿了。"

"这位老将军真了不起！"

"是啊，多好的人哪！"爷爷说，"伢子，你是爷爷的好伢子，长大了一定也要做个好人咯！你可要牢牢记住了，别人碰到什么难处了，你给人家一点点好处，人家就会惦记你、感谢你一辈子咯！反过来也是一样，碰到你落难的时候，人家给你一点点好，你也应该惦记人家、感激人家一辈子咯！"

"爷爷，你放心吧，我牢牢记住了！"柳伢子使劲点着头说。

"记住了就好，记住了就好！"爷爷也点着头说。

"爷爷，老将军现在还活着吗？"

"唉，不在了，已经去世好多年了。多好的人哪！"爷爷望着挂在远处山峰上的半轮山月，还有那些一闪一闪的大星星说，"不过，爷爷相信，这样的好人，一定就像那天上的星星、月亮一样，还在照着后人……"

爷爷刚说到这里，突然，柳伢子又想起了一件事，就问爷爷："对了，爷爷，昨天夜里，刘叔叔他们要从水里捞起白鳍豚的时候，我听见他对着远处说：'大星，你在天上看到了吧？'爷爷，'大星'是谁呢？也是一个叔叔吗？"

"哦，大星啊，那是前些年，和你刘叔叔一起来到浮陵矶的一个叔叔，是那位徐教授的儿子。唉，多好的年轻人哪，才二十几岁，说不在就不在了……"

就在这时，从桃林河对岸隐约传来了几声悠长的呼船的声音。

花狗虎子听觉灵敏，忽地一下站了起来，对着远处吠叫了几声。空旷、寂静的夜色，把虎子的吠声传得很远很远。

"爷爷，有人在那边呼船了。"

柳伢子侧耳细听，果然听见了细细悠悠的呼船声：

"有船在吗？——罗老爹——"

爷爷也听见了呼船声，赶紧磕了磕烟锅，站起身说："伢子，你听，像是你们学校的王老师，你快解缆去。"

还没等柳伢子和爷爷走近渡船，只见花狗虎子像一支射出的箭，"噌"的一下就先跳上了渡船……

第九章　疼爱

时令在悄悄变换，人们的生活也在继续。

童话家们常常会对沉重的现实生活轻描淡写，好像一瞬间就能把一切都变成美丽的童话。可是，真正的生活，哪里会这么轻易和简单，又怎么会让你随心所欲、心想事成呢？

其实，即使是最伟大的童话家，也不可能在一瞬间让现实生活变成童话，让所有的人都生活得幸福和快乐，哪怕是在童话故事里也办不到。但是，一个伟大的童话，一定会给人们带来梦想、希望和光明，一定能指引着人们如何找到快乐和幸福，也一定能给奋斗中的人们送去实现梦想的智慧和力量。

现在，对于刘俊和他的老师、他的队员们来说，一头小小的、鲜活的白鳍豚的到来，正仿佛是一个童话，一束光亮，让他们从艰辛和沉重的生活中，看到了梦想、希望和光明。

在未来的日子里，只要他们真诚地付出各自的挚爱与耐心，那么，这个初涉尘世的小家伙，也一定会回报给他们去实现梦想的智慧、力量和信心。对此，刘俊也是深信不疑。

是的，生活中毕竟还有一些我们所挚爱的事物，是能够用我们的双手和心灵，让它们永远地传续下去的，因而，我们的追寻、我们的挚爱，也是能够始终不渝的。

人类的心是这样的，那么，一颗富有灵性的小动物的心，想必也应该是这样的吧？

虽然刚刚过去了几天，而且换了一个全新的、陌生的生活环境，再也没有了长江里和洞庭湖上的大风大浪，也闻不见芦苇荡和汊港里的泥土气息了，但是，看得出来，畅游在饲养池中的这个可爱的小家伙，已经适应了自己的"新家"。

这些天来，不论白天黑夜，刘俊几乎是寸步不离地守望在饲养池边，就连吃饭，也是端着饭盒，坐在池子边，一边观察着池子里的动静，一边三口两口就解决了问题。

小家伙那流线型的身体，在清清的池水里迅捷地游动，一会儿急速向前，一会儿又突然旋转着身体改变了方向，动作是那么灵活，姿势是那么优雅，简直就是一个天生的"舞者"，一个华尔兹和芭蕾舞的高手！

有时，它似乎是有点调皮地故意抬起圆咕隆咚的额头，把长长的嘴巴也伸出水面，嘴角下露出两只细小的眼睛，看上去不免有点滑稽。

"笑琳、子兰，你们记着，给小家伙采购饲料时，鲜活的小鱼儿品种尽量越多越好，这样可以接近它在洞庭湖水域时的食物结构。"刘俊叮嘱说。

他按照洞庭湖水域常见的鱼类品种，开列了一张"食谱"清单，包括草鱼、鲫鱼、鲤鱼、青鱼、鲢鱼、鲇鱼、鳜鱼、鳝鱼，还有河虾、小蟹、泥鳅，等等，只要能采购到的，都要尽量采购回来。

这天中午，刘俊正在池边专心致志地观察和记录着小家伙的动态行为，徐佩芬教授不知什么时候也来到了池子边。

徐教授试着把几条鲜活的小鲫鱼投进池子，白鳍豚竟然敏捷得像箭矢一样迅速潜泳到水下，以迅雷不及掩耳之势，就把鱼儿追捕到了嘴巴里……

刘俊惊讶得一抬头，看见徐教授站在眼前。

"老师，是您啊？看，小家伙好像完全适应这个新家了。"

"是啊，但愿它能在这里创造一个生命的奇迹！"

"对了，按照国际通常的做法，人工饲养的珍稀动物，都应该有个自己的名字，便于我们日后对外介绍。老师，您是大家公认的'白鳍豚之母'，您给它起个名字吧。"刘俊笑着请求说。

"是呀，应该给它起个美丽的名字。"徐教授说，"不过，从前的大户人家，遇到了添丁的喜事，都会请家族里最年长、辈分最高的人为新生儿取名字。我看，这个事儿还是劳驾伍老吧，伍老德高望重，学贯中西，又是咱们水生生物研究所的创始人。"

徐教授说的没错，伍老是著名的动物学家、鱼类学家和线虫学家，还是中国科学院的学部委员（即现在的中国科学院院士），又是中国鱼类分类学、形态学和生理学的少数几位奠基人之一。那么，请他为这个"新生儿"起名字，当然是再合适不过啦。

"老师，那就请您跟伍老说说……"

"阿俊，你还不知道吧？自从这个小家伙来到了所里，伍老天天激动得像是抱上了小孙子，你放心吧，伍老一定能为小家伙取个好名字的。"

果然，伍老一听到要他为小家伙取名字，立即笑着说道：

"兹事体大，兹事体大，马虎不得，且容老朽细加琢磨……"

老先生先是找来一本《古代汉字字典》翻了半天，一时找不到"灵感"，还特地约上所里的另一位鱼类学老专家、人称"智多星"的胡老一起，到饲养池前观察了好半天……

这天，伍老、胡老和徐教授三人，又相约来到了饲养池前。

"我们这'三个臭皮匠'，一定要'顶上个诸葛亮'！"伍老若有所思地说，"白鳍豚不仅是我中华古国的珍稀物种，也是全世界公认的珍稀物种，既属珍稀、宝贵一类，那么诸位觉得，中国古代文献里常见的'琪琚玉佩'里这个'琪'字如何？"

胡老一听，眼睛顿时一亮，说道："这个'琪'字，有个王字旁，也就是古代的'玉'字，字面很美。伍老必定另有高见吧？愿闻其详。"

伍老笑眯眯地解释说："琪琚，就是玉佩相击之音，可喻美妙的言辞，唐代诗人孟郊的一首五言诗里，就有这样的句子：'喃喃肩经郎，言语倾琪琚'。此外，古语里也常用'琪花瑶草'，来描述仙境中的奇花异草……"

刘俊站在一旁，饶有兴趣地听着几位前辈的谈笑，就插话说："伍老，文学翻译家把英文的'angel'（天使）译作'安琪儿'，用的也是这个'琪'字，可见这个字很美。"

伍老笑着说："对头，对头！"

胡老点着头，思忖着说："这个'琪'字，确实不错，稍觉美中不足的，就是与水沾不上边，要知道，白鳍豚是离不开水的……"

"这个好办。"伍老似乎早就胸有成竹了，说，"我还有一个备用的字，就是不要那个王字旁的'琪'，而用三点水的"淇"，就叫"淇淇"如何？"

"淇淇？"大家一听，竟然异口同声地说，"这个名字好！"

"不仅有了'水'，还与白鳍豚的'鳍'字谐音，嗯，这个名字起得妙！"胡老跷起了大拇指说。

就这样，"淇淇"这个名字诞生了。

这时候，在场的每一个人都还想不到，几年后，这头名叫"淇淇"的中国白鳍豚，连同它美丽的名字一起，将会传遍全世界，成为一位"世界动物明星"。

"淇淇，淇淇，来呀，游过来……"

"来呀，淇淇，叫你呢……"

伍老、胡老、徐教授，还有刘俊、周笑琳他们，都很开心，一同拍着手，朝着饲养池里的淇淇喊道。

说来也怪，池水里的淇淇好像知道自己有了名字，知道大家是在呼唤它，竟然"心有灵犀"，一个姿势优美的转身，快速游到了大家跟前……

"淇淇好'灵醒'啊！"刘俊大笑着说了一个武汉方言词。

这一瞬间，他的心里感到多么骄傲！他觉得，自己的疼爱，自己的一片苦心和耐心，都没有白费，淇淇真是给他"争气"呢！

然而，没过几天，刘俊的心又紧紧地悬了起来！

在淇淇到来后的第十天，最让刘俊担心的情况出现了——

他发现，淇淇皮肤的颜色，由原先的灰白色变成了灰黑色，身体似乎也有点像失去了平衡，潜水时显得笨拙和困难了，所以大部分时间都是浑身无力地漂浮在水面上，有时还连续地探出头，停留在水面，好像连呼吸都有些异常了……

看到这个状况，刘俊的心一下子被揪得紧紧的，感觉自己浑身都有点颤抖了！

　　他赶紧打电话叫来了所里的兽医。徐教授和白鳍豚研究小组所有的队员都闻讯赶了过来。大家赶紧把淇淇捞起来，抬进了实验室的水槽里，察看到底是什么状况。

　　仔细检查后，医生认定，问题还是出在淇淇颈背部的那道伤口上——伤口的深层发炎了，引起了淇淇发烧，体温变得极不正常！

　　这可怎么办呢？每个人都心急如火，却谁也不知道该如何是好。毕竟，在这之前，整个水生生物研究所不曾有过饲养白鳍豚的先例，更没有任何为白鳍豚治病的经验。

　　"阿俊，现在只有一个办法了，赶紧打长途电话，向北京动物园紧急求援！"徐教授吩咐说。

　　北京动物园一接到电话，立刻派了两位经验丰富的兽医，当天就乘飞机火速赶到了武汉。

　　这时候，淇淇的呼吸越来越急促了，神态也萎靡不振。

　　"赶快急救！"刘俊和兽医们把淇淇放在一张铺着海绵垫子的行军床上，然后把小床吊挂在水池里，使淇淇的半个身子浸在水中。

　　兽医熟练地给淇淇进行了外伤处理。刘俊看到，兽医在给淇淇打针时，淇淇显然有点怕疼，嘴里不断地发出"嗞嗞"的叫声。

　　这一瞬间，刘俊觉得自己的心也在跟着疼痛，好像兽医的针是扎在了自己的心口上一样。

　　谢天谢地，经过几十个小时、不间断的药物处理，淇淇伤口深层里的化脓止住了，总算脱离了危险。

从北京来的两位兽医不能在武汉久留，跟刘俊交代了一些注意事项，很快就回北京去了。

可是，刘俊哪里放心得下啊！他寸步不离地守护在淇淇身边，只觉得心乱如麻，茶饭不思。

忽然，他想到了在同济医学院有一个姓方的朋友，是个外科医生，而且师出名门，是中国外科学泰斗、著名医学家裘老的高足。真是"病急乱投医"，这时，刘俊顾不得人家根本就不是"兽医"这回事了，就像一个落水的人，碰到一根救命稻草，就会紧紧抓住不放一样，他几乎是央求着方医生，无论如何都要赶过来给淇淇"会诊"一下。

"你不是在开玩笑吧，我的大科学家，有没有搞错啊？"方医生接到刘俊求救的电话，真是哭笑不得，"我是个有名的外科医生哎，是给人治病的！"

"这我不管，你们当医生的责任不就是'救死扶伤'吗？你总不能见死不救吧？"刘俊有点强词夺理了。

"可这只是一头……一头白……白什么来着？"

"白鳍豚，它的名字叫淇淇！它的生命，跟一个人的生命，跟我亲生的孩子，没有什么两样！"刘俊在电话里抓狂一般大叫大嚷着。

"什么？你厉害啊，连白鳍豚都能生出来！"方医生故意逗他。

"少啰嗦，就算我求你啦，方大博士，我现在就从所里要一辆车子来接你……"

这个方医生也算"宅心仁厚"，果然是对待一切生命都"一视同仁"，赶紧挑选了几种进口药品，还有听诊器什么的，一起装进了药箱里，一边收拾还一边苦笑着说："从医二十多年了，我可从来没给动物看过病啊！这个刘俊，真有你的！"

　　唉，俗话说，病急乱投医。看来，刘俊也真是心疼淇淇心疼得有点急眼了……

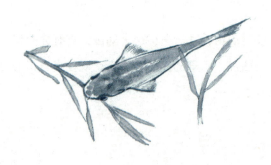

第十章　风雨芳华

"喂——有船在吗?——罗老爹——"

那天晚上,夜色已深,雾也起了,但老艄公没有听错,站在桃林河对岸呼船的人,果真是希望小学的王小月老师。

王小月是从省里开完会,连夜赶回湖区来的,顺道来花狗渡看看柳伢子和老艄公,也想看看或打听一下,刘俊他们现在住在哪里。

说起来,在这个世界上,曾经让王小月最牵挂的两个人,一个是刘俊,还有一个就是刘俊的队员大星了。现在,大星早已经不在了。刘俊哥生活得好不好呢?这么多年了,她一点消息都没有。

一直不敢想起,从来也没有忘记。温柔、善良的细妹子,多年来只能把曾经有过的一段短暂的、又美好又伤痛的记忆,深深埋藏在了自己的心底。

要不是前些时候,突然在镇上邂逅了高翔,知道刘俊哥他们又来到了洞庭湖,那些早已尘封起来的记忆,她也许永远也不忍再打开了！

唉，事情说来话长，也许，得从这里说起了……

曾经有一支优美的歌子，歌名叫《洞庭鱼米乡》，生活在洞庭湖边的人们都喜欢哼唱，就连柳伢子的爷爷，也会唱呢！歌子唱的是八百里洞庭湖上，秋日里鱼米丰收的喜人景象：

洞庭啊湖上哟，好风光哎嘿嘿，
八月哟风吹呀，稻花香哎嘿嘿。
千张啊白帆哟，盖湖面哎嘿嘿，
金丝哟鲤鱼呀，装满舱哎嘿嘿。
……
红太阳光辉哟，照洞庭哎嘿嘿，
轮船哟结队呀，下长江哎嘿嘿。

辽阔的洞庭湖，是一代代洞庭儿女的"母亲湖"，也是大自然赐给三湘大地的一方美丽富饶的"鱼米之乡"。可是，不知从什么时候起，"八百里洞庭"变样了——不是变得越来越美了，而是变得越来越千疮百孔、支离破碎、洪灾不断了。想起来，真叫人好不心痛哪！

"唉，都是让那些'填湖造田'的鬼名堂给折腾的，'崽卖爷田不心痛'咯！"柳伢子的爷爷亲眼看着洞庭湖的自然环境被毁坏得一天比一天严重，心里那个痛啊，真是没法说了。

这也正是让老艄公平日里心里总堵得慌，成天心事重重的，难得露出笑容的原因之一吧。

"洞庭湖干了，妈妈哭了……洞庭湖干了，妈妈哭了……"

有好几次，爷爷听到柳伢子在小声地唱着这样的歌子。柳伢子唱来唱去，也就这么两句。

"伢子，这是什么歌子？"爷爷问，"是哪个教你的哟？"

"妈妈教的。"伢子如实回答爷爷，"我就记住了这两句，后面的唱不到了。"

"伢子，听爷爷的话，别再唱这个歌子了，听了让人好难受的。"。

"好吧，爷爷，我以后再也不唱了。"伢子说。

柳伢子以为，爷爷是因为听了这个歌子，会想到离家出走的妈妈，心里才觉得难受的。其实，让爷爷更难受的是洞庭湖，是洞庭湖的水真的快要干了。

是啊，多年来没完没了地填湖造田，洞庭湖不仅越变越小，还被生生地"分割"成了很多的小墩子和很多的"小岛"。如果从空中俯瞰，那简直支离破碎得像是一个"千岛湖"了。

几十年来，在洞庭湖一带出生的一代代孩子，就在这支离破碎、风风雨雨的湖区里，像一群群顽强的小野鸭一样长大了，也像一茬茬青嫩的竹笋子一样，艰难地拱出地面，脱去箨壳，长成了一棵棵秀丽和挺拔的南竹……

王小月老师也是在洞庭湖的风雨里长大的一只小野鸭，是迎着洞庭湖的风雪云雾长成的一株秀丽的南竹。

她的童年和少年时代，都是在家乡的这片湖区度过的。这片湖区还有一个美丽的名字叫"仙女湖"。

据说，洞庭湖一带的民间神话里有个"柳毅传书"的故事，就发生在这里。和书生柳毅相爱的那个小龙女，从小就生活在"仙女湖"里。洞庭湖的老一辈渔民甚至坚信，有时候，大清早，从那云纱一样轻淡的晨雾里，还能看见美丽的仙女的身影……

可是，从小时候一直到长大，小月从来也没有看见过传说中的仙女。不过，在很多细伢子的心目中，王小月老师就是世界上最美丽的仙女。

小月十七岁那年，从岳阳的一所师范学校毕业了。"仙女湖"这所小学校的老校长，也就是她的阿爸，把自制的一副用了大半辈子的三角板，还有一支磨得十分光滑的教鞭，郑重地交到了她的手上。这个梳着长长辫子的美丽的师范生，成了湖区小学校的一名教师。

那时候，每一所湖区小学校的条件，都简陋得没法形容。阿爸教了一辈子书的那所小学校，常年设在一座废弃的破庙里，实行的是"复式教育"，也就是说，一个老师，要给好几个年级的学生上课。

有的细伢子离家太远了，晚上就住在小学校里。王小月既是教员，又是学生们的保育员、炊事员。穿过芦苇荡里的泥泞小路，或者摇着一只小船接送细伢子们的时候，她又成了学生们的"安全护送员"。所以在很多年里，她被细伢子的父母们叫作"四大员"。

大雁和野鸭一年年从远方飞回来，芦苇荡在燕子的呢喃声里回黄转绿。田野上的油菜花和紫云英，桃花、杏花和梨花，一到春天也都会开满湖区的每一座小岛。善良、美丽的细妹子，和年老的父亲一起，坚守在湖区简陋和清苦的小学校里，伴随着故乡的花开花落，哭过，笑过，无怨无悔。

有一年春天，喜鹊站在破庙前的朴树上"喳喳喳"地叫个不停，小学校里来了几个风尘仆仆的客人——

年轻的刘俊，带着高翔、大星几个同样年轻的科考队员，从武汉来到洞庭湖城陵矶一带和长江边，考察和寻找白鳍豚的生活踪迹。当时，科考小队在这一带还没有设置固定的观察点，镇里就介绍他们暂时借住在王小月老师的小学校里。

白天，细伢子们在这里上课学习，晚上教室里空了，刘俊他们就在简陋的教室里支起行军床铺，临时"安营扎寨"。等到天一亮，他们就收拾好铺盖，又到野外、湖里和江河、汉港里，继续追寻白鳍豚的踪迹去了……

这些年轻的科考队员，大多从全国各地的名牌大学毕业，不用说，也都在不同的大城市里生活过。他们的到来，给从来也没有跨出过家乡、最远只去过岳阳和长沙的师范生王小月，带来了一个全新的世界。

科考队的小伙子们在小学校里借住了大半年，小伙子们随身带来的各种书籍，小月一本本地借来读了。小伙子们每天讲到的新鲜故事，还有他们走过的地方，让小月听得睁大了眼睛，恨不能自己也生出一双翅膀……

有时候，小月也会邀请刘俊哥和高翔他们，给细伢子们讲一些寻找白鳍豚的故事。

细伢子们虽然一个个都在洞庭湖区出生和成长，但是他们都第一次晓得，原来，平日里爷爷、奶奶和外公、外婆们常常说到的"白旗"和"江猪"，是生活在他们家乡的两种不同的珍稀动物，"白旗"就是白鳍豚，"江猪"就是江豚。

科考队的叔叔还告诉细伢子们说，白鳍豚是世界上最宝贵的珍稀动物之一，也是我们中国的"水中国宝"，它们能在我们祖国的"母亲河"长江里，在我们家乡的"母亲湖"洞庭湖一带生活，这是我们家乡的骄傲和自豪，我们每个人，都应该像珍惜自己的生命、爱护自己的眼睛一样，去保护珍贵和美丽的白鳍豚……

像这样的话，王小月也是第一次听到。

还有，刘俊哥的口琴吹得真是好呢！那么艰苦和劳累的工作，好像一点也不能磨损掉他对生活的热爱。每到黄昏和夜晚，他悠扬的口琴声总会准时响起，从小小的学校一直传到很远的地方，仿佛可以穿透整个湖区的夜色……

不知不觉地，小月的心，好像也被刘俊哥的琴声，被一个个都像大哥哥一样对她那么好，一个个那么英俊、乐观和拥有无敌的力量的同龄人，给带走了……

毕竟都是处在青春芳华的年轻人，有的是热情，有的是梦想，都在向往未知的远方，都渴望能在天上飞……

渐渐地，刘俊和大星，这两个都还从没谈过恋爱的小伙子，也同时对王小月产生了深深的爱慕。

反过来说，也是一样。小月这时候觉得，自己就像从青青的南竹林里惊飞起来的一只小小的柳莺，不知道该落在梧桐树上，还是乌桕树上……

唉，新竹长在山冈，长在高坡，水柳长在湖畔，长在河腰。温柔、善良的细妹子的心事哟，谁能体会，谁能知道？

别人猜不到，王小月自己也不知道。是甜蜜，还是苦涩？有憧憬，有期待，也有几分无法说出来的羞怯……刘俊、大星和王小月，这三个心地同样善良、纯真的年轻人，彼此信任和尊重，谁也没把各自的心思说破。

也许，一切只需要时间，慢慢让它成熟吧，到那时再做选择也不迟。就像菜园里青青的韭菜，先不要割，且让它绿绿地长着；也像 5 月的青梅，先不要摘，且让它静静地在枝叶下藏着、挂着……

可是，谁也没有想到，乖戾的命运，竟然会突如其来地伤害到这三个真诚的年轻人！那年夏天，大星和另外一位队员在长江上跟踪一条白鳍豚的时候，不幸被突然到来的洪峰给卷走了……

那一年，大星还只有二十七岁。

大星的遇难，让刘俊第一次尝到了永远失去一位亲兄弟般的痛苦滋味，也让王小月久久地不能从难言的悲伤里走出来。

小月每天要面对小学校里的那间教室，是大星支过行军床的地方；堆在小教室屋檐下的柴火垛，也是大星挥着汗水劈过和码起来的……每天睁开眼一看到这些，小月的心难受得就像被刀子戳着、割着。

阿爸看在眼里，疼在心里！这样下去，这个善良的孩子一定会被这场打击给毁了。怎么办？怎么办呢？……

这时候，在洞庭湖一带的年轻人中间，已经悄悄兴起了一股去南方找工作的"务工潮"。

一到春天，互相熟识的年轻人，就会邀约着结伴离开洞庭湖，像一群群春天的椋鸟和山雀子，飞过家乡的芦苇丛，飞过家乡青青的茶山和南竹林，飞到南方一些陌生的城市里，去寻找各自的生活和前程……

柳伢子的妈妈玉娥，也是在这样的春天，头也不回地离家远去的。谁能知道，这一茬一茬的，在人们的匆忙和忽略中不知不觉就长大了的洞庭儿女，在熙熙攘攘的陌生的异乡，在城市里迷离闪烁的霓虹灯下，又将体会到人世间怎样的冷暖与生存的艰辛呢?

也就在这时,小月的几个当年读师范学校的同学也来约她,希望一起离开洞庭湖,去南方寻找新的工作机会。

于是,王小月几乎是咬破嘴唇,狠下心来,决定离开这里,离开这个让她每天都感到痛苦的地方。

一头受了伤、正在流血的小鹿,会悄悄寻觅一处无人知晓的丛林躲进去,自己舔干血迹,让伤口慢慢愈合。这时候的王小月,正像一头受伤的小鹿,要去找个地方舔干血迹、使伤口愈合。

所以,除了自己的阿爸,她连向刘俊他们道别的勇气都没有,就悄悄离开了家乡,去了南方。

她甚至也不知道,南方的什么地方,能容她落脚?她想寻找的舔伤的丛林,又在什么地方呢?

正是做梦的年龄,却被风雨打湿了梦的翅膀。正是开花的时节,偏偏又遭遇了冷冽的风霜。唉,洞庭湖哟洞庭湖,你真是让你无助的孩子们受苦了!

……

时代,总是艰辛地解决着一个个难题,一步步向前的。

幸亏洞庭湖的日子,随着国家的好政策,一天一天也在发生着改变。失去了汉港、沙洲和芦苇荡,还有什么更安全的地方,供大雁和野鸭们栖息呢?春天里,一群群山雀子飞过茶山去了,但是,鹧鸪、杜鹃啼归的声音,还在青青的茶山和人们的心头回响。

"行不得也哥哥……行不得也哥哥……"

"阿哥阿姐……割麦插禾……阿哥阿姐……割麦插禾……"

"不如归去……不如归去……"

这样的啼归声，心地善良的细妹子王小月又怎能听不见呢？所以，没过几年，她就背着小小的行囊，又回到了洞庭湖边，回到了自己的家乡。

不用说，经过了这几年独自在外的历练，善良的细妹子变得比以往成熟了。这时候她已经深深明白了，他乡的风日再好，也比不上生活在自己家乡踏实和心安。在异乡的日子里，她也一次次真切地体会到了，最让人想念的，不是洞庭湖的风雨天，而是一起避过风、躲过雨的家乡的茅棚和屋檐。

新的年月，新的生活，都在等待着她。她坚强地走出了昔日的阴影，藏起内心的伤痛，含笑朝向自己新的道路，新的梦想……

就在她从南方回来的那年春天，她当年从阿爸手中接过的那个小学校，也从破庙里迁了出来。这里新建了一所"希望小学"。一杆鲜艳的五星红旗，高高飘扬在小操场上空。小月又重新回到了这所小学里。新的生活开始了！

每天，黎明到来的时候，远处的大山和一个个小岛，都还隐藏在淡淡的晨雾中，还在被湖水轻轻亲吻着的睡梦中，她就划着小木船，把住在附近小岛上的孩子，一个个接到学校里来上课……

不知不觉，几年过去了。

一个个墩子上，飘着淡蓝色的炊烟。一阵又一阵鸡啼声，还有远处传来的鹧鸪、竹鸡的缠绵的呼唤声，也把小小的垱子唤醒。

二十多个孩子，住在湖区的五六个墩子和垱子里。每天清早，王老师划着小船把学生接到学校，中午送回家去，下午再接到学校，晚上再送回家去，一天来回要四趟呢！靠的是一条打了很多补丁的小木船，还有一双磨得光滑的旧木桨。

小船在黎明时分安静的湖水里一下一下划动着，湖水发出"哗啦哗啦"的声音，随着木桨一上一下，荡漾出巨大的波纹……

不久前，王小月获得了省青少年发展基金会颁发的"希望工程园丁奖"，奖品是一辆山地自行车。她对年老的阿爸说："要是能奖给我一条小船，该有多好啊！"

因为那条摇了多年的小木船已经破旧，有的地方开始漏水，阿爸已经帮她修修补补好多次了。

前几天，小月大胆地给基金会写了一封信，说出了自己的希望和请求。结果，她的心愿真的实现了！除了那辆山地自行车，基金会还另外募集了五千元，资助给了王小月。小月高兴得不得了，托人变卖了那辆自行车，加上那笔资助，正好买回了一条新的小船。

那天晚上，她站在桃林河那边，朝着花狗渡的罗老爹呼唤渡船的时候，正是刚从省里赶回来。

说实在的，好多年没有见到刘俊哥了，她是多么想念他，想念和他们科考队在一起的那些快乐的日子啊！可是她明白，她又是那么不敢放纵自己的思念。她怕一旦想起这些往事，就会触碰到她早已深深埋藏起来的那种刀割般的痛……

记不清有多少次了，每当这种思念从心头隐隐升起的时候，她就会紧紧咬住双唇，哪怕咬出血珠来，她也不在乎。好像只有这样，才能把那种思念、那种痛给"咬"回去一样。她甚至也刻意强迫自己，不要去想也不要去找刘俊哥他们，虽然她好像无数次听到，自己的心里有一个声音在不断地追问：

"刘俊哥，你在哪里啊？你，你们，都还好吗？……"

第十一章　无微不至的爱

这段日子里，刘俊下了"狠心"，给淇淇穿上了一件雪白的"小背心"，而且一穿就是半个多月。

这到底是怎么回事呢？

原来，从北京动物园紧急请来的两位兽医来到武汉给淇淇做了急救治疗后，刘俊放心不下，又从同济医学院请来了那位有名的外科博士方医生。方医生破天荒地当了一回"兽医"，仔细诊断了淇淇的病情，决定用一种进口的青霉素，给淇淇做治疗。

没想到，这种青霉素还真有奇效，几天之后，淇淇伤口下那些腐烂的地方，渐渐长出了新生的软组织。

"看，那些新生的'肉芽'，把塌陷下去的地方给填充起来了！"

在饲养池边，刘俊兴奋地指给徐教授看着淇淇的伤处。

"谢天谢地！病情总算有了好转。"细心的徐教授又叮嘱说，"阿俊，天气已经在转暖，饲养池的水温，目前是多少？"

"已由原来的 10℃ 以下，渐渐上升到 15—20℃ 了。"刘俊也一直在密切地关注着与淇淇有关的每一个细节。

"这个温度的池水，细菌是比较活跃的。阿俊，你们继续观察，千万不能大意！"徐教授说。

果然，正如徐教授所判断的，因为气候转暖，水温上升，在接下来的日子里，淇淇伤口的愈合，越来越缓慢，甚至有再度溃烂的迹象。

刘俊按照平时见到的外科医生给人治理伤口的方法，不时地把淇淇捞起来，小心翼翼地给它的伤口敷上外用药。可是，淇淇不能长时间离开水，而一送回到池子里，刚刚敷上去的药马上又被水溶解了，无法发挥药效。刘俊一连试了几次，发现这样用药无济于事，只是白白折腾淇淇。

这可怎么办呢？一连两天，从白天到黑夜，刘俊坐在饲养池边，呆呆地看着又在慢慢失去活力的淇淇，急得头发似乎都变灰白了。

又到了要给淇淇喂食的时刻了。饲养员彭子兰提着一只装着活鱼的水桶，走了过来。

忽然，刘俊发现小彭的右胳膊肘那里蒙着一圈纱布。

"小彭，你胳膊肘怎么啦？受伤了？"

"是的，刘老师，昨天打篮球时，摔倒在地上……"

"怎么打得这么猛呢？没有骨折吧？"刘俊关切地问道。

"还好，只是皮外伤，医生给敷了些药。"

"哦，那就好，注意伤口不要感染了……"刘俊刚说到这里，突然又叫住了小彭，"哦，你等等，让我看看……"

他端起小彭的胳膊上包扎的纱布，仔细看了一下，大叫了一声："对了，应该这样试一下！"

在场的彭子兰和周笑琳，都对刘俊的举动莫名其妙。

其实这时候，刘俊是从彭子兰受伤的胳膊肘上，突然获得了"灵感"。他想，人如果受了伤，经过一番消毒处理，敷上了药，再用消毒纱布盖住伤口，包扎好，这样就能达到维持药效、防止感染的目的。那么，淇淇的伤口，可不可以也用这种办法来处理呢？

淇淇的伤在颈背部。白鳍豚的颈背部左右两边，正好有一对平展的鳍肢，如果能做一件像"小背心"一样的东西给它穿上，裹住敷上去的药物，不就可以既能维持药效，又能防止感染了吗？

想到这里，刘俊兴奋得几乎要从饲养池边蹦起来。他赶紧找到徐教授，说出了自己的想法。

徐教授问："倒是一个不错的主意。不过，你想过没有，假如'小背心'固定不住，把淇淇的鼻子给盖住了，影响了它正常呼吸，怎么办？"

"这不太可能。根据我们的观察，淇淇游动起来，几乎都是只进不退的，除非突然遇到了什么危险和阻挡。也就是说，'勇往直前'，是白鳍豚在水里的习惯动作。所以，'小背心'穿在它身上，即使不能固定，也只会朝后褪脱，不会往前盖住它鼻孔的。"

"有道理呀！"徐教授听刘俊这么一解释，也迫不及待地说，"这个方案虽然可行，但也不是你我二人就能拍板的。淇淇是所里和整个科学院的'重点保护对象'，一切事情都需要集体讨论决定才行，我马上向上面汇报你提出的治疗方案。"

还好，水生生物研究所迅速从外地又请来两位"鱼病专家"，一起讨论了刘俊的方案，最后一致同意，让刘俊为淇淇穿上一件"小背心"。

于是，刘俊找来了最柔软又最密实的口罩布，根据淇淇的颈围尺寸，亲手为它缝制了一件合体的"小背心"，然后又做了严格的消毒处理。

接着，他根据专家们的建议，为淇淇溃烂的伤口敷上了云南白药、生肌散、维氏油膏和红霉素等药物，然后把特制的小背心穿在淇淇身上。淇淇再次下水后，大家观察到，小背心果然没有影响它正常的呼吸和活动姿势。

就这样，经过了一次次小心翼翼的换药和敷药，两个月后，刘俊再次为淇淇脱下小背心时，竟惊喜地发现，淇淇颈背的溃烂处的坏死组织，已经全部脱落，原先被锚钩伤害到的创面，也都长出了新生组织……

三个月后，淇淇最深的一处钩伤完全痊愈，位于喷水孔后面的大面积损伤严重区，也全部愈合了。至此，淇淇的生命就像传说中的神鸟凤凰，浴火重生——不，"浴水重生"了！

"阿俊，你知道吗，这是你无微不至的爱的力量，创造出来的奇迹呢！"

徐教授看着伤口彻底痊愈的淇淇，在池水中重新变成了姿势优美的"舞者"，不由得眼睛湿润了。

"老师，如果一定要说这是一个奇迹，也许正是淇淇用自己的美丽和坚强的生命，对我们所有人的爱的回报。"

"你说得对，阿俊，淇淇的生命真的是又美丽又坚强！"

"是啊，如此非凡的生命，我们有什么理由不去保护它和珍惜它呢！对了，老师，您发现淇淇身上有什么变化没有？"刘俊笑着问道。

"哦？什么变化？阿俊，我年纪大了，眼神不好使了……"

"您再仔细观察一下嘛！"

"什么变化嘛，刘老师，让我们也仔细看看！"饲养员周笑琳和彭子兰也闻声靠过来想看个究竟。

徐教授弯下腰，对着池子里游来游去的淇淇，又仔细观察了一番，还是摇摇头说："我看不出什么变化来，你是说它比以前胖了吗？"

"胖确实也胖了一些。昨天测量的结果是，淇淇的体重已达52.25公斤，比刚到来时增加了18公斤。不过，我指的变化是……"刘俊指着淇淇的颈背处，让徐教授细看，"您看到了吗？淇淇伤口四周长出的新生皮肤上，遗留下了一条隐隐约约的、就像缝合手术拆线后的痕迹。如果不仔细观察，一般人发现不了。"

"真的吗？我怎么看不出来呢？"

"这道痕迹，比淇淇其他部位的皮肤颜色略浅一点，还稍有一点点凹进。这道疤痕，也算是淇淇给自己奇特的生命经历留下的一个印记、一点纪念吧。"

"哈哈哈……"徐教授听了，笑着说，"这可是一种出生入死、浴火重生的'徽章'呀，就像战马身上的'火印'。"

周笑琳补充说："有了这道与众不同的疤痕，淇淇从此就可以自豪地告诉世界了：我是一头'有故事'的白鳍豚……"

"是呀是呀，还是小周说得好！"

——这时候，徐教授和刘俊都还想不到，许多年之后，刘俊为淇淇穿上一件"药物小背心"的"奇思妙想"，被郑重地收入

了科学出版社出版的一部权威的白鳍豚研究专著中。刘俊发明的
那个小背心，也有了一个更为精准的科学用语："特制绷带"。此
举被誉为中国科学家在人工饲养淡水豚实验中的一个创造。

　　然而此时，淇淇的新生活才刚刚开始。谁也不知道，当新的
一天到来的时候，还会有什么新的难题在等待着淇淇，也等待着
刘俊和他的伙伴们……

第十二章　汪洋中的小船

这些日子里，王小月又到老艄公的花狗渡来过两次。

她给柳伢子带来了两套新衣服和一个崭新的双肩背的书包，还给老艄公带来了一些滋补品和几百元钱。

给伢子的新衣服和书包，老艄公不好推辞，可是，送来的那些钱和滋补品，老艄公哪里肯收呢！

"细妹子，使不得咯！你挣那几个钱，也不容易咯！"

"放心吧，罗老爹，这可不是……"小月欲言又止，含含糊糊地告诉老艄公说，"这是希望小学，特意给伢子和您老人家申请的一点资助，您老就放心地用吧，不要舍不得。"

"我这把老骨头，还能动弹咯，可不能给政府添麻烦。"

"不会的，老爹，您也是国家的功臣嘛！"

"我算什么功臣哪！"老艄公说，"现如今，国家要靠你们这些年轻人，继续奋斗咯！"

"说得对呀，老爹，这几天，没有科考队他们的消息吧？"

"还没有呢。后生们临走时说，过不了多久就会回来的，算下来，他们走了也有不少日子了。你不用急，等他们一来，我就让伢子带信给你。"

"好呀，老爹，谢谢您老人家。"小月又说，"柳伢子在学校里好听话、学习好用功咯，您老就放心吧。生活上有什么困难，一定要叫柳伢子跟我说啊！那我走啦……"

"细妹子，我送你过河咯！"老艄公说。

"今天不用啦，老爹，我自己撑着船来的。"

小月给老艄公放下钱和礼物，就撑着那条刚买回不久的小船，顺着桃林河，往仙女湖的方向去了。

"细妹子，撑船要过细咯！"老艄公和花狗站在渡口，望着渐渐远去的小月，又大声叮嘱道，"要我帮着驶船的时候，就说咯……"

"老爹——，知道咯——，放心吧……"

小船撑得挺快，很快就转了个弯，驶进了一片芦苇荡里，惊起了正在芦荡里嬉戏的一群小野凫……

仙女湖这所希望小学，只有三间教室，全部任课老师也就王小月一个人。小月一个人忙不过来的时候，年老的阿爸也会来帮她一下。

"阿爸，辛苦您啦，可别忘了，一个伢子都不能落下呀！"

"知道了，细妹子，放心吧，一个都不给你落下……"

阿爸当了一辈子民办教师和湖上小学的校长，胡子已经花白了。他说，这是一辈子的粉笔灰给染白的。

正是有了这父女两代人，有了这一只在风雨中来来去去的小船，那些生活在像棋子一样分散在湖区的小洲、墩子和垸子里的细伢子，才都有了上学念书的机会，一个也没有落下。

三间小教室的隔壁，就是王小月的小家。细伢子们的课桌板凳，都是她和阿爸自己动手制作的。小月平日里省吃俭用的，每次去镇上，就用节省下来的一点点生活费，给伢子们买一些新书回来。

一看见老师的小背篓里装回了新书，伢子们激动得就像在迎接节日，一个个也快活得像正在扎着猛子追着小鱼儿的小野鸭。

阳光从破旧的窗格子里照进来，教室前面并排挂着两块小黑板。孩子们端端正正地坐在小教室里，跟着小月老师齐声朗诵一首题目叫《美丽的愿望》的诗歌：

> 金色的小花，
> 有个金色的愿望：
> 春天来了，
> 我要发出淡淡的清香。

> 绿色的小树，
> 有个绿色的愿望：
> 夏天来了，
> 我要送给人们一片阴凉。

> 明亮的小河，
> 有个明亮的愿望：
> 秋天来了，
> 我要为丰收的大地歌唱。

轻柔的雪花，

有个轻柔的愿望：

冬天来了，

我要给孩子送去新年的梦想。

就像在漆黑的夜晚，

把一盏盏灯儿点亮，

我们在平凡的日子里，

也要有美丽的愿望。

"好了，三年级的课就上到这里，同学们开始做作业。老师现在去隔壁，给二年级的小弟弟小妹妹们上课……"

不一会儿，从隔壁又传出孩子们跟着老师齐声朗读的声音：

"长江两岸，柳枝已经发芽……"

"长江两岸，柳枝已经发芽……"

"海南岛上，到处盛开着鲜花……"

"海南岛上，到处盛开着鲜花……"

"我们的祖国，多么广大！"

"我们的祖国，多么广大！"

小月给孩子们上课的时候，她阿爸就默默地、一趟一趟地往小教室里搬运劈好的木柴，那是准备冬季里取暖用的。

桃花汛过去了，洞庭湖接着又进入了雨水更多的梅雨季节。

一场又一场大雷雨，追赶着乌云，说来就来了。

这天清早，小月划着小船出门时还是晴天，不一会儿，湖上下起了大雷雨。小月戴上斗笠，在大雨中艰难地划着小船。

小船上已经接到两个细伢子了。在另一个墩子上，还站着另外几个戴着斗笠、披着蓑衣的细伢子。

雨越下越大，湖水在大雨中也越涨越高。暗黑的天空不时地一阵阵电闪雷鸣，看上去怪吓人的。

"来啦来啦！快看，王老师的小船在那里……"

细伢子们用手卷成喇叭筒的样子，大声呼喊着：

"王老师——，我们在这里——"

在汪洋中漂摇的小船，渐渐靠近了墩子。小月用力撑稳小船，把伢子们一个个接上小船，然后向学校划去。小船在汪洋中上下颠簸，湖水不时卷进小船的船舱里。

"哎呀！老师，小船要沉了……"

"不要怕，都坐稳了，不要动，快到岸边了。"

小月使出浑身力气加紧划船，小船迎着风浪艰难地前行。

大雨越下越大，湖面上翻涌着白浪，小船在巨浪中上下颠簸……

又一阵雷电响过、闪过了，小船上，有的伢子吓得大哭起来。

"有老师在，莫怕，莫哭，快手拉手蹲在舱里，都坐稳！"

小月一边安慰着伢子们，一边使出全身气力，奋力划着小船。小船快到岸边时，她跳进了有半人深的湖水里，用力推动着小船靠岸。这时候，她看见阿爸披着蓑衣，早已等在岸边了。

"阿爸，当心脚下，接住……"

阿爸双手从小月手里接过一个个惊恐的伢子。等所有的伢子都安全了，小月才走上岸，系好了缆绳。

"别怕，没事啦，你们看，大家都好好的……"

刚说完，她自己一阵晕眩，几乎支持不住了。阿爸赶紧接住她，抱在自己怀里。

"老师，老师，你怎么啦？……"

"细妹子，你……你这是累过头了呀！"

伢子们围在小月身边，大声呼叫着。

"阿爸……不要紧，我刚才是……太紧张了。"小月苦笑了一下。

懂事的细伢子们排在一起，让老师的头支撑在他们的小肩膀上，稍微歇一会儿。阿爸心疼地扶着她说："细妹子，你啊……太要强了……"

夜晚来临了。雷雨过后的夜空，一片澄净。月光洒在辽阔、安静的湖面上。远处的青山、汊港、河湾和芦苇荡，还有一个个墩子和山塆，都在月光下安歇了。

月光透过窗棂，照进了安静的小教室里。小教室里的课桌已经拼排在一起，成了细伢子们临时的床铺。家里离学校太远的孩子，逢到恶劣的天气，就会留在学校里，挤在这些用课桌搭起的床铺上过上一夜。

家长们也都明白和放心，只要小月老师没把细伢子送回来，说明今天就住在学校里。今天晚上，柳伢子也没有回家。

小月忙着给伢子们铺褥子、掖被子。老校长在一个大木盆里倒上热气腾腾的水，让细伢子们洗脸、洗脚。

"哦，水好烫，好舒服呀！王爷爷，你每天给我们烧热水，还划船接送我们，辛苦啦！"懂事的柳伢子一边洗脚，一边和王爷爷说话。

"哦，王爷爷不辛苦，只要你们都能用功念书，听小月老师的话，王爷爷给你们烧一辈子洗脚水，也欢喜咯！"

夜深了，小月披着衣服走进来，一一给伢子们掖好蹬开的被子。柳伢子真是个用功的伢子，所有的同学都睡下了，他还坐在被窝里看书。

"柳伢子，晚上光线不好，早点睡吧，可不要把眼睛看坏了。"小月老师小声叮嘱他。

"老师，你改完作业了？你也早点去休息吧！"

"好的，伢子，晚上要灵醒点哟，有什么事就赶紧喊老师！"小月一边叮嘱，一边又给他掖了掖被子，然后轻轻地带上了门。

柳伢子觉得自己真有点困了，就拉熄了电灯，躺在睡熟的小伙伴身边。透过窗棂，明亮的月光洒进来，照着小伙伴们甜睡的脸。

伢子从窗棂里看见，一轮金黄色的月亮，正挂在轻纱一般的云朵中间，静静的，一动也不动。只有轻柔的云朵，在不停地飘过……

劳累了一天的王小月，也总算躺在自己的小床上了。

熄灯前，她习惯性地从摆在床头的一个小书架上，随意抽出一本书来，想看上几页。没想到，一翻开这本书，就看见扉页上一行小字："刘俊购于安庆"。

是的，这是刘俊和他的科考队员们，离开借住的那个破庙时，留给她的一些书中的一本。

这是一本俄罗斯作家的童年故事集，小月已经不止两三遍读过它了。让她感触最深的，是书中写到的大作家托尔斯泰小时候，在自己家乡的田野上寻找一根"绿树枝"的故事。小月也曾经讲给细伢子们听过——

托尔斯泰五岁的时候，他的哥哥尼古拉告诉了他一个"秘密"，说是只要能把这个秘密解开，世界上就不再有贫穷、疾病、愚昧和仇恨了。哥哥还告诉小托尔斯泰说，这个秘密写在一根"绿树枝"上，而这根"绿树枝"呢，就埋在他们家乡的田野上或小路边……这个"绿树枝"的秘密，让幼小的托尔斯泰心驰神往，从此梦想了一生。

这是一个真实的故事，写得也很美。小月甚至觉得，无论是她的阿爸，还是她自己，当然，还有他们教过的一茬茬的细伢子，其实也都像是在家乡的田野、湖畔、汊港和泥泞小路上，到处寻找着一根神奇的"绿树枝"。只要找到了这根"绿树枝"，洞庭湖的日子也会变得更好过一些，乡亲们和细伢子们的明天，就会少一些贫穷、疾病和愚昧，多一些希望、富足、平安和文明……

那么，这根神奇的"绿树枝"埋在什么地方呢？能找到吗？小月也曾一遍遍地这样想过和追问过。可是，这又是一个多么恼人的问题啊！谁也不知道"绿树枝"会埋藏在什么地方。

此时，只有月亮高高地升起在夜空里，照耀着洞庭湖上的每一个地方。在月光下，每一个小岛，每一片芦苇林，每一道河湾和汊港，每一条弯弯的小路……都是那么温柔和安静。系在木桩上的那只小船，正在月光照耀的湖水里，轻轻摇荡着，摇荡着……

第十三章　新的难关

武汉三镇的春天，短得就像小麻雀的鼻子。

好像是迎春花、樱花、桃花、梨花、杜鹃花……这些春花才刚刚开过，紧接着，栀子花、茉莉花、石榴花、荷花……各种夏花又你追着我、我赶着你，竞相盛开了。生活在这座城市的人们，也是几乎刚刚脱下冬天的外套，马上就得穿上夏日的短袖衣衫了。

气温一天天在升高，武汉的酷暑季节已经来临了。

这时候，刘俊又开始变得像热锅上的蚂蚁，吃不好饭，也睡不下觉了。他在武汉已经生活了多年，深知被称为"火炉"的武汉，酷暑时节是多么难熬。因此，他现在越来越担心的是，生活在露天饲养池里的淇淇，受得了武汉的炎炎夏日吗？

这天中午，周笑琳正在给淇淇喂食，看见刘俊又呆呆地守在池子边，不时地把手伸进池水里，一副忧心忡忡的样子，忍不住问道："刘老师，您在干啥呢？愁眉苦脸的？"

"笑琳，今天的水温有多少度了？"刘俊问道。

"哦，原来您是在试水温呀。"笑琳查了一下上午的记录，回答刘俊说，"30℃。"

"上午是30℃，现在是中午，估计至少有35℃了。笑琳，你知道长江和洞庭湖里夏天的最高水温是多少度吗？"

周笑琳摇摇头说："不知道。"

"那我告诉你，长江和洞庭湖夏天的水温，一般是在10℃到25℃之间，不超过25℃。"刘俊说，"眼下还不是武汉最热的时候，我估计，再过一些时候，进入了七八月份，露天饲养池的水温会超过35℃。别的鱼类还好说，但是淇淇……怎么受得了哇！"

"哎呀，那该怎么办啊？淇淇还是个只有两三岁的白鳍豚宝宝……"想到这里，周笑琳的眉头也紧锁了起来。

"是啊，根据现已掌握的信息，一头白鳍豚的最高存活年龄，能够达到三十多岁。可是咱们的淇淇，依照它现在的身体特征看，还刚刚处在它生命中的幼儿阶段，各种承受力还十分脆弱……"

刘俊的担心，一点也不算夸张。

刘俊告诉周笑琳说，就目前中国和整个世界对白鳍豚的研究来看，人们所获得的各种信息里，还存在着不少模糊、混乱和不能确定的因素。也就是说，即使是专门的研究人员，对白鳍豚的了解和认识，仍然存在不少欠缺和分歧。

"刘老师，听您这么一讲，我可不可以这样来理解……"周笑琳颇为担忧地说道，"就是说，我们目前对淇淇的养育和护理，也是在摸着石头过河，也许会有许多意想不到的状况随时出现……"

"是的，笑琳，比如眼下正在到来的炎热，淇淇肯定是无法适应的！"

周笑琳顿时感觉到事情的严重性了，她神色焦虑地说："那您和徐教授，得赶紧想办法啊！"

"是啊，已经是刻不容缓了！"

刘俊明白，第一次在人工饲养的环境里生活，不仅对淇淇的生命是一个严峻的考验，其实也是让他和徐教授、整个研究小组，最难熬、最揪心和最严峻的一个考验。

而这样的考验，还刚刚开始。眼下，是酷热来临的夏天，那么，到了寒冷的冬天，到了下雪的日子呢？

当初把淇淇运送到水生生物研究所时，因为措手不及，加上过去从来没有过任何人工饲养白鳍豚的经验，所以就匆忙地把淇淇养在了这个最大的露天饲养池里。现在，随着酷暑时节到来，露天饲养池的弊病就显而易见了。

果然，接下来的几天里，细心的刘俊观察到，一到天气炎热的正午时分，淇淇就像人在酷夏里"中暑"了一样，变得浑身无力的样子，既不愿意游泳了，也不愿意吃东西，皮肤上还冒出了一些紫黑色的小点点。这些紫黑色的小点点，如果不仔细看，一般人也看不出来。

刘俊赶紧把徐教授找来，又叫来所里的"鱼医生"，一起给淇淇"会诊"。

"情况很不乐观啊！""鱼医生"察看了淇淇的身体，告诉徐教授和刘俊说，"这就好比是人在暑热天气里，皮肤容易患上'荨麻疹'一样，淇淇的皮肤病显然是气温炎热所致。"

"看来，从长远的目标着想，我们应该尽早考虑，为淇淇建造一个'新家'，把它迁出露天饲养池。"刘俊提出了自己的想法。

"阿俊，你的建议是对的，我完全赞成！"徐教授说，"我尽快以研究小组的名义给所里和院里写报告，申请为淇淇建造一个'新家'的专项经费。但是你也知道，这可能需要较长的时间。远水解不了近渴，眼下最要紧的是尽快想办法，帮淇淇渡过暑热的难关。"

"我明白。"刘俊说，"我立即召集研究组的人，开一个'诸葛亮会'，总会想到一些办法的吧。"

那么，刘俊他们想到了一些什么办法呢？

说出来，也许会使未来的研究者们觉得有些好笑，甚至可能让世界其他国家的科学家们也感到不可思议。然而在眼下——20世纪80年代里，刘俊和他的白鳍豚研究小组，就是在这样近乎"拓荒"的状态下，一点一点地探索和寻找着白鳍豚的生存本能与生命智慧，也在一张张空白的纸上，书写着他们和淇淇共同的成长故事……

离水生生物研究所饲养基地不远处，是省里的"胜利文工团"所在地。很多人都知道，文工团的大院里，有一口很深的水井。因为冰箱、冰柜还是比较稀罕和高档的东西，这个时候，普通的人家里都还没有用上，所以，一到夏天，人们会把西瓜和汽水、啤酒等饮料，放在篮子里，然后吊进水井里浸上一段时间，等到再提上来时，无论是西瓜还是饮料，都会变得冰凉冰凉的了。

周边的单位和居民都很羡慕，文工团的院子里有这口水井，简直就是一个"天然冰柜"嘛！

这时候，刘俊竟然异想天开，兴冲冲地跑去找文工团的领导商量，想每天来挑几担井水，倒进淇淇的池子里，这样又解暑，又干净。

"想得倒是挺美啊!"哪想到,人家文工团的领导根本就不买水生生物研究所的账,只是笑嘻嘻地对刘俊说道,"不瞒您说,刘大科学家,天儿这么热,这点井水,连我们院里的人都不够用的,哪里还顾得上你们饲养的动物啊?我看您还是去想别的办法吧。"

"王团长,您也许还不知道,我们饲养的这头白鳍豚,名叫淇淇,它可是世界上的珍稀动物,是我们的'国宝'啊……"

刘俊想给人家普及一点白鳍豚的知识,求得一点同情,可是,文工团的那位王团长,也许是戏演得多了,早就变成了"老油条",软硬不吃,一句话就把刘俊堵了回去:"哦,'国宝'?那我告诉您,住在我们这个院里的老艺术家们,哪个不是响当当的'国宝'?您那个动物,总不至于比我们的艺术家更宝贝吧?啊哈哈……"

没办法,刘俊只好怏怏不快地离开了文工团。真是划不来呢,井水没有讨成,还白白遭受了一顿奚落!

此招不成,只得另想主意了。

这时候,高翔突发奇想,说:"刘队,如果每天往水池里多加一些冰块,岂不是可以起到降温的作用?"

"加冰块?这倒也是个办法!"刘俊听了,眼睛一亮。

于是,他向所里申请了一辆皮卡车,每天去很远的冷库里,买一皮卡车的大冰块,回来倒入池子里。

当刘俊满头大汗,拉着冰块,迫不及待地往回赶路的时候,他心里只有一个念头:淇淇,你一定要坚强些,再坚强些啊!不要让我失望……

　　然而，一连试了几天，效果却不那么如意。刘俊看到，被中午的烈日一照射，再大的冰块，不到半个小时就完全融化了，池子里的水温，最多只下降了 0.5℃—1℃，没过个把小时，水温又升起来了……

　　不过，有一些冰块加入总比没有好。整个夏天里，刘俊和高翔、甘霖几个人，轮流变成了皮卡司机。

　　"还有一个笨办法，我想试一试……"

　　这天，刘俊一边跟徐教授说话，一边从一个白色的小瓶子里，倒出一小把藿香正气丸，一仰头塞进了自己嘴里，然后"咕嘟咕嘟"喝了几口矿泉水，吞了下去。

　　徐教授不解："阿俊，每天守在烈日下观察，你是不是中暑了？"

　　"不是，我是在演示给您看。藿香正气丸是清凉解毒的药，人吃了可以消暑解毒。我在想，是不是每天也可以给淇淇喂一点呢？"

　　"这个……"徐教授说，"你能肯定，淇淇喜欢吃这个吗？"

　　"良药苦口，不喜欢也得让它吃，又不是害它。"

　　"如果每天强制喂食药丸，就必须把它捞出水面，它经不起这样的折腾。"

　　"不需要折腾。"刘俊胸有成竹地说，"这个我想过了，可以让笑琳和小彭，事先把药丸塞进淇淇要吃的鱼肚子里……"

　　"嗯，这个主意妙！不过……"徐教授说，"给它喂解暑的药，毕竟没有任何先例，需要向所里请示，你马上写一个书面请示吧。"

　　刘俊的这个请示，得到了批准。

淇淇吃了两三天肚子里塞进了藿香正气丸的小鱼后，果然有了清凉解毒的效果，皮肤上的"荨麻疹"渐渐减少了。

"看来，这个办法是可行的。"刘俊叮嘱周笑琳和彭子兰说，"你们一定要小心，药丸的剂量不可太大，坚持每天都喂一些就好。"

谢天谢地，靠着刘俊他们每天顶着烈日拉回来的冰块，还有这种"土办法"，淇淇真的没有让刘俊和他的队员们失望，它竟然顽强地度过了这个夏天最酷热的一段日子。

——刘俊怎么也不会想到，许多年后，在一次国际学术会议上，当他把这个"土办法"介绍给外国同行时，竟然引起一阵热烈的掌声。从此，一些欧美国家的"水族馆"，每当夏天临近，就会请刘俊他们帮助采购一些藿香正气丸，以备急需。

中国的宝岛台湾，有个有名的"野柳海洋世界"，那里的一位兽医，不知从哪里看到了刘俊的这个"秘方"，从此也仿照这个办法，用藿香正气丸给夏天的海豚消暑解毒……

夏日总算就要过去了，但是酷暑带来的余悸还留在刘俊的心头。

他的宝贝女儿已经四岁了，平日里似乎并没有分去他多少心思，小宝贝的养育和陪伴，几乎全靠她的妈妈和外婆了。相反，幼小的淇淇，真是让刘俊操碎了心。

高翔说的那句话真的不错：有了淇淇，刘俊真的就像又有了一个小儿子，他把本应给宝贝女儿的那份拳拳的父爱，几乎全部给了不会开口话说的淇淇！在刘俊心中，淇淇就是他的孩子，他的希望，他的生命之光……

夏天的难关总算是渡过了。那么，不久就要到来的冬天呢？

生活在陆地上的哺乳动物，一般都有厚厚的皮毛，可以抵御严寒，保护自己度过最寒冷的冬天。可是，白鳍豚虽然也是哺乳动物，但它没有皮毛可以保暖，全靠调节薄薄的皮肤下的一层脂肪，来保持体温的恒定。关于长江和洞庭湖一年四季的气温变化，刘俊是再熟悉不过了，可以说是了如指掌。他想，长江和洞庭湖的冬季水温，最低也不会低于10℃，而武汉冬天的最低气温，往往达到0℃以下……

"小周，小彭，你们记着，现在每天要给淇淇增加一点食量了，还要尽量多喂食一些鲫鱼和鲤鱼，这类鱼肉质好，营养高，可以让淇淇尽早长胖一些，脂肪厚了，抗寒能力就强了。"刘俊叮嘱说，"等开春之后，天气变暖了，再喂养以鲢鱼之类为主的鱼儿，这样又可以减少一点它的脂肪，有利于散热、消暑……"

"刘老师，您放心吧，我们都记住了。"

"实践出真知，最好的饲养经验，还要靠你们平时一点一点地去发现和积累啊！"

此时，最让刘俊着急的，是在武汉这种夏天特别热而冬天又特别冷的气候下，幼小的淇淇，又将怎样去渡过冬天这个难关呢？

一个新的难题，又摆在了刘俊面前……

第十四章　惦念

冬天说来就来了。

深秋的风，吹起一片片深红色的落叶，在江边、湖畔和峡谷里翻卷、飘荡，好像在把火焰似的乡愁，飒飒地点燃在每一个远行人的心上。一群群白额雁、斑头雁和豆雁，"嘎嘎"地鸣叫着，从北方和远山那边飞过来，落在洞庭湖边的一些汊港、芦荡和浅水湾里歇一夜脚，然后又继续朝南飞去。

大雁们悠长的鸣叫声，好像在告诉远征途中经过的每一个村落、每一个山塆，秋天就要走远了。也好像在告诉它们歇过脚的每一片土地、每一条河、每一片树林和芦苇荡，不要为以后空旷的日子感到哀愁，所有离开了这里的人，过不了多久还会回来的……

这些日子里，天色总是低沉着，花狗渡四周也显得那么寂静。天上不时传来大雁们的叫声，衬托得这里更加空旷和寂寥。老艄公咬着烟杆，独自在河边走来走去好几天了，好像在寻觅什么东西一样。花狗默默跟在他身后，亦步亦趋，也在那里走来走去。偶尔飞来几只好奇的八哥和山雀子，花狗就会离开老艄公，去追着撵着它们戏耍一会儿，一直把它们追到水塘边，看着它们飞到桃林河对岸去了，然后花狗再跑回来，继续跟在老艄公身后，亦步亦趋……

"看样子，今年的头一场雪，不远了……"

老艄公不时地抬起头，看着远处的漠漠云天，自言自语着。唉，有谁知道，老艄公心里在想些什么呢！

"爷爷你说，刘叔叔他们怎么还不来呢？"

到了晚上，柳伢子从学校回来了。伢子坐在火塘前，一边写作业，一边问爷爷。这句话，柳伢子不知道已经问了多少遍了，从春天问到了夏天，从夏天又问到了秋天。现在，已经是冬天了。

"再等等吧，伢子，没准儿，等到下了雪，刘叔叔他们不忙了，就回来了。"

爷爷就着火塘，正在翻来覆去地烤着几片自己种的烟叶。

"爷爷，我帮你烤。"柳伢子离开小桌子，也想试试怎么烤烟叶。

"伢子，烟叶怪呛人咯，爷爷自己来，你好好写作业。"

"爷爷，肯定是因为刘叔叔他们抓到白鳍豚了，就把我们给忘了，再也不来了。"

"会来的，会来的！"爷爷怕呛着柳伢子，就转过身，背对着他，双手搓着一片烤焦的烟叶，说，"叔叔们是为国家做大事的人，一定忙得很咯！唉，就是不知道，他们运走的那个小生命，眼下是不是还活得好好的……"

"爷爷，你在担心那头白鳍豚吗？"

"是呀，一方水土养一方人，一兜雨水养一篼禾，离了洞庭湖，不知道它还能不能活下去……"

"能，肯定能！爷爷你放心。"柳伢子安慰爷爷说，"刘叔叔他们都是科学家，一定会有办法照顾好它的！"

……

老艄公的担心和柳伢子想象的，都没有错。其实，这些日子里，刘俊也正在为怎样让淇淇安全过冬，绞尽了脑汁。

不久前，徐佩芬教授应邀去英国出席了一次国际鲸类保护大会，在大会上做了一场中国白鳍豚研究的科学报告，还给世界各国的同行们带去了一个录像：白鳍豚淇淇的治伤、饲养和生活的纪实短片。

"哇哦，简直太神奇了！"

"这就是几十年前那个美国小子捕获的'白旗'吗？"

不少外国专家是第一次见到白鳍豚的活体形象，他们看了一遍觉得还没看够，就要求徐教授又重新播放了两次。

"尊敬的女士，您知道吗？一直以来，我们饲养海豚，都是从十几头中，挑选出最健康的一头。即使是这样，也很难保证它们一定会成活。你们本来没有任何饲养经验，却给这个受到严重伤害的'安琪儿'养好了身体，让它重新获得了健康的生命，你们创造了奇迹！"一位荷兰专家向徐教授表达了自己的敬佩。

"谢谢您，韦斯特先生。准确地说，奇迹不是我们创造的，是我们和美丽的淇淇共同创造的。"徐教授微笑着说道。

"是的，是的，我完全赞同您的看法。"这位韦斯特先生接着又试探着问道，"请原谅我的好奇，徐教授，您是否可以告诉我，你们给淇淇治病，使用了什么药品？难道是传说的中医的'灵丹妙药'吗？"

徐教授听了，哈哈大笑着说："您说得不错，中国传统医学，尤其是中国的草药学，博大精深，不过……我们给淇淇使用的药品，可没有那么复杂。除了一般的消毒西药，主要是中国的一种常用中药——云南白药。"

"云南白药？"

"是的，云南白药，一种非常普通的中药。而帮助淇淇安全度过了炎热酷暑的一种中药，也是每个家庭夏日必备的普通药品——藿香正气丸。"

"就这么简单？"

"是的，就这么简单。当然，第一次在白鳍豚身上使用，还需要科学家的智慧和勇气。韦斯特先生，您相信我的说法吗？"

"相信，完全相信！"韦斯特也大笑着，还幽默地补充了一句，"除了智慧和勇气，也许，还需要一点好的运气。"

"您说得对。不过，好的运气，总是留给富有爱心的人们的。"

"完全正确！一切奇迹总是与爱心有关。"

在这次国际鲸类保护大会上，连徐教授也没有想到，中国的白鳍豚淇淇成了一个没有到会的"主角"。会场内外，随处能从各国专家们的交谈中，听到"qiqi""qiqi"的发音。

人们把淇淇誉为"水中大熊猫"，说它是全世界珍稀动物王国里一位最耀眼的"明星"……

徐教授从伦敦带回了这些消息，整个科学院和水生生物研究所，都感到十分自豪。可是刘俊却喜忧参半，暂时还高兴不起来。

他正在为一天比一天低的气温发愁。武汉这个地方，也真是怪，春天很短，秋天更短。有时两天内的温差可以达到20℃，昨天还穿着单衣或T恤衫，一夜醒来，就得赶紧穿上棉衣了。

还在刚进入 9 月的时候，刘俊就吩咐周笑琳和彭子兰说："从现在开始，给淇淇投放的食物，要以鲤鱼和鲫鱼为主，还要适当增加它的食量。"

周笑琳接着问道："刘老师，淇淇现在真的是一位'世界明星'吗？真有那么大的国际影响？"

"那还能有假？你和小彭不是也去听了徐教授回来做的报告吗？"说到这里，刘俊故意要逗一下笑琳，"哎，我说你这孩子，心态有问题啊！怎么只要是好事，都会持怀疑态度呢？"

"怎么？不许啊？"笑琳得意洋洋地反驳说，"要敢于怀疑一切，这可是大胡子卡尔·马克思老爷爷的名言。"

"哎哟，还真理在握了！你们这代人呀……嗯，不从众，有个性！"

"本来嘛！"笑琳说，"那您说说看，既然淇淇已经是公认的'世界明星''水中国宝'了，为什么至今连个自己的室内馆舍都没有？"

"徐教授不是已经写了报告吗？正在等待批复嘛！"

"都等了好几个月啦！"在一旁默默忙活着的彭子兰也插嘴道，"您看外面那些豪华宾馆、会所，多得像雨后春笋一样，相比之下，淇淇不是徒有虚名了吗？"

说实话，刘俊听小彭这么一说，心里也不是滋味。他心里当然也有怨言，可他做不到像眼前这两个年轻人一样，口无遮拦，有什么话就说出来。

"还是少发点牢骚吧，你们俩！"刘俊好像是在安抚他们，其实也是在安慰自己，"要相信，面包会有的，一切都会有的……哎，对了，周笑琳，听说你谈男朋友了？"刘俊想聊一个轻松点的话题。

"谁这么八卦啊，这么快就传到您这儿啦？"笑琳笑了笑，羞涩地说道，"刚认识不久，八字还没一撇呢。"

"如果看对了眼，就要趁热打铁，才能成功哦！小伙子是干什么的？不会也是理科男吧？"

"刘老师，您不知道吧，笑琳将来可能是一位'军嫂'呢！她的男朋友是军人！"

"军人？"刘俊眼睛一亮，"那很好哇！我明白了，是在附近驻扎的'舟桥旅某部'的吧？"

"您猜对了，正是舟桥旅的。两个月前，院团委组织我们参加拥军联谊会时认识的。"

"啥时候带来我看看？我给你把把关，看看配不配得上你。"

"暂时……还不敢让他来……"笑琳吞吞吐吐地说。

"那有啥不敢的？这可不是你这小丫头的性格嘛！"

"是这样……"笑琳说，"人家问我是干啥的，我跟人家说，是搞水生物研究专业的……"

"没毛病啊！你还应该理直气壮地告诉他，你是未来的科学家！"

"哈哈哈，刘老师，我算什么未来的科学家？您和徐教授才是科学家呢！我……"笑琳摇了摇手上的水桶，指着小彭说，"我们充其量算是养鱼的。"

"养鱼的？胡说！"刘俊一听，觉得又好笑又不服气，"养鱼的，你怎么在水生生物研究所工作呢？那应该在洞庭湖、梁子湖里撒渔网、喂饲料嘛！"

"本来就是嘛！"笑琳小声嘟囔着，"我怕人家过来一看，说我真敢吹牛，明明就是一个饲养员，还说自己是科研人员。"

"瞧你这点儿出息！平日里喜欢嘚瑟的劲头，都跑哪里去了？"刘俊听了，真有点哭笑不得，他神色严肃地说道，"周笑琳，还有你彭子兰，你们都给我听好喽，你们俩，都是中国第一个白鳍豚研究小组的正式成员，是正经八百的科考队员，明白吗？只要肯努力，不久的将来，你们都将成为白鳍豚研究领域的科学家，可不是什么养鱼的！都听明白了吗？"

"听……明白了。"两个人小声回答道。

"我没听见，大声点说！"刘俊故意说道。

"听明白了！"

"好，听明白了就好，这点自信必须有！"刘俊说到这里，又对笑琳吩咐道，"那你赶快让那小子过来一下，我找他谈谈。"

周笑琳一惊："刘老师，这……不至于这么快吧？"

"当然要快！我要给那小子布置任务。"刘俊笑着说，"想把我手下的小美女拐走，哪有这么便宜的事儿。"

"刘老师，您……我们的关系……还没走到那一步呢！"

"哪一步？"刘俊说，"你放心，我不是要给他上'政治课'，我是想让他给我办点实事儿。"

"实事儿？啥事呢？"

"他不是舟桥旅的吗？你知道吗，他们那里平时演习用的那些大降落伞，我可盯上好长时间了，正愁找不着门路呢！"

"降落伞？你要降落伞干啥？做野外考察时的帐篷吗？"

"做什么野外帐篷？那些降落伞，比一般的帐篷要大得多，我早就惦记着了，拿来给淇淇的饲养池做一个大帐篷，冬天里不是又能挡风，又能遮雪吗？"

"嘿，原来是这么个任务啊？"周笑琳一听，立刻笑着打了包票，说，"这个嘛，包在我身上啦！您老人家放心，只要我跟他一说，他肯定屁颠儿屁颠儿地，立马给您把降落伞弄来！"

"小丫头！怎么说话呢？"刘俊故意把脸一黑说，"什么'屁颠儿屁颠儿'的，请注意，对解放军叔叔，我们'新时代最可爱的人'，说话一定要文明！"

"那……应该怎么说呢？"

"应该说，'乐颠颠地'就给送来了！"刘俊故意逗她。

"这不一样吗？"周笑琳笑着说。

"怎么一样呢？我们是科学家，说话要有'科学范儿'，懂吗？"刘俊嘴上这么说着，心里却在想：好你个小丫头，你就给我嘚瑟吧！

第十五章　志愿者

果然，刚过了两天，三位身着迷彩军装的年轻人，每人背着一个硕大的降落伞包，来到了水生生物研究所饲养基地。

三位军人都是那么英俊帅气，不用说，其中一个是周笑琳的男朋友，名叫肖鹏飞。另外两个人，一个是他的战友小于，还有一个竟然是他们的上尉连长，叫张凌云。

"好家伙，人家舟桥旅的上尉连长都亲自出马了，周笑琳，你厉害啊！"刘俊一边兴奋地说着，一边赶紧接待三位军人。

"哎呀，这真是太感谢了，你们简直就是雪中送炭啊！"刘俊握着他们的手说，"还是解放军叔叔好哇，真不愧为'新时代最可爱的人'！"

周笑琳这时又有点来神了，说："刘老师，看把你激动的，这怎么能叫'雪中送炭'呢？"

"那应该叫什么？"

"准确地说，就是'风中送伞'嘛！"

"没错，'风中送伞'。"刘俊对张连长说，"张连长，不瞒你说啊，我可惦记你们这些降落伞很久啦！俗话说，'不怕贼偷，就怕贼惦记'，哈哈哈……"

"刘队长，您甭客气，废旧的降落伞，我们那里有的是。再说啦，咱们军民一家亲嘛！你们科学院每年建军节，都会去慰问我们舟桥旅官兵，我们正愁无以回报呢！"

"刘队长，这些降落伞是正宗的空降兵装备，非常结实，做什么帐篷都没的说！"肖鹏飞有意要讨好周笑琳，"听笑琳说，你们养了一条'神鱼'，还是个'国际明星'？"

"好嘛，又变成'神鱼'了！"刘俊纠正他说，"'神'可不假，'鱼'的不是！"

"咦，刘老师，这话听着怎么怪怪的？像日本话。"笑琳又在饶舌。

"鬼丫头！给你说过多少遍了，对外介绍淇淇，一定要传递准确的知识，你可倒好，给人家说是'神鱼'！"

"我要是说，白鳍豚是生活在我国长江中下游流域的豚类鲸科哺乳动物，他们记得住吗？"

"使用美称也得准确嘛！"刘俊笑着向客人介绍说，"来，你们看，就是这个小家伙，名字叫淇淇。这头白鳍豚，可是中国乃至全世界最珍稀的、淡水豚里鲸科哺乳动物，目前仅仅在我国长江中下游流域有它们的踪影，也被誉为'长江女神'和'水中国宝'……"

"刘队，您这么一说，我们就明白了，果真是中国的宝贝啊！"上尉连长又好奇地问道，"刘队，机会难得，请您这位大科学家简单地给我们'扫扫盲'吧，你们研究这个宝贝，是想干什么呢？人工繁殖它们吗？"

刘俊一听就笑了，赶紧给三位军人科普了一下白鳍豚研究方面的知识。

"上尉同志，科学研究，一般来说，不能简单地用'想干什么'或'有什么用'这种实用主义的目的来看待。哦，就像前几年，在中国家喻户晓的那篇讲述数学家陈景润故事的报告文学……"

"《哥德巴赫猜想》！"肖鹏飞抢着说。

"是的，就是这篇《哥德巴赫猜想》，里面讲得很清楚，大凡科学研究的结果有两种：一种是经济价值明显，可以用多少万、多少亿人民币或美元，来计算出它的价值，这叫作'有价之宝'……"

"懂了懂了，另一种就叫作'无价之宝'。"连长接过话头说。

"对的，无价之宝！"刘俊接着解释，"无价之宝，顾名思义，就是无法用数字来计算它的价值，比如，陈景润先生研究出来的那个'陈氏定理'，还有华罗庚先生的'华氏定理'和'华氏不等式'，还有大科学家钱学森先生和他的德国老师冯·卡门一起研究出来的高速空气动力学方面的'卡门–钱学森公式'，等等，都是中国一代代科学家对全人类的科学做出的贡献，这些嘛，都可以说是'无价之宝'。"

刘俊的话，让三位军人听得都睁大了眼睛。

"至于说到我们的白鳍豚研究，你们想想，白鳍豚为什么只生活在中国的长江中下游？其他江河里有没有？白鳍豚既然这么珍贵，假如能人工养育它们，帮助它们繁殖，就像人工养育和繁殖大熊猫一样，该有多好！还有，到底长江水域里还有多少白鳍豚？它们的生活习性都有哪些？更重要的是，如果有朝一日，从仿生学的角度，我们的海军战士、潜艇部队，能用白鳍豚式的回声定位系统，守卫我们的海洋国土；还有，一旦我们弄清楚了白鳍豚为什么能在警觉中睡眠的机理秘密，把这种神奇功能转化到我们的现代化事业上……"

刘俊的话还没说完，别说三位军人了，就连周笑琳和彭子兰，也都听得一愣一愣的了。

"还有哦，也许你们压根儿就不会想到吧？白鳍豚研究，还有可能为你们未来的舟桥旅装备做出一点什么贡献呢！比如说，让我们的冲锋舟和水下快艇，穿上仿白鳍豚皮的神奇'外套'，那执行起紧急任务来，无论在水上还是水下，岂不是也会如白鳍豚一样快速灵活？……我这么一说，你们该知道，我们研究它，到底'有什么用'了吧？"

"我的天！刘队，真是'听君一席话，胜读十年书'啊！我们三个人来得值呀！"上尉连长激动地说，"我们来的时候，团首长还特意交代过，说我们部队与科学院多年来是'鱼水情深'，你们有什么困难，只要我们能做到的，请随时指示。还是首长有远见哪！"

"这……'指示'可不敢。"刘俊听了这话，别提心里有多舒服了，"还是你们团首长好哇，可比那个文工团长大气多了！"

"刘老师，您……"周笑琳好像也有话要说。

"干啥？又想耍什么贫嘴？"刘俊问道。

"哪敢耍什么贫嘴，我是想说，听了您的这番话，您的高大形象，在我心中，顿时又……"周笑琳故意用一个夸张的动作，把最后一句话直观地比画出来，"……又高大了许多！"

"去去去……干活儿去！"刘俊笑道。

接着，三个军人一起动手帮忙，把刘俊昨天找人焊起来的一个坚固的钢管骨架，架到了直径十五米的饲养池上。

然后，大家又你扯我拉地把两个大降落伞拼接起来，严严实实地覆盖和固定在钢管架上，只留了一个可以进出的"门帘儿"。

"嘿，简直就是贝聿铭的卢浮宫金字塔式的杰作嘛！"笑琳赞美道。

刘俊一边欣赏着这个"杰作"，一边说："没错，有了这个'白公馆'，今年冬天再大的风雪也不怕了！上尉同志，小肖、小于，真心地感谢你们哪！真是帮我们解决了大难题啦！"

"哎，一家人不说两家话。"张连长朝笑琳挤了挤眼睛说，"更何况，我们鹏飞以后可能就是你们家属啦！"

"对啦，刘队，听笑琳说，你们所里有蛮多美女的……"肖鹏飞有点得寸进尺，趁机说出了自己的想法，"我们连长，还有小于，都还没有女朋友呢！"

"是吗？这么英俊的上尉连长，还是单身？"刘俊笑着问道，似乎不太相信。这时，上尉连长竟也显得有点腼腆了，笑笑说："光顾着带兵了，没有机会认识女孩子……"

小于也赶紧诉苦说："刘队，你是不知道呀，我们舟桥旅驻地里，连耗子都是公的多！"

"哦，这样啊……你们放心，上尉同志，以后我让笑琳经常带所里的单身女孩子去跟你们联谊。"

笑琳又故意唿瑟道："我们所分来的女生，尽是大美女，不好看的不要。张连长，您放心吧，您的女朋友，包在刘老师身上啦！"

"快，一起给刘队敬礼！"

年轻的上尉连长带着两个战士，一起给刘俊敬了标准的军礼。正在他们说笑的时候，高翔急匆匆地跑了过来，气喘吁吁地对刘俊说道："刘队，有紧急情况！青龙滩口那边打电话过来，说有渔民捕获到了两头白鳍豚！"

"什么？又捕获了两头？是真的吗？"刘俊兴奋得几乎要跳起来。

"千真万确！徐教授让我们尽快准备一下，马上出发赶到那里。她这会儿正和从瑞士来的皮埃尔先生谈话，皮埃尔将随我们同行。所里的车子我已经准备好了。"

"那好，你们马上准备相关设备，一个小时后准时出发。"刘俊又说，"对了，周笑琳，你也尽快准备一下行装，随科考队行动，给皮埃尔先生做翻译。"

之后，刘俊又向彭子兰仔细交代了一番这段时间喂养淇淇应该注意的事项。

"对不起啊，上尉同志，前方传来消息，又有新发现了！改日再请你们来参观吧。"刘俊再次向张连长他们致谢。

这时，张连长对刘俊说："刘队，以后如果你们肯接纳，我和小肖、小于，都愿意做白鳍豚保护小组和科考队的'志愿者'。"

"好哇，欢迎你加入！"刘俊紧握着他们的手说，"这可是我们求之不得的！"

"太好了！舟桥旅某部上尉连长张凌云，舟桥旅某部战士肖鹏飞、于强，随时听候刘队长召唤，敬礼！"

三位年轻的军人"志愿者"，各自整理了一下迷彩军装和军帽，郑重地向刘俊他们敬礼道别。

一个小时后，一辆科考专用的越野车，载着刘俊、高翔等科考队员，还有周笑琳和那位瑞士科学家皮埃尔先生，朝着长江中游的青龙滩口飞驰而去……

　　紧紧跟在科考车后面的，是省公安局派出的一辆吉普车。车里坐着几位工作人员和保护人员，是专门负责皮埃尔这位外国科学家的生活和安全的。

第十六章　拯救

青龙滩口，是长江流经荆楚大地时，辽阔的洪湖连通长江的一个有名的出口，离洞庭湖也不算太远。古时候，这里也是云梦泽的一部分，是楚国诗人屈原披发仗剑、行吟过的地方。

四年前，徐佩芬教授带着刘俊和科考队员，还有皮埃尔先生，在这一带守望和追寻了大半年的时间。

皮埃尔是一位国际知名的水生物研究领域的科学家，长期在瑞士伯尔尼大学从事海豚神经解剖和神经病理方面的研究，在人工饲养淡水豚方面，也积累了不少经验。皮埃尔也是我国成立了白鳍豚研究组之后，第一位申请来中国从事白鳍豚科学考察的外国专家。虽然他的申请经过了不少周折，但是最终总算得到了中国科学院的批准，同意他到长江中下游流域考察白鳍豚，同时也可以与中国同行做一些学术方面的交流，尤其是淡水豚的捕捞、运输、人工饲养和日常生活行为观测等方面的经验介绍。

皮埃尔先生在华的生活、安全和考察时必需的交通工具，还有相关保密工作，都由省里安排专门的部门和人员负责，刘俊他们只负责皮埃尔的科考活动和学术交流。

皮埃尔虽然是第一次跟随徐教授、刘俊的研究小组一起工作，但他很快就喜欢上了年轻的刘俊那种干练果断的工作风格。

在青龙滩口的江面上，皮埃尔说："亲爱的刘，你知道吗？像我们这样喜欢从事野外考察的人，除了学者的身份，还会拥有另一个身份……"

刘俊好奇地问道："那是什么身份？"

"冒险家！"皮埃尔颇为自豪地说，"在我的科考生涯里，已经不记得有多少次了，在亚马孙河、密西西比河、阿拉瓜亚河、恒河，还有湄公河，特别是在一些热带雨林的河流与沼泽中，我无数次地与鳄鱼、食人鱼，当然还有各种疟疾，紧张地搏斗过……"

刘俊和年轻的队员们听了，都感到由衷的敬佩。相比之下，他们在长江流域考察，除了会有山洪，其他方面还算是安全的。

"有一次，在巴基斯坦，为了追寻一头印河豚，我就像海明威小说里那个桑提亚哥老渔夫，跟随它漂流了两天两夜，几乎葬身在印度河里……"

皮埃尔说的"印河豚"，是世界五大淡水鲸类动物之一。这五种淡水豚，是生活在中国长江中下游的白鳍豚、印度河流域的印河豚、恒河流域的恒河豚、南美洲亚马孙河流域的亚河豚，还有一种生活在巴西阿拉瓜亚河和阿根廷、乌拉圭等国家沿海水域里的拉河豚，全称叫"拉普拉塔河豚"，是唯一喜欢栖居在大海沿岸浅水海域的淡水豚。

"后来呢？皮埃尔先生，你追到这头印河豚了吗？"刘俊读过海明威的《老人与海》，知道故事的结局，就好奇地问道，"你最终得到的不会也是一副鱼骨架吧？"

"不，我也没有被打败！"皮埃尔露出得意的笑容，说，"我的运气比老桑提亚哥要好得多，我把这头印河豚活捉了，还把它带回了伯尔尼！"

"还是你厉害呀，皮埃尔先生。"徐教授夸赞他说。

"我是科学家，我的终极目的，不是要跟它们较量、与它们为敌，而是研究它们、拯救它们、保护它们，成为它们的'守护神'！"

"你说得对，我们的终极目的，是为了拯救它们、保护它们……"

"当然，我相信，你们……哦，不，应该说是我们，对待珍贵的白鳍豚，也是如此。"皮埃尔说，"我想，如果白鳍豚能够因为人类观察到了它们的秘密生活、欣赏它们美丽的身姿，因而对人类怀有感激的话，那么，它们首先应该感激的，是你……"皮埃尔朝着徐教授竖起大拇指说，"一位美丽的中国女科学家，还有你领导的这个研究小组！"

"哈哈哈……皮埃尔先生，你不仅是位科学家、冒险家，还是一位浪漫的诗人！"皮埃尔的话，让徐教授听了大受感动。

"再后来呢？皮埃尔先生，你带回伯尔尼的那头印河豚……"刘俊还在想着那头印河豚。

"我像养育自己的孩子一样，已经养了它七年。"皮埃尔自豪地说，"一直到现在。"

"现在它还健康地活着？"刘俊睁大了眼睛。

"当然！"皮埃尔幽默地说道，"七年了，它依然不离不弃，成为了我最忠诚的朋友！"

"这太不容易了，祝贺你，皮埃尔先生。"

"谢谢！我想我会陪伴它，直到永远。"

正在这时，突然有一个队员激动地喊道："快看！好像是一群江豚……"

听老一辈渔民说过，青龙滩一带是白鳍豚活动频繁的地方，所以徐教授就特意带着刘俊和科考队，还有皮埃尔，一起来到青龙滩追寻白鳍豚的踪影。白鳍豚的踪影难得看到，倒是时常能见到一群群江豚，在这一带江面上游来游去。

果然，一群快乐的江豚，跃入了他们的视野……

江豚似乎特别喜欢在绚丽的黄昏时出来活动。当落日绯红的余晖洒在辽阔的江面上，把江水映照得波光潋滟、浮银耀金的时候，江豚群就会络绎出现，灰黑色的脊背时隐时现、此起彼伏。

尤其是在没有任何机械船和撒网打鱼的渔民打扰的时候，江豚们会拍打着宽大的尾鳍，互相追逐嬉闹，不时地激起一串串江花……

更有意思的是，偶尔还会有一两头刚出生不久的江豚幼崽，紧紧地爬伏在母豚妈妈的脊背上，随着妈妈一起一伏，好像在观摩和学习妈妈怎么游泳和戏水。

徐教授和刘俊他们还观察到，有的江豚宝宝好像还有点顽皮，会拍打着水花，滑下妈妈的脊背，想要"独立行动"一番。这时候，护犊心细的妈妈会立刻钻到宝宝身下，重新把宝宝安全地驮到自己背上，与整个群体一起继续前行……

不用说，首次中国科考之旅，给皮埃尔留下了深刻的印象。

虽然出于对国家珍稀动物的保护、保密等方面的原因，皮埃尔没有可能像从巴基斯坦带走一头印河豚一样，也带走一头白鳍豚回到瑞士，但是多年来，神秘的中国白鳍豚一直在诱惑着他、召唤着他，所以不久前，他又向中国科学院申请，获准第二次来到了中国。

他没想到，这一次刚刚到达武汉，就听到了从青龙滩口传来有人捕获了白鳍豚的消息。

"亲爱的刘，看来，运气只留给有准备的人，真的是一句真理。"在越野车上，皮埃尔不无得意地对刘俊说。

"皮埃尔先生，但愿这一次不会让你失望。"

刘俊这样说着的时候，心里其实正隐藏着深深的忧虑。多年来的野外考察和追寻使他深知，白鳍豚在长江里的生存现状，比皮埃尔第一次来中国时，变得更加糟糕了！

一路上，刘俊尽量斟酌着自己的用语，给皮埃尔解释着他的忧虑。毕竟，皮埃尔是一位外国友人，刘俊实在是不忍把自己看到过的、令他触目惊心的东西，完全讲给皮埃尔。他怕皮埃尔无法理解更无法接受。

"一方面，当然是因为白鳍豚自身的生存区域有局限性。皮埃尔先生，你应该知道，白鳍豚就像大熊猫一样，只在中国的长江中下游特定流域存活着，活动区域十分狭窄和集中，加上繁殖能力较低，所以总体数量极少，比大熊猫还要罕见……"

"另外的原因呢？"皮埃尔似乎也早有耳闻，"我从一些报道上看到，近几年来，中国正在快速地发展经济，结果也带来了长江两岸自然环境的污染和破坏……"

"是的，是这样的，这是我们都不愿意看到的。"刘俊无奈地笑了笑。

"在印度，在巴基斯坦，还有亚马孙流域，也存在这种状况。"皮埃尔说,"这是所有发展中的国家,都无法回避的一个难题⋯⋯"

是啊,最让刘俊和他的队员们感到痛心与忧虑的,的确不是白鳍豚自身的生存能力和繁殖能力问题,而是白鳍豚活动区域里的自然环境,无论是长江还是连通着长江的洞庭湖、鄱阳湖,还有周边的一些汊港与小湖泊,近些年来都遭到了越来越严重的污染和破坏,也给白鳍豚直接带来了种种伤害。

临近中午时分,刘俊他们的越野车驶近了长江边。

在沿着长江边去往青龙滩口的这段路上,透过车窗,刘俊看着江边的一幕幕景象,觉得心都要碎了!

本来就不太宽阔的水道上面,来来往往的挖沙船和运输船,几乎把江面挤得没有缝隙。运沙船排着长长的"蚁阵",一眼望不到尽头⋯⋯

在这样密集的挖沙船和运输船的夹缝里,在柴油燃烧时冒出的浓重的黑烟里,在轰鸣不止的马达噪声和飞速转动的螺旋桨里⋯⋯傻瓜也能判断得出来,哪里还会有白鳍豚和江豚们的生存空间!

那些庞大的、足有几层楼高的挖沙船,被当地渔民称为"吸沙王"。每一只"吸沙王",都有一个十几米长、直径几十厘米的"吸沙大嘴",能够插入数十米深的江底或湖底,呼啸着把泥沙吸起来,然后再用江水或湖水淘洗一番。不用说,浑浊的泥浆仍然被排进了江中、湖中⋯⋯

弱小无助的白鳍豚和江豚,在这样粗野的"钢铁魔王"面前,哪里还有生存的可能?

更不用说,江水、湖水之下,还有人们不容易发现的滚钩、锚钩与"迷魂阵"，还有贪婪的滥捕者的土制炸弹、电网与残忍的渔叉……

不用说，还有一些大大小小的化工厂、加工厂、造纸厂……直接排入江中、湖中的带有各种污染成分的废水与垃圾……而这一切，甭说对白鳍豚了，就是对其他的鱼类，也都是致命的威胁！

"疯了！完全是疯了！"刘俊不忍再看下去，也不忍再去设想白鳍豚和江豚们的悲惨命运了，他在心里暗暗地叹息，"人们对经济利益的攫取，一定要这样贪婪和野蛮吗？……"

他不忍让皮埃尔知晓和看到，白鳍豚面临的是一种怎样糟糕的生存环境。可是，坐在越野车上，一幕幕人为的生态灾难现状，在他的眼前挥之不去……

他紧紧地闭上眼睛，也不再与皮埃尔交谈了。但是看得出来，他的牙齿似在不断地咬着牙帮骨，脸颊上的肌肉鼓起一道道棱子……

是啊，除了痛心和愤怒，他还能说什么呢？这个时候，他竟然产生了一个天真的念头：如果长江上、洞庭湖和鄱阳湖里，从来就没有过白鳍豚和江豚，岂不是更好？

他记得，在大学英语课上，曾读过一首英文诗，里面写到一个穷人家的小孩，非常渴望读书，然而，流连在一个琳琅满目的书摊前，那个孩子却连一个便士的租书的钱也拿不出来。这时候，穷小孩就想：假如我生来就不认得字，该有多好啊！

此时此刻，刘俊觉得，自己正是怀着这样矛盾的心理。

"刘老师，您是不是有点不太舒服？"周笑琳看到了刘俊异样的神色，惴惴不安地问道，"是因为刚才看到江面上密密麻麻的挖沙船，把您的情绪搞坏了？"

"挖沙船、挖沙船……"刘俊不知怎么回答才好。

皮埃尔显然也感到了刘俊突然低落下来的情绪，就故作轻松地说道："刘，请不要失望，我在世界各地考察的时候，比这更糟糕的生态也见到过，你要相信，一切会好起来的，我们都是来保护和拯救白鳍豚的！"

"拯救白鳍豚？"刘俊用双手狠狠地干搓了一把脸，好像要把所有灰暗的情绪搓掉一样，回答皮埃尔说，"皮埃尔先生，也许，最需要拯救的，不是白鳍豚，而是那些人！那些人的良知、灵魂……"

就在这时，行驶在前面的那辆吉普车停了下来。

"哦，青龙镇到了。"越野车也停了下来。

"刘队，已经是中午一点多钟了，我们需要安排外国专家在镇里吃午饭，你看，大家是不是先吃饭？"省里来的工作人员走过来说道。

"好吧，你们先陪皮埃尔先生去吃饭，我和高翔他们先去滩口现场看看情况，渔民们不知道应该怎样保护白鳍豚，我不放心……"

"那好吧，我们一会儿就送皮埃尔先生过来与你们会合。"

于是，刘俊顾不上自己的肚子也饿得咕咕叫，就带上高翔和几个队员，继续向滩口赶去……

此时，萦绕在刘俊心中的，只有一个念头——

那两头被捕获的白鳍豚，会不会受到善待？白鳍豚的皮肤极易干燥，一刻也不能离开水，渔民们未必懂得这个，所以，他们必须尽快赶到现场去做好相应的处置，刻不容缓！

第十七章　鹧鸪飞过茶山去

成长是艰辛的，长大不容易。这几天，柳伢子一定有了什么心事，看上去一副闷闷不乐的样子。

"伢子，跟爷爷讲讲，是不是在外面跟同学吵架啦？"

爷爷疼爱孙子，平日里柳伢子的一举一动，都在爷爷的眼睛里。

"不是啦，爷爷，我是少先队中队长，怎么可以跟同学吵架呢？"柳伢子一边回答爷爷，一边咬着笔头在想问题。

"那是咋的啦？莫不是学习上落后啦？"爷爷"吧嗒"着烟锅说，"还是个细伢子嘛，今日落后了，明天赶上去不就行了？爷爷不会怪你的……"

虎子卧在柳伢子脚下，正在侧耳倾听着爷爷和伢子说话。

"爷爷，都不是啦。"伢子告诉爷爷说，"是王老师给我们布置的一篇新作文，我不晓得怎样写。"

"哦？细伢子是让作文给难住了！"爷爷问，"老师叫你们写哪样咯？"

"老师叫我们写《爸爸妈妈和我的故事》，可是爷爷，我……一点儿也写不出来。"

爷爷一听，心里顿时"咯噔"了一下，心想，细妹子怎么给伢子们出了这么个题目呢？别的细伢子兴许不难写，可柳伢子，还没到记事的年龄，爸爸就永远不在了；等到刚刚能记住点儿事情了，和妈妈在一起没多久，妈妈又离家远走了……所以，伢子真的是写不出"爸爸妈妈和我的故事"来。

这些年来，最让爷爷放心不下的一件事，就是细伢子会想起妈妈、想要妈妈，毕竟柳伢子年龄还小呢！因此无论什么时候，爷爷总是尽量避开这些话题，免得触碰到伢子心中的伤痛。

好在柳伢子也是个懂事的孩子。他懂得，爷爷是世界上最疼爱他的人，爷爷这么大年纪了，却每天既当爹又当妈地护着他，不肯让他受到半点委屈。所以，伢子也从来不在爷爷面前提起爸爸妈妈，生怕爷爷听了会伤心难过。

慢慢地，柳伢子已经接受和习惯了没有爸爸妈妈的童年。只要有爷爷在身边，只要每天回家能看到爷爷和花狗虎子，柳伢子心里就感到满足和安全了。

"伢子，要是实在写不出来……"爷爷担心太为难细伢子了，就给伢子出主意说，"你就写，共产党和国家是你的亲爹娘咯！你看，你穿的新棉衣、新鞋子，还有背的新书包，都是国家给的……"

"爷爷，这是王老师和希望小学给的。"

"伢子，你要记着咯，王老师和希望小学，就是代表共产党和国家啊！"爷爷说，"要不，你就写，王老师就像你的妈妈一样，给你买这，给你买那……"

"哎，对呀，爷爷，我就写，王老师就像我的妈妈一样……"

柳伢子经爷爷这么一指点，好像突然找到了"灵感"，晓得这篇作文该怎么写了。

柳伢子埋头写他的作文去了。爷爷和虎子坐在火塘边，陪伴着他。爷爷默默抽着旱烟，听着外面呼啸的江风。

唉，人老了，就喜欢思前想后。今夜，许多的往事，也像那一阵阵吹刮不息的江风，又涌上了爷爷的心头……

这时候，他想得最多的，就是柳伢子的妈妈玉娥。

按常理讲，柳伢子还这么小，又没了爸爸，当妈的怎么能狠下心，把幼小的伢子丢给年老的爷爷，自己远走高飞，再也没有音信呢？这让老人和伢子怎么想？想起来不难受吗？难道就不怕伤了老人的心，不怕被亲生的孩子怨恨，给孩子的童年留下阴影吗？

可是说来奇怪，在老艄公的心里，对玉娥的离去，还真没有生出太多和太深的埋怨。

是呀，将心比心，玉娥毕竟也是个只有二十六七岁的年轻人。生活和命运对她够残忍、够不公平的了，对此，她自然也无法预知，更无法逃避。生活既然已经如此，你让她怎样能甘心呢？

擦干了悲伤的眼泪，也收拾起了年纪轻轻就失去丈夫的哀痛，她还得继续生活呢！她还想趁着年轻，出去多挣一点钱，好养大柳伢子，好拥有自己的明天呢！……

老艄公常常就这样一遍遍地在心里想啊想的。

思前想后，越想他就越能理解和原谅玉娥的离家出走了。

是呀，想想玉娥还没过门儿的那些年里，不也是一个那么开朗、那么勤快的细妹子？要不是柳伢子的爸爸突然遭了变故，那该是一个多完整、多温暖的小家呀！

玉娥的娘家——也就是柳伢子的外婆家，在湖南华容和湖北石首交界处的桃花山中。桃花山遍山翠竹、茶园和桃林，一到春天，新竹参天，茶园吐翠，桃花如霞……

相传桃花山自古也是一个出美女的地方。留在柳伢子记忆里的妈妈，就是世界上最美的妈妈。

也许正是拜一方秀丽的山水所赐，在桃花山中长大的女孩子，没有不喜欢唱山歌、唱小曲的。山乡儿女在挖笋、采茶、栽秧的劳动中，喜欢唱山歌和田歌自娱自乐，彼此唱和，渐渐演化成了一种"采茶戏"。青青的南竹林间，云雾萦绕的茶园里，你唱我应，山歌互答，清新、朴素的劳动之歌和乡土之歌，散发着山茶花和泥土的芬芳，也吐露着山乡儿女乐观向上的生活渴望，滋润着他们淳朴善良的美好心地。不用说，玉娥就是从这些平日里喜欢唱山歌、喜欢唱采茶戏的细妹子中间走出来的一个。

从桃花山嫁到了洞庭湖这边来，天生一副好嗓子的玉娥，很快又学会了唱洞庭湖一带的花鼓戏和渔歌。

三月天是鹧鸪天，也是农人开始犁水田的时节，山雀子噪醒的湖边、山垮，处处回响着布谷鸟的呼唤、鹧鸪的啼鸣、水鹈鹕的细语、竹鸡的呢喃……

这时候，老艄公要是哪天听不到玉娥的山歌和渔歌声，心里就像缺失了什么一样。那银铃一般的声音，那柔和婉转的歌子，好像能让老人们疲惫和多愁的心，慢慢变得轻松和舒展一些；也好像能让年轻人和细伢子们莽撞和焦灼的心，很快变得安静下来。

那时候，不论是哪个山垮和墩子上，都还能看到一些年轻人的身影。开春插秧的时候，秧田里的劳动场面也是热热闹闹的。

渔家儿女们在明镜一般的早春的水田里，欢笑着，忙碌着，特别是那些像小牛样健壮的后生，只要有细妹子在身边，他们的秧苗就插得又快又直，歌子也唱得特别响亮。

在洞庭湖边，人们在犁田插秧的时候，都喜欢唱一种插秧的田歌，名字叫"落田响"。老艄公当然也会唱。

清早下田，唱的是《走下田》《海棠花》《怀秧》和《放牛》；上午下田，唱的是《赶王鹰》《打花歌》《挖百合》《割猫》和《采茶》；下午下田，再唱《谢茶》《喊福》《收牛》和《游船》……

一位演唱技巧比较高超，在垮子里有些声望的插田能手，作为"领唱人"，大家都尊称他为"歌师傅"。

歌师傅唱道："太阳出山咯……罗火火咯……"

众人齐声接唱："海棠花咯……罗火火火火耶……"

长长的一支"号子"唱完了，一片水田也就插完了。这时候，从垮子挑秧过来的细妹子们，也会亮开歌嗓，接着田间的号子唱出她们的"贺彩词"，为那些能干的后生喝彩鼓劲：

"秧苗冲禾咯……秧苗开张咯……"

后生们受到了细妹子们的恭维和鼓舞，不知道又增添了多少力气。这些插田的老年人和后生们哟，只要垮子里的细妹子们开心和平安，他们就是再苦再累，也是心甘情愿的呢！

可惜的是，这样热闹的好日子，越来越少见了。

一茬茬的后生，不管是细伢子还是细妹子，你跟着我，我约着你，有的连翅膀都还没长硬呢，转眼就再也看不见人影儿了。

像小野鸭，像野鸽子，像三月茶山上的鹧鸪……回来一只大山雀子，就会跟着飞走几只小山雀子，一群接着一群，都朝着远处飞去了。

飞到哪里去了呢？不用说，不是去了广东，就是去了浙江和上海，还有走得更远的，说是去了首都北京……一个个都离开了洞庭湖，离开了家乡，去远处寻找各自的明天、各自的前程去了。跟着飞走的，还尽是一些念过几年书的后生仔。他们年轻，受过教育，比自己的上一辈更喜欢出去闯荡，宁肯跑到外面的城市去寄人篱下，也不愿安生地待在老家里。洞庭湖边慢慢地就剩下一些老弱病残了！

唉，没有了细伢子、细妹子，塆子空荡荡了，田地也荒了，那些好听的歌子，好像一下子也都消失了。是呀，没有了年轻人，那些好听的歌子还有谁来唱，又唱给谁听呢？

"唉，能怪谁呢？能怪后生和细妹子们？不能咯！瞌睡鸟子不能干待着等飞虫，你塆子前头没梧桐树，哪能引得凤凰来？"老艄公心里总是这样想。

他的心里有一杆秤，知道什么是轻、什么是重。他也从没忘记自己是打年轻时候过来的，所以他的心里宽阔着呢、透亮着呢！

老艄公天天撑船送人过渡，低头抬头见到的，多半也是熟识的乡亲，难免就会有人向他问道：

"伢子她妈妈到底走去哪里打工了？有音信了吗？"

"几年里都听不到玉娥细妹子唱歌子了，心里真是阴沉沉的不爽快咯！"

唉，逢到这样的询问，虽然多是表达关切，可也让老艄公多为难啊！他要怎样回答才好呢？他心里明白，要怪可怪不得细妹子，只能怪这世道变得太伤人了，把细妹子的心给伤透了，她再也不愿意回来了……

"洞庭湖干了，妈妈哭了……"玉娥教柳伢子唱的那个歌子，也真是没有教错呢！可是，这又让老艄公怎么给人家说呢？他说了人家肯相信吗？

桃林河一天天还在流淌。芦苇荡一年年还会返青。老艄公却变得一天比一天更加沉默寡言了。

"怪不得玉娥咯，怪不得！水柳树要长在高岸上，毛竹子要长在肥土上，一篼禾得靠着一兜雨水养，真要怪，就只能怪自己的儿子没得个好命，只能怪如今这洞庭湖，变得叫细伢子、细妹子都不愿意待下去了……"老艄公只能这样在心里对自己说。

每天能亲眼看着柳伢子在清晨里高高兴兴地去学校，傍晚时又平平安安地回到渡口边，晚上又能守着和看着伢子认认真真地背书、写作业……这也许是最让老艄公觉得踏实和舒心的时候。

"多好的细伢子呀！就是再苦再累，只要我还活在世上一天，就一定要把细伢子给带好、带大，有朝一日，等玉娥回来了，我就能交给她一个平平安安长大的、壮壮实实的好伢子……"

自从玉娥离家远走的那一天起，老艄公的心里，就存下了这样一个坚定的念头。

哎，腐叶铺成的芦荡里和田埂上，天天有小野猪们走后留下的一串串蹄窝，每一个小小的蹄窝里，都有一团美丽和清亮的积水。那些抱窝的水鹧鸪和竹鸡，也在远处的芦苇林和灌木林里"咕咕"地发出缠绵的声音。野鸽子也在远处呼唤着同伴，叫声里似乎也充满了对山野的几分留恋……

可是，在三月天里飞过了青青茶山的鹧鸪，还会记得回来的路吗？美丽又年轻的细妹子，你在哪里呢？不想念你的柳伢子吗？不想念善良的老艄公，还有家乡的那些山歌吗？

第十八章　听见你的哭泣

刘俊和队员们紧赶慢赶，连午饭都顾不上吃，迫不及待地赶到了青龙滩口。可是，他怎么也没想到，出现在他们面前的，却是两头因为严重脱水而死去多时的白鳍豚！

这两头白鳍豚，一大一小，显然是一个妈妈和它的孩子。

刘俊一看就清楚，它们是被当地人用极其野蛮的方式捕获的。那头大的白鳍豚的肚子上，有一道被撕裂的伤口，那是被锋利的滚钩给刺开的。两头白鳍豚的尾柄上，都套着尼龙绳索，绳索把它们娇嫩的皮肤都勒得开裂了。也就是说，它们是被捕获的人绑在船尾，不知道拖了多久，才拖上岸来的……

看着眼前的惨相，刘俊的心好像要碎了！

"你们……你们……这是谁干的？为什么会这样？"

刘俊两眼通红，两只拳头握得紧紧的，朝着那几个麻木不仁、若无其事的捕获者吼叫着。此时，他恨不得跟这几个愚昧无知的家伙干上一架，以解自己满腔的痛与恨！

"你们知道吗？这是犯罪！是犯罪！你们没听过我们的宣传

吗？你们这样做，就不怕遭到报应？"高翔和队员们也愤怒地斥责道。

然而，此时此刻，愤怒、吼叫和斥责，又有什么用呢？

等到刘俊稍微冷静了一下，高翔低声问道："刘队，你看现在……该怎么办？"

"先把情况通报给当地政府吧，"刘俊说，"至少应该给当地政府再敲一次警钟，白鳍豚是国家珍稀动物，保护白鳍豚，当地政府部门是要负责任的！"

"那这两头白鳍豚……"

"先在当地找一个冷冻库冷冻起来，稍后我们拉回去，做成永久性标本。"

"一会儿皮埃尔先生过来了，怎么解释？"

"还能怎么解释？"刘俊痛苦地说道，"只好告诉他白鳍豚因为脱水严重已经死去的事实了。幸亏他没有亲眼看到这一幕，不然的话，真是丢人丢到外国去了！简直就是……愚昧透顶，无知透顶！"

等处理完了现场，出于野外科考专业的需要，刘俊又强忍着怒火，详细地询问和记录下了这两头白鳍豚被捕获前后的经过。

原来，这几个无知的渔民在使用滚钩捕鱼时，无意中钩捕到了那只体形较大的白鳍豚。他们仔细看去，发现在那只大白鳍豚的后面，还跟着一头小豚。

大白鳍豚也许是生了病，皮肤上已经出现了一些霉斑，看上去有气无力的样子，看见渔船来了，也无力游开，在慌乱中被滚钩钩住了。那头小豚，本来完全可以转头逃走的，但它可能是一个还没有断奶的豚宝宝，仍然依依不舍地紧随着妈妈，全然不知妈妈和自己的生命都已危在旦夕。

大白鳍豚虽然被钩住了，但毕竟有三十公斤左右的体重，要把它弄上船去，还是不太容易的。于是，这几个渔民就用尼龙绳子做了两个圈套，下到水里，把绳索套在了两头白鳍豚较细的尾柄上，然后用渔船倒拖着走了好长时间，才把它们拖到了滩口，弄到了江滩上。

几个渔民只知道，这就是科考队要找的"白旗"，只要打电话通知他们，他们就会马上派人来，花钱买回去。也正是这种贪心，让他们钱迷心窍、利令智昏，压根儿就没有想到，保护好白鳍豚的生命，到底有多么重要；更不知道，白鳍豚一刻也不能离开水，特别是它们的皮肤，必须时刻保持湿润状态，一旦离开江水太久，本来就已受到了致命钩拉的白鳍豚，就只有死路一条了。更何况，那头小豚，还是一个嗷嗷待哺、生命脆弱的白鳍豚宝宝……

刘俊一边询问和记录着这个令人痛心的过程，一边紧咬着嘴唇，几乎把嘴唇咬出血来。

有一会儿，他捏着钢笔的手已经颤抖得写不下去了。他的嘴唇没有咬出血来，但他觉得，自己的心正在流血。他好像听见和看见了，这白鳍豚母子俩在生命奄奄一息时的挣扎与哭泣……

他想，今天，这一头白鳍豚和它幼小的孩子，就这样无助地死在了冬日的江滩上。那么明天呢？那些暂时还幸存在长江里的、同样也是无助的白鳍豚和江豚的生命呢？

谁能听见它们在黑夜里的哭泣？谁去保护那些无助的、不会说话的小生命呢？

想到这些，刘俊感到，他和同事们未来要走的路，还有多长，很艰辛；整个国家对于大自然生态环境保护意识的提升，对于珍稀和濒危动植物保护的宣传、科学普及和法制观念的提升，也还有很长很长的路要走。

他甚至还觉得，来青龙滩口的路上，他对皮埃尔说的那句话，一点也不算夸张：在拯救宝贵的白鳍豚之前，也许，更需要拯救和救赎的，是人类自身——是那些被愚昧、无知、贪婪、自私吞噬了良知和灵魂的"高级动物"。相比之下，这一类动物，多么丑陋、野蛮和残暴！

午后，刘俊他们与皮埃尔一行人会合了。

皮埃尔已经得知了白鳍豚死去的实情。他耸了耸肩，向刘俊做了个"遗憾"的表情。刘俊也只能对着他痛苦而无奈地摇了摇头。无须任何言语，也不需要翻译了。皮埃尔走上前去，握了握刘俊的手，又在他臂膀上轻轻拍了两下，表达了自己的安慰之意。

第二天一早，刘俊吩咐高翔和甘霖，把冷冻起来的两头白鳍豚尸体尽快运回武汉，供制作标本使用。他和周笑琳等人陪着皮埃尔，乘着当地渔业部门提供的一条考察用船，溯江而上，朝着洞庭湖口方向缓缓驶去……

冬日的江面上，大雾弥漫，能见度极差。

刘俊在心里暗暗叫苦：此行怎么这么不顺啊！难道这次又要让皮埃尔失望了？"雾啊，快散了吧！豚啊，你们都在哪里呢？快出来露个脸吧！不要害怕，现在这里已经没有坏人了，我们都是你们的朋友，也决不会让任何人伤害你们的……"他在心里这样呼唤和期盼着，希望能追到一两头白鳍豚的身影，哪怕只是远远地观望一下都是好的。

皮埃尔不愧是一位在世界许多大河上经历过无数风浪的科学家和探险者。他的心态要比刘俊乐观得多。他看出了刘俊的心思，就笑着说道："刘，你知道吗，有一次，我在阿拉瓜亚河上考察时，一连几天下来，仍然一无所获，我差不多已经失去信心了。但生活在当地雨林的一个渔夫，告诉了我一个当地谚语，叫作'一瞬间的忍耐，胜过一蒲式耳的脑力'。我们现在所需要的，就是'一瞬间的忍耐'。"

周笑琳一下子还不太知道这句谚语该怎么翻译，刘俊听懂了，朝着皮埃尔竖了一下大拇指，说："姜，还是老的辣！"然后又给笑琳解释说，"蒲式耳"（英文 bushel）是西方的一个计量容器，就好像中国过去用"斗""升"作为计量容器一样。

皮埃尔说的这个谚语，让刘俊原本也像大雾紧锁着江面一样的情绪，稍微变得明朗了一些。

他们的船行驶得很慢，将近十点钟的时候，驶到了一处江心洲边。这时候，阳光穿破云层，照射在长江上，两岸的山坡和田野变得清晰了，雾气也慢慢在消散，江面渐渐变得开阔和明朗……

突然，刘俊发现，在江心洲左侧，靠近浅水区的地方，江面上似乎溅起一些水花。

"快看，那里好像有情况！"刘俊指着远处说。

皮埃尔也赶紧举起了望远镜。

"没错，不是别的，就是白鳍豚！"皮埃尔压低声音说，"刘，我们的好运气来了……"

缓慢的船几乎停下不动了。大家都屏气凝神，往那边望去——只见波光粼粼处，一群白鳍豚正在快乐地戏耍着，时而跃出水面，时而又没入水中，只能看到一些灰黑色的脊背在游动……

"太壮观了！它们好像是在追逐鱼群……"刘俊一边用望远镜观察着，一边小声说道。

皮埃尔更是兴奋地端着带有长焦镜头的相机，不停地拍着，嘴里似乎还在小声数着有多少头。

要不是担心考察船靠得太近会惊扰了这群白鳍豚，刘俊真想让舵手把船再往前驶近一点。但是他明白，只要豚群稍微觉得有危险靠近了，肯定很快就会潜入水中，迅速离去，再要见到它们，就不太可能了。

"谢天谢地，这已经够幸运的了！"刘俊这样想着，便赶紧叮嘱大家，"注意统计它们的数量。"刚说到这里，原本聚集在一起的豚群，好像远远地听见了他的话一样，竟然表现得非常"配合"，慢慢分成了几个小群。不用说，这样一来，科考队员们数起它们的数量来，就容易多了。

不一会儿，豚群结束了在阳光下的"聚会"，慢慢潜入水下散去了。刘俊的目光一直全神贯注地停留在望远镜里，直到最后一点灰黑色的脊背也完全看不见了，他才依依不舍地放下了望远镜。

大家把观察到的数量一汇总，确认在江心洲左侧靠近浅水区，有三小群，共十三头；在江心洲的洲头和洲尾，又各有两头；江心洲右侧，也有三头。也就是说，今天大家看到的这个白鳍豚群，共有二十头！

"怎么样？皮埃尔先生，对这个群体，您还满意吧？"

这时候，刘俊心中的阴霾，暂时也像一个多小时前的江雾一样，消散了。这群白鳍豚的出现，简直就像天外飞仙，给刘俊和他的队员们带来了难以言表的慰藉和自豪感。

"非常棒！亲爱的刘，这是长江送给我的最好的礼物！它们就像一群美丽的安琪儿……"

"那么，根据您以往的经验，有这么大的白鳍豚群体在此出现，会是什么原因呢？"

"很简单，只因为我们来到了这里，哈哈哈……"皮埃尔大笑着说道。当然，这只是皮埃尔开的一句玩笑话。"真正的原因，我认为，这一带是江洲地形，周边有杂草丛生，加上温暖的阳光照耀，水温变暖，草丛里一定生活着大量鱼群……"

"说得对，有鱼群在的地方，才能成为白鳍豚摄食肥育的最佳场所。"刘俊点点头说，"还有一个原因，我认为是……哦，大家都看到了，这一带江水比较浅，挖沙船和运输船到不了这里，没有螺旋桨和马达的惊扰与危险，也没有机油等污染物，因此，对白鳍豚来说，这里还算比较安全。"

"我完全赞同你的分析。"皮埃尔说。

——一年后，刘俊和他的科考队队员们又来到江心洲一带，"回访"了这个让他们魂牵梦萦的白鳍豚群体。幸运的是，他们再次看到了这个有二十头左右的数量、喜欢成群结队地在这一带戏水游玩、追逐鱼群的白鳍豚家族。阳光照耀的江心洲，就像一个尚未被人发现的"桃花源"，给这个家族提供了一处暂时安全的庇护所和栖息地。

然而，随着长江流域生态环境的持续恶化，令人遗憾的是，在此后的许多年里，刘俊他们又特意数次来到这一带，希望能再次"拜访"这个给他们留下了温暖记忆的群体。可是，每一次重来，他们望穿了双眼，却再也看不到这群白鳍豚的踪影了！它们真的就像一个昙花一现、惊鸿一瞥的幻梦，从此竟永远地在长江上消失了——哪怕是它们的哭泣声，刘俊他们也听不见了……

当然，这是后话了。此时此刻，刘俊和他的队员们，暂时还沉浸在发现的快乐与憧憬之中。

"要是整个长江都能像这里一样平静和安全，成为白鳍豚们无忧无虑的生存乐园，那该多好！"周笑琳这样感慨道。

"江心洲，江心洲……我会记住和怀念这个地方的！"皮埃尔也在考察日记上快速地记录着自己的心情。

听到皮埃尔在喃喃自语，刘俊像是突然想到了什么，笑着问道："皮埃尔先生，我知道，您曾在非洲丛林里考察过。您是否知道，非洲也有一句古老的谚语，关于白狮子的？"

皮埃尔一听，立刻就明白了刘俊想要表达的意思，马上心照不宣地笑着说道："请你放心，这个我有足够的经验，我会替你保密的。"

周笑琳被他们的对话弄得莫名其妙，好奇地问道："白狮子？你们在说啥呢？"

刘俊和皮埃尔相视一笑，不约而同地回答她说："秘密，一个秘密……"

笑琳不服气地噘了一下嘴："喊！"

考察船继续溯江而上，朝着洞庭湖口驶去。

刘俊想：离开洞庭湖口大半年了，该去花狗渡看看罗老爹和柳伢子了。当然，还有一个人，他也一直牵挂在心中。

第十九章　艰难的选择

江河日夜流淌，不舍昼夜。而在生活的河流上，善良的人总是会全力撑起希望的小船，奋力前行，既渡自己，也渡他人。小小的船头上，也许还会挂起一盏闪着微光的风灯，既照亮自己，也照亮他人……

老艄公罗老爹，就是这样的人。仙女湖希望小学的王小月老师，也是这样的人。

唉，有一件事，压在小月的心里很久了，有好几次，站在罗老爹和柳伢子面前，话已经到了口边，但一想到自己当初做出的承诺，她还是努力忍着，又咽了回去。

可是最近，看到柳伢子写的作文，小月的心里又充塞了百般的纠结和为难。

伢子在作文里，把小月老师比作自己的妈妈。他这样写道：

"……别的小伙伴，都是爸爸妈妈给他们买新衣服、新鞋子和新书包，我的新衣服、新鞋子、新书包和新笔盒，都是小月妈妈给我买的！只要别的小伙伴们有的，小月妈妈一样东西都不会让我缺少。所以爷爷经常教导我说，小月老师就像我的亲妈妈一样，共产党、镇政府和我们的希望小学，就是哺育我成长的'亲爹娘'……"

多懂事的细伢子啊！

可是，细伢子和老艄公，哪里知道其中的实情呢！

那么，到底要不要把实情，原原本本地告诉这爷孙俩呢？究竟又是什么样的实情，让小月老师这样为难呢？

原来，早在几年前，她和几个同学去南方时，就在广东深圳遇到了柳伢子的妈妈玉娥，也知道了这些年来，玉娥一直在深圳的一家制鞋厂里打工。不用说，每天都是起早贪黑地在流水线上工作，目的就是多挣一点钱，以后好供柳伢子进一个好一点的学校念书。

孩子总归是从妈妈身上掉下的肉，是藏在妈妈心头的宝，世上哪有不疼爱自己伢子的妈妈呢？

因为在家乡洞庭湖边生活时，彼此就是相识的小姐妹，所以，能在他乡的屋檐下遇见，不仅小月和玉娥，还有其他几个小姐妹，都倍觉亲切。只要不上晚班，几个小姐妹每天晚上都会相约着一起见面，甚至愿意挨着挤着，一起说说笑笑，专挑洞庭湖边那些让人开心的事去回忆。身处异乡，这些在洞庭湖边长大的细妹子，每个人都从说笑中得到了温暖和安慰。

但是没过几年，王小月就越来越强烈地觉得，自己就像一株漂在水上的浮萍，虽然也在跟着季节生长，却失去了自己的根须，也失去了自己的乡土。最终，她决定回到洞庭湖畔，重新开始自己的生活。

有一天晚上，她和玉娥坐在一个小公园的草地上，坐在这异乡的城市的星空下，她说出了自己的打算，也想劝说玉娥，和她一起回到洞庭湖去。可是她没想到，玉娥的态度竟是那么坚决。

"回去？你说说看，我回去干什么呢？是回去摆渡、割芦苇？还是到湖里去挖沙？"

"回到老家，总归是能找到一些事情做的嘛！"

"不，我不能回去！一回去，我就毁了……"望着远处高楼上那些闪闪烁烁的灯光，玉娥的眼里似有泪光，"挖沙船已经夺走了伢子的爸爸，我不想自己也被挖沙船压到湖底里去！"

"玉娥姐，没这么严重吧？"

"那是因为你的心还没有被它伤透！小月，洞庭湖不是以前的渔歌里唱的洞庭湖了，也不是我们一起唱采茶戏和花鼓戏时的洞庭湖了！我也没有勇气……去面对那个破碎的家……"

"玉娥姐，我知道你心里苦，你每天都在牵挂和惦记着柳伢子和他爷爷，可是，总不至于连你在哪里，都不想让他们知道吧？"

"我没有别的办法，只有这样做，才能帮我横下这个决心！"玉娥决绝地说，"我晓得自己心肠软，我怕和他们一有联系，我就会管不住自己……"

小月苦笑了一下，说："玉娥姐，我能理解你的心情。我刚来这里时，也曾疑惑过，为什么来到这里的人，都从来不告诉家人自己的联系地址。后来我慢慢明白了，原来这都是为了把自己与老家甚至与亲人的关系暂时掐断！"

"是这样的，人心都是肉长的，谁没有想家的时候？特别是逢年过节的时候，谁不想回去看看自己的亲人？可是，那容易吗？"

"那你总不能在这里待一辈子吧？"

"一辈子？那倒也不会。我发过誓，等洞庭湖有一天变好了，我再回去。我现在只想趁自己还年轻，多挣点钱，以后供柳伢子好好念书。"

"那……要是洞庭湖总是这个样子呢？"

"那我就把伢子接出来念书。"

"那罗老爹呢？毕竟年纪也大了……"

"你放心，伢子的爷爷我也会管到底的，好在现在他还能摆渡驶船，帮我照顾几年伢子。"

"可是你在这里也很苦啊！内心里难道就不受煎熬？"

"人心都是肉长的，怎么能不受煎熬！"玉娥苦笑了一下说，"日子长了，我慢慢已经习惯了。"

"说的也是，不光是深圳，还有东莞、中山、珠海……这些地方，大大小小的公司和厂子里，都是从外地来这里工作的，每个人都不容易，也许，每个人都有自己不为人知的苦楚……"小月指着那些灯光闪亮的马路和楼房说，"我来这里，虽然时间不长，可我也深深感到这些高楼，都是给厂子和机器修建的，不是给人建的。你看，那些灯火通明的楼房，哪个厂子、哪个公司，不是都在加班？谁在加班？就是像你、我这样外来的打工妹和打工小哥呗！"

"小月，你这些话说得很对，每个人都不容易！所以，这样想想，哪怕再苦再累，咬咬牙，我也能扛过去！"

"玉娥姐，你……"这时，小月的眸子也湿润了，她轻轻地抱了一下玉娥，说，"你真是……太坚强了！"

"不，我怕自己……还坚强得不够……"

也是在这天晚上，小月告诉玉娥说，她回到老家，仍然准备回仙女湖希望小学，给细伢子们当老师。她知道，这也是她那位当了大半辈子民办教师的阿爸最大的心愿。

在小月要离开深圳的前一天，玉娥来给小月送行。

"小月妹子，姐拜托你一件事，行不？"

玉娥用询问的目光看着小月。

"玉娥姐，啥事？只要我能做到的，我一定帮你去做。"

"你回去了，千万不要让柳伢子和他爷爷知道我在这里，对别的熟人也不要说。"

"玉娥姐，这个……你是不是再考虑一下？"

"我反复考虑过了，现在真的还不能让他们知道我在哪里。我怕一听见他们的声音，我的决心就会动摇，所以，拜托你一定帮姐这个忙，对谁也不要说。"

"姐，你想过没有，柳伢子也快到上学的年龄了。"

"我要跟你说的，正是这件事，我是这样想的……"

原来，玉娥是想拜托小月，回去后去看望一下柳伢子和他爷爷，然后说服老艄公，让柳伢子到她的仙女湖小学里上学。柳伢子能在小月身边念书，哪怕小学校的条件差一点，玉娥也是放心的。

然后，玉娥又把给柳伢子买的几套新衣服，还有新鞋子、新书包，还有几百块钱，让小月带回去，送给柳伢子和他爷爷。

"玉娥姐，这个……你让我怎么跟这爷孙俩说啊？伢子最需要的是妈妈的陪伴……"

"伢子的爷爷常说，一兜雨水一篾禾。细伢子就这个命，爸爸早早就没了，我这个当妈的又没啥用，别人家的伢子，也许是'一季稻'，要一个春和一个夏才能长成，我就当我的柳伢子是

'二季稻''三季稻'吧，也许他命里就该比别人家的伢子要多吃些苦！再说，有他爷爷在，不会让他受什么委屈的。"

"可是，玉娥姐，罗老爹那么善良的老人，你让我怎么跟他老人家开口说呀？"

"爷爷是镇上的敬老院年年都要照顾的人，可他不愿给政府添麻烦，也不肯去镇上的敬老院里住。你就说，钱是敬老院、是政府给的补助吧。"玉娥显然早就想好了主意。

"这……这能行吗？这不是让我撒谎吗？那给伢子的新衣服、新书包呢？难道也是敬老院给的？"

"这个，就说是你们希望小学给的，爷爷和伢子会信的。小月，你是我的好妹子，帮姐这个忙吧，我没别的办法了。伢子能在你身边上学，也算是他的福气，我也放心一些……"

"可罗老爹他……毕竟年纪也大了……"

"我以后每半年汇一点钱给你，你给老人送去，他自己平时肯定舍不得吃，也不晓得什么营养品，你帮我给老人买一点送去……"把这些事情一一交代给了小月，玉娥心里顿时觉得好受了一些。

"玉娥姐，你把我带'坏'了，从今往后，我满嘴谎言了！"小月不忍拒绝，只好噘着嘴说。

"小月，姐把你当成了自己的亲妹子！"玉娥感激地说，"你真是上天派来帮助姐的仙女呀！有了你，我以后不会再埋怨这个世道薄情寡义了！"

说到这里，玉娥把小月紧紧搂在自己怀里，破涕为笑了。

"姐，那你自己在这里……多保重啊！"

"放心吧，"玉娥说，"你不是还留给我几本书吗？如果我遇到了什么委屈，就学一学你的做法，一个人到郊外看看山水、看看田野，读一读你留给我的书……"

"是的，这样好，读点书，你就不会觉得孤单了。"小月说，"玉娥姐，你记着，一个人生活在世界上，必须让自己变得坚强和乐观一些！当你情绪低落和寂寞的时候，读读书，也可以让自己获得温暖和力量。"

"好，我记着！有你这些话留在我这里，我现在好像什么都不怕，什么也压不垮我的！你放心吧……"

那个夜晚，把小月送上了开往长沙的火车后，玉娥回到工厂的宿舍里，却怎么也睡不着了。

难道她也想家了、想回去了吗？不，不是的。她走出宿舍，一个人又在夜色中走了很久。她觉得，好像有一种她从未有过的信心和勇气，正在心中升起。

"生活啊，你听我说：我不会惧怕你的！来吧，所有的艰难都来吧，你们是压不垮我的！……"

当然，她没有说出口来，只是在心里这样想、这样说道。

天快亮了。星星在闪烁。她知道，崭新的一天即将到来，新的太阳又会照样升起。她伸开双手，用手指梳理了一下自己的头发，然后迈开步子，坚定地朝着宿舍走去——朝着自己的明天、朝着生活和命运正在等待她的地方，坚定地走去……

而玉娥这种心态上的改变，当然是小月所不知道的。

本来，随着时间的推移，一切暂时都平静下来了。虽然柳伢子有时候也会想起自己的妈妈，尤其是看到别的小伙伴时常会有自己的爸爸妈妈陪伴和接送的时候，伢子的心里，必定也是怪难受的。但是，有爷爷的疼爱，有王老师的爱护，伢子觉得，自己还是幸福的。

"穷苦的孩子早当家"。无论是爷爷，还是王老师，也天天都看在眼里、喜在心头：柳伢子真的是越来越懂事了，越来越能替爷爷和王老师着想了……

可是，看到了柳伢子写的作文，小月的心里真是矛盾极了、难受极了。这天下午，小月又拿起柳伢子的作文本，看了一遍又一遍，说不出心里是什么滋味。

她想，如果自己再这样继续隐瞒下去，玉娥姐的一片苦心、一片母爱，岂不是都让自己给"冒领"了？这怎么可以啊？可是，如果真的去把实情挑明了，那岂不是又把自己对玉娥姐的承诺当成了儿戏？更何况，一旦事情挑明了，对玉娥姐，对柳伢子和他的爷爷，到底是好还是不好，谁知道呢？

"唉，玉娥姐呀玉娥姐，你把我的心给搅乱了……"

小月正在这样想着的时候，只见柳伢子背着书包兴奋地跑了过来，说："王老师，告诉你一个好消息，刚才爷爷让人捎话过来，说刘叔叔他们又到渡口这边来了……"

"真的吗？"小月一听，惊喜地说，"太好了，伢子，走，上船去，我们一起去看刘叔叔！"

小月摇着小船，先把几个孩子送回到各自的墩子和垮子里，然后调转船头，和柳伢子一起，朝着花狗渡摇去。

绯红的晚霞，把眼前的湖面和远处的水田、山坡、芦苇林，都映得红彤彤的。一片片云彩，也好像都被镶上了美丽的金边。晚霞也映照着小月老师和柳伢子的脸庞，还有他们的小船……

"伢子，跟老师说实话，你现在……还经常想你阿妈不？"小月边摇着船，边观察着伢子的脸色。

"不想了。"

"真的不想了？"

"真的不想了。"

"为什么？不爱阿妈了吗？"

"不是的。我一想妈妈，爷爷就会跟着难受，我不想让爷爷难受。再说啦，我再怎么想，也想不回来的，所以就不想了。"

"那你爷爷……有没有怨过你阿妈？"

"没有呀！爷爷说，阿妈有难处，阿妈还年轻，应该出去闯一闯的，只要在外面平安就好了……"说到这里，伢子又告诉小月老师说，"爷爷说，你就像我的亲妈妈一样。"

"不，伢子，我不如你阿妈好！你一定要相信，无论你阿妈在哪里，她都会爱你，都会惦念着你和爷爷的！"

"老师，我知道的。"柳伢子使劲儿点点头，又问道，"老师，我的作文写得好吗？"

"嗯，写得好啊，柳伢子，你真是爷爷的好伢子，也是希望小学的好孩子……"

第二十章　寒夜客来

"哎呀呀，怪不得这两天总有鸦鹊子落在树梢上叫，原来真是有贵客临门咯！"

这一天，老艄公的渡口一下子变得无比热闹起来。

刘俊他们是在桃花汛到来时离开花狗渡的，现在转眼进入冬天了。上午，刘俊带着皮埃尔、周笑琳和另外几个队员，先在罗老爹帮他们堵住了淇淇的那个汊港，还有洞庭湖的一个入江口四周观察了一番，傍晚的时候，他们又一起回到了花狗渡，准备晚上就在这一带宿营。

花狗渡还是头一次迎来一位高鼻子、蓝眼睛的外国客人，可把罗老爹欢喜坏了！冬日的渡口里，过河进山的人，本来很少，花狗虎子日日和少言寡语的老艄公在一起，想来也够寂寞的了，所以，一见到刘俊他们，虎子也像见到了久别重逢的亲人一样，一个劲儿地在刘俊脚下拱来拱去的，表达着自己的亲热与激动。

周笑琳从背包里拿出几根火腿肠——那是她为自己准备的野外零食，一截一截地掰给花狗吃。

花狗平时哪里能吃到火腿肠？所以更是激动得不得了。不过，花狗到底是老艄公养大的，它先从老艄公那里讨得了一个表示"同意"的眼神后，才敢快活地与陌生的笑琳亲热，然后就急不可耐地露出本性，放肆地吞吃起了笑琳掰给它的火腿肠。

"虎子今日也算过节了，吃上了细妹子带来的好东西咯！"

老艄公一边笑着说，一边忙活着抱来一大堆木柴，生起了一堆旺旺的渔火，然后在火堆上支起吊锅烧着开水。老艄公是好久没有这么眉心舒展过了。

没过一会儿，远处传来了柳伢子的呼唤声。王小月摇着小船驶到了渡口。花狗一听到伢子的声音，"噌"的一下跑着迎接去了。

"是细妹子送伢子过来咯！"

听老艄公一说，刘俊三步并作两步，冲到了渡河边。

"刘俊哥！"小月激动得眸子里闪动着泪花，"真的是你们来了呀？我还以为……再也看不到你们了……"

"小月，你好啊……"刘俊伸出双手，拉起小月的手，上下端详着这个多年来一直让他牵挂在心的细妹子，眼睛似乎也湿润了。他的眼神里似有无限的疼爱，却又找不到合适的词语表达，"哎，瘦了！比前几年瘦多了……"

"是不是也变丑了啊，刘俊哥？"小月被刘俊看得有点羞涩了。

"不，更漂亮了！"刘俊说，"一晃眼十来年了！"

"是呀，那时候我好任性，走的时候，都没敢跟你说一声……"

"唉，影子拖得再长，也离不开树根；细妹子走得再远，也走不出阿爸的心，这不，你不是又回来了？"

"刘叔叔，王老师可想你们了！我和爷爷也好想你们！"

柳伢子给小船系好缆绳，一下子扑进了刘俊怀里。

刘俊高兴得把伢子抱起来，原地转了两圈，说："我们的柳伢子，才半年不见，又长高了不少！"

"是咯是咯，好比脱了箬壳的南竹笋子，'嗖嗖'地长咯！"老艄公笑着说，"伢子，快去端碗来，给客人们倒茶水。"

老艄公特意给客人冲泡了洞庭湖人常喝的两种很特别的茶，一种叫"泡姜盐豆子芝麻茶"，又叫"六合茶"，主要原料是生姜、盐、黄豆、芝麻和茶叶；另一种叫"泡椒子茶"，就是把从茶椒子树上摘下的小果实晒干了，和茶叶一起冲泡着喝。

"洞庭湖一带湿气重，天又冷，喝了这泡姜盐豆子芝麻茶和泡椒子茶，又驱寒又去湿……"老艄公一边舀着吊锅里烧沸的水给客人泡茶，一边吩咐柳伢子，"伢子，要先端给远道来的外国客人尝尝咯！"

小月说："老爹，看把您老人家高兴的，您坐着给大家介绍这茶的好处，我来冲泡。"

周笑琳一字一句地把老艄公和王小月的话，翻译给皮埃尔听。皮埃尔朝着老艄公竖起大拇指说："非常感谢！刘给我讲过你的故事，你是一位受人尊敬的摆渡人！"

笑琳又把皮埃尔的话翻译给老艄公听，老艄公听了，连忙笑着摇着手说："不敢当不敢当咯！你一个外国人，漂洋过海来我们这里，帮着我们保护'白旗'，你才是……才是'白求恩'咯！"

老艄公年轻时肯定学习过毛主席的"老三篇"，当然知道白求恩的故事。在他心里，只要是热爱和帮助中国的外国人，都是

"白求恩"。

刘俊帮着周笑琳，把老艄公这番话里使用的典故，翻译给皮埃尔听，皮埃尔大笑着说："是的是的，我就是瑞士来的白求恩医生！"

"泡椒子茶，好不好喝咯？"老艄公笑眯眯地抽着旱烟，问皮埃尔。

皮埃尔端的那个碗里，盛的是热腾腾的泡椒子茶。他没想到这种茶有点辛辣，刚喝了一口，就被辣得吐着舌头，哈着气说："味道很香，就是有点辣！"

"哈哈哈，辣就对了！"老艄公给大家介绍说，"你们把碗里的茶椒和茶叶一起细细品嚼，味道更好，可驱寒咯！"

于是，每个人都好奇地把碗里的茶椒和茶叶放到嘴里，细细品嚼起来，一个个辣得又是吐舌又是哈气。

"细妹子，再给客人们冲泡姜盐豆子芝麻茶咯，这个不辣。"老艄公说，"穷乡僻壤的，没有什么招待贵客，只好多喝点热茶暖和暖和，解解乏咯。"

小月又熟练地给每个人的碗里冲了泡姜盐豆子芝麻茶。

"嗯，这个茶不辣，好喝，还能当零食吃。"周笑琳笑着说。

"老爹，你不给客人们讲讲这泡姜盐豆子芝麻茶的来历？"小月边泡茶边撺掇老艄公讲故事，"这位外国贵客一定很感兴趣。"

老艄公吧嗒着烟袋锅，如数家珍地给客人们说道："这都是老一辈人传下来的故事咯！相传这种茶的做法，是大宋朝的岳飞元帅所创，所以人们又叫它'岳飞茶'。当年岳飞带领岳家军，南下到了这一带驻守，不想这里水气湿重，士兵们个个水土不服。怎么办哪？岳元帅平日里喜读医书，就试着用当地的茶叶，掺进生姜、盐，还有炒熟的豆子、芝麻，用擂钵擂和在一起，冲泡出来给士兵们喝。不用说，士兵们一喝，又解渴又去湿，还能充饥。后来，岳元帅率领岳家军从这里走了，'岳飞茶'却留在这里，洞庭湖人一代传一代，一直传到了现在咯。"

"哇，好传奇哦！"周笑琳对皮埃尔说，"岳飞是中国古代赫赫有名的大将军、大英雄！皮埃尔先生，您今天来得可值了！"

皮埃尔被老艄公讲的故事给迷住了，一边嚼着碗里的生姜和豆子、芝麻，一边不停地点着头说："非常棒！我很幸运，喝到了一种'有故事的茶'……"

笑琳把皮埃尔的话翻译出来，所有人都很开心。王小月对柳伢子说："听见了吗，伢子？我们家乡的茶，是'有故事的茶'，记着要写进作文里去哟！"

柳伢子使劲点点头说："那我把这位外国科学家也写进作文里去！"

笑琳把柳伢子的话也翻译给了皮埃尔，皮埃尔高兴地把柳伢子搂在自己怀里，说："谢谢你，小伙子，这将是我第一次出现在一个中国孩子的作文里，这是我的荣幸！"

说完，皮埃尔端起照相机，打开闪光灯，让刘俊给他和柳伢子，还有老艄公和王小月，照了好几张合影。然后，皮埃尔又给老艄公爷孙俩、给王小月，也给刘俊和他的队员们，从不同角度拍摄了不少照片。

皮埃尔说："这将是我在中国度过的一个难忘的篝火之夜！"

刘俊说："皮埃尔先生，您拍的照片，也是送给我们的最好纪念。"

这时候，宝石般的星星，升起在空阔的夜空。长江在远处奔流着，不时送来浩荡的江声……

虽是冬夜，但因为每个人都喝过了几道热茶，浑身都觉得暖融融的了。老艄公又给火堆上加了些柴火，小小的渡口被篝火映照得一片通明。"细伢子早就在盼着叔叔们来了，所以我早就准备好了一些腊肉、腊鱼和干腌菜。"老艄公一边把火堆烧得旺旺的，一边吩咐小月和柳伢子，"茶是喝过了，细妹子，还得劳烦你和伢子，动手给客人们焖米做饭吧。没得什么好吃的，今晚就委屈贵客们，尝尝洞庭湖的农家饭咯。"

刘俊觉得过意不去，就说："老爹，我们做野外考察早就习惯了，每个人都带着面包和榨菜呢！"

老艄公说："一家人不说两家话。只要你们不嫌弃老爹拿不出大鱼大肉来招待你们……"

王小月也说："是呀，刘俊哥，外国贵客第一次来到这里，怎么好让人家吃面包、干粮呢？这可不是我们洞庭湖的待客之道哟！"

"是咯，还是细妹子讲得对！"老艄公说，"细妹子，把挂在火塘上头的几挂腊肉和腊鱼都蒸上，让后生们都吃得饱饱的！"

"老爹，放心吧，不会给你省下的。"小月一边麻利地洗着米，切着腊肉，一边说，"看你老人家欢喜的！我和伢子给大家做饭，你是不是趁着欢喜，给远方来的客人们再'讲讲古'咯！"

小月说的"讲讲古"，就是讲讲故事的意思。

"是呀，爷爷，好久都没有听你'讲古'了，你给刘叔叔他们讲一个呗！"

"鬼伢子！爷爷老啦，颠三倒四的讲不好咯！"

"老爹，你才讲得好呢！"王小月笑着说，"伢子说的是呀，我也好几年没有听过你'讲古'咯！"

今晚的花狗渡，就像过节一样热闹。听小月这么一说，老艄公瞬间想道，唉，今晚要是玉娥在这里，让她给客人们唱几段渔歌、采茶戏，演上一段"扎故事"，那该多美哟！可惜咯……

"罗老爹，给大家讲一个吧！"刘俊也满脸期待地望着老艄公，然后故意带点"激将"地对周笑琳眨眨眼说，"笑琳，老爹讲，你翻译给皮埃尔听，让他见识见识洞庭湖美丽的民间文化……"

"听人劝，吃饱饭。"老艄公在木柴上磕了磕烟锅，说，"讲个什么好咯？对了，你们都是来这里找寻'白旗'的，那我就讲一讲在洞庭湖一带流传的'白旗和江猪'的故事咯。你们已经晓得了，不管是在长江上还是洞庭湖里，只要有江猪的地方，就会有'白旗'，这是为么子咯？老一辈人讲，这里面有个故事……"

在希望小学里，王小月老师用自己的方式，几乎天天都要给学生们讲一些环境保护的知识和道理。所以，在柳伢子和小伙伴们的心里，早就埋下了环境保护的小种子。

小月老师还带着伢子们，特意成立了一个"江豚和白鳍豚宣传保护小队"，柳伢子还是这个小队的"小队长"呢。

伢子记得，有许多次，小月老师给他们讲：美丽的大自然，是属于我们每一个人的，我们一定要珍惜和爱护它们，永远也不要去破坏、污染和践踏它们，不仅要爱护江豚、白鳍豚和家乡的芦苇荡里的那些小野鸭和各种水鸟，还有每一棵绿树、每一口水井、每一方水田、每一个荷花塘……都是我们自己的家园。

"你们一定要记住哦，每一只山雀子、小麻雀、小斑鸠、小鹌鹑一样的乡间小鸟，还有每一只躲在草丛和树丛里的小刺猬、小狐狸、小麂子……也像你们这些细伢子一样，都是生活在洞庭湖妈妈怀抱里的最宝贵的小生命。"小月老师告诉孩子们说，"我们的洞庭湖妈妈，会想方设法，用自己的野菜、野果、野草籽，还有清澈的雨水、湖水、泉水……"

"还有湖水里、小溪里的小鱼、小虾、小螃蟹……"伢子们抢着补充说。

"对的，还有田野上的一些小昆虫……来喂养它们长大，所以，洞庭湖不仅是我们的，也是它们的。"小月老师接着说，"你们想想，如果有一天，我们家乡的大江大湖啊，还有水田啊小溪流啊……都被污染了，被破坏了，那些可爱的白鳍豚和江豚，还有那些小野鸭、小刺猬……它们是不是也活不下去了？"

"是的，活不下去了！"孩子们齐声回答说。

"对呀，到那时候，你们想想，所有的小动物会不会一起对我们人类说：好吧，既然洞庭湖不是我们的了，那我们都要离开这里，不在这里生活了……"

"不，老师，我们不能让它们离开！"

"对呀，它们都是我们童年时代的小伙伴，我们怎么舍得让它们离开和永远消失呢？所以呢，我们从小就要懂得和学会，向这些弱小的小动物伸出自己温暖和关爱的小手，去关爱和保护它们。因为，洞庭湖妈妈是属于细伢子们的，也是属于这些不会说话的小动物的……"

柳伢子和小伙伴们，把老师讲的这些话都牢牢记在了心里。

不过，今天晚上，老艄公讲的"江豚和白旗"的故事，柳伢子却从来没听说过呢。

　　"从岳阳城下逆水行船，沿江向上走一百来里水路，就会看见一座垒石山，山对面有个塆子，当地人叫它'秦琪望'……"

　　不仅柳伢子没听爷爷讲起过，就是刘俊他们，虽然多年来常来这一带考察和走访，也是第一次听到这个古老的传说……

第二十一章　无知的恶果

　　冬深了。雪花轻轻飞舞着落在长江两岸，落在农事已歇的洞庭湖畔，落在桃林河边的芦苇荡里，落在停泊在渡口的小船的船板、竹篙和缆绳上……

　　这些从天外飞来的白色精灵，像一群群小小的白蝴蝶，也像一朵朵小白菊，栖落和盛开在江南人家灰色的屋顶上，像特意来陪伴那些生长在瓦楞间的低矮和寂寞的瓦松。温暖的屋顶上，将会飘起淡蓝色的炊烟……

　　田野、山坡、河岸、小树林，一夜间都披上了洁白的雪的衣衫。"莫道君行早，更有早行人。"村外的小路上，会有一些早起的山里客留下的深深的脚印。这些勤劳的人，正在走过静静的山谷，翻过白茫茫的远山，到山外去寻找自己的好运、自己的春天……

　　雪花飞舞着，也悄悄地落在了珞珈山和磨山上，落在了空旷的东湖边，落在了东湖边的梨园和梅园里……

　　一枝枝金黄的腊梅，一簇簇朱砂似的红梅，在飞雪里傲娇

171

而又无声地吐露着各自的芬芳，好像纷纷扬扬的雪花给它们带来的，不是深冬，也不是严寒，而是正在悄悄跃动的早春的讯息……

雪落江南悄无声。温暖的江南，也是存不住雪的。这些飞舞的雪花、轻柔的雪花，也许只为了迎接春天早早到来。

世界，也在等待着白鳍豚淇淇早早长大。

就在刘俊他们陪着皮埃尔在长江岸边、洞庭湖畔考察的日子里，白发苍苍的徐佩芬教授，也迫不及待地踏上飞驰的火车，赶往了北京。

两天前，从北京传来一个喜讯：她以水生生物研究所白鳍豚研究小组名义写给中国科学院的希望能为淇淇修建一个独立的"新家"、一座专门的"白鳍豚馆"的那个报告，不仅引起了科学院的重视，甚至还惊动了几位中央领导同志。中央特批了一笔专项经费，由科学院转交给水生生物研究所和白鳍豚研究小组，希望尽快为淇淇建好一个安全、舒适的"新家"。

真是"功夫不负苦心人"啊！徐教授一接到北京方面的电话，哪里还顾得上自己年迈体弱，就立刻收拾行装，赶往北京汇报工作，办理专项经费的交接手续。

能早日为淇淇建一个新家，这可是徐教授和刘俊他们期盼已久的一个梦想。现在，这个梦想已经有了着落，被人们誉为"白鳍豚之母"的徐教授，怎能不激动呢！

"这是送给淇淇的惊喜，也是送给阿俊他们的惊喜啊！"老教授倚坐在车窗边，看着窗外飞驰而过的冬日的田野、河流和小树林，想道。

从受命从事国家的白鳍豚科考与研究事业那天起，一直到现在，不知不觉，她的大半生光阴都留在江南的江河湖泊和汉港、芦荡里了。雨雾和霜雪，柳色与秋风，不仅带走了她的青春芳华、壮年时光，滔滔江水还夺走了她唯一的儿子……

往事依依……怎能不让她萦怀和感慨呢！

然而，最让她牵念和感慨的，也许不仅仅是这些。倚坐在车窗边，她又想到了自己在那个报告里，向中国科学院提供的一组令人触目惊心的数字——那是她带着刘俊他们一年一年走访、调查，甚至是亲眼见证过的真实数据：

仅仅从 1973 年到 1983 年，长江流域的白鳍豚就有 33 头死于非命，其中，被锋利的捕鱼锚钩和滚钩致死的，有 15 头；被挖沙船和机动船的螺旋桨伤害致死的，有 5 头；被不法者偷偷地用土制炸弹炸鱼而致死的，有 7 头；误入"迷魂阵"和搁浅致死的，有 6 头。此外还有被一些愚昧无知的捕猎者用渔叉杀死甚至煮着吃掉的，被不法者偷偷使用电网电死的，受到沿江的小工厂排放的污水污染致死的……每一个数字，都意味着一头鲜活的白鳍豚的厄运与死亡。每一个数字，也好似那些隐藏在江水中、湖水中的锋利的滚钩，一次次刺痛了母亲般柔软的心！

记得有一次，她带着刘俊和大星，在一个叫作新滩口的地方，目睹了一头被机器船的螺旋桨击碎了头部和腹部的白鳍豚。

这是一头正在孕期的白鳍豚妈妈，肚子里还怀有一头尚未发育完全的豚宝宝。看着惨死的白鳍豚母子，徐教授觉得心如刀绞，一连几天，晚上都在不断地做噩梦。

还有一次，她接到一个电话，说是有一头大白鳍豚，身子被挖沙船上的锐器给拦腰切成了两段。当她赶到现场，看到那头白鳍豚"死不瞑目"的样子，虽然身首异处了，可那双小小的、无助的眼睛，好像还在瞪着这个野蛮和残忍的世界……

她不忍再看眼前的惨状，只好紧紧地捂住双眼和脸颊，跑到江边，对着江水和天空仰起头，痛苦地呜咽着。

那一天，长江上波涛滚滚，大雾茫茫。她好像听见有无数个声音从江水里、从大雾中传来："快救救它们！救救白鳍豚，救救江豚，救救它们幼小的孩子……"

在这样的时刻，她真实地感受到了自己身负的重担——保护和拯救我们的"水中国宝"的责任和使命，有多么艰巨！而前面的路，又是多么漫长，多么艰辛……

面对沉重的往事，最坚定的心也会颤抖，最坚强的人也会呜咽。算了吧，不去想这些令人痛心的事情了！她在心里"命令"自己说，想起它们来，真是太难受，太折磨人了，不要去想了……

她靠在车窗上，闭上了眼睛，想让自己稍微平静一下。

不过，这时候，她不知道，虽然自己不愿再去想那些令她难受和不适的往事了，但她送到北京去的那份报告，却像一块沉重的石头落进了湖心，激起了一片水花。

果然，一到北京，在办完了专项经费的一些签字手续之后，科学院的一位主要领导，又把她拉到自己办公室，慎重地问道：

"佩芬啊，你们报告里说，有两头白鳍豚，被不法捕猎者煮了吃掉了，果真有这事吗？"

"这还能有假？怎么啦，您不相信？"

"我不是这个意思。"老领导说，"过去，我们的长江流域没有捕豚业，当地百姓也没有吃豚肉的习惯，无论是江豚还是白鳍豚。"

"不是有句老话，叫'人心不古'吗？"徐教授苦笑了一下说，"生态环境被糟蹋、被污染到如此糟糕的地步，人心也就难测了！"

"是呀是呀，一切生态环境问题的根源，仍然还是人的问题呀！看来，我们对白鳍豚的生存现状和抢救与保护问题，还有许多工作要做！"这时，这位老领导仍然颇为困惑地问道，"佩芬啊，你说，即使再愚昧无知，也不至于煮吃了它们吧？再说，那玩意儿，能吃吗？"

"谁知道呢，我又没有吃过！听当地渔民讲，但凡有点良知和人性的人，都不会去伤害这些有灵性的生命。有的老乡讲，白鳍豚的肉，其实是非常粗糙难吃的，以前渔民们误捕到了白鳍豚，一般都是用来熬油了，因为白鳍豚的脂肪厚嘛！"

"唉，只要人间还有'予取予夺'和贪图之心，对无辜生命的伤害就不会停止……"

"对了，院长同志，您说到了白鳍豚能不能吃的问题，倒是让我想起一件事来。您知道吗，为了这事，我们白鳍豚研究小组的副组长、野外科考队的刘俊研究员，还差点挨了当地人的打呢！"

"哦？所为何来？请说来听听。"

有一次，刘俊和几个队员在一处滩口考察时，在当地几个村民那里搭伙吃饭，其中还有一个村干部。

先是端上了一大锅子鱼头煮萝卜，大家吃得津津有味。不一会儿，又端上来一锅酸菜、豆腐煮的什么东西。几个村民挤眉弄眼地说，要让刘俊他们"尝尝鲜"。

刘俊不明就里，刚吃了两筷子，就觉得味道怪怪的，肉质也粗糙，既不是什么鱼肉，也不像是牛肉、猪肉。

刘俊好不容易咽下了两口，一个村民竟然得意地告诉刘俊他们说："这就是你们天天在这里要找的'白旗'肉，味道怎样？好不好吃？"

原来，这几个村民背着刘俊他们，用滚钩捕到了一头小白鳍豚，竟然煮着吃了好几天，现在又给刘俊他们煮了一锅……

刘俊一听，顿时一阵反胃，"呕"的一声，转身出去，把吃进去的东西全部吐了个干净。队员们也赶紧跟了出来，帮他拍打着背部。

"这些混蛋……真是无知透顶！"

等到刘俊再返回饭桌前，队员们看见，他的两只眼睛已经变得通红，牙关紧咬着，脸颊上鼓起了一道道棱子……

刘俊感到，自己浑身的热血，正在血管里愤怒地冲撞、奔涌……

"吃呀，接着吃，你们在别个地方吃不到这个的……"

无知的村民还在若无其事地说笑着，劝刘俊他们继续吃饭。

这时，刘俊再也忍不住了，他像一头愤怒的狮子，趁着村民不备，双手猛地用力一掀，把桌子上的饭菜和碗筷，一下子给掀了个底朝天！

"我叫你们吃！你们知道自己吃的是什么吗？"刘俊握紧拳头，恨不能跟这几个家伙狠狠地干上一架！

几个村民被他突如其来的举动给吓蒙了。有个鲁莽的村民正想扑上来对刘俊动手，队员们马上围上来，厉声喝道："干什么？想打架吗？你们这是在犯法，是犯罪！知道吗？"

还算村干部有点理智，赶紧制止了那个鲁莽的村民。

"走，我们马上去镇政府，向派出所报告你们这些愚昧的行径……"刘俊怒火难平，带着队员们要去镇上报告。

村干部这时才意识到问题的严重性，赶紧点头哈腰地央求着刘俊："刘队长，请高抬贵手、高抬贵手，原谅我们愚昧无知……"

"你们……"刘俊狠狠地斥责道，"亏你们都是喝洞庭湖和长江的水长大的！你们这样做，就不怕遭天谴？不怕冒犯了养活你们的这方水土上的神灵吗？你们这么干，天理能容吗？国法能容吗？"

"是，是，我们愚昧，我们错了……刘队长，我们以后再也不敢伤害'白旗'了！"

"岂止是'白旗'，还有江豚、大雁、野鸭、雁鹅、穿山甲……这些生活在洞庭湖边的野生动物，都是活生生的生命，都是这块土地上和人一样平等的一员！你们好好想一想吧，给你们的子孙后代留一条后路吧！"

"刘队长你说得对，你这都是为了我们子孙后代好，我们记住了……"

说完了这番话，看到几个村民幡然醒悟、低头认错的样子，刘俊觉得自己胸中的一口怒气和闷气，总算吐了出来。

还好，一场一触即发的冲突，就这样暂时化解了……

"哦，佩芬啊，若不是听你亲口讲述，真想象不到，我们的年轻同志，我们的科考人员，一介书生，在外面还会经历这样的事情，还要冒着跟不法者发生冲突的风险！"

"在科学的道路上，从来就没有平坦的大路可走，只有崎岖的小路供不畏劳苦的人去攀登……马克思不是早就预言过吗？"

"是啊是啊，我知道，刘俊同志是你的学生，'名师出高徒'啊！中国的白鳍豚保护事业、科考事业，有你这位'白鳍豚之母'引领，还有风华正茂时就为这个事业付出了生命代价的大星同志，有刘俊他们这些有志的后继者……我们这些老家伙，也就放心了！"

"老领导，在科学界，您是一言九鼎的！"徐教授笑笑说，"刘俊这些年轻人，已经踏上了征程，可还需要您这样的前辈和领导保驾护航，再送一程哪！"

"这个是肯定的，肯定的。"说到这里，这位老院长又笑眯眯地对徐教授说，"我找你来，其实还有两个好消息要告诉你……"

"还有两个好消息？"徐教授惊喜地说道，"那我真是不虚此行了，我这次将会满载而归，给刘俊他们一个大大的惊喜了！"

"是呀，应该向你们表示感谢和祝贺啊！一切，都是因为你们饲养的白鳍豚淇淇，是它的面子大呢，不仅引起了中央领导同志的重视，现在又惊动了日本友人啦！"

"哦？这到底是怎么回事？您快说来听听。"徐教授有点迫不及待了。

第二十二章　永不放弃

"从岳阳城下逆水行船,沿江向上走一百来里水路,就会看见一座垒石山,山对面有个塆子,当地人叫它'秦琪望'……"

夜色里,熊熊燃烧的篝火,映照着老艄公饱经风霜的脸。

大家都被老艄公讲的故事吸引住了……

原来,这"秦琪望"不是地名,而是一个善良的打鱼人的名字。打鱼人的老婆死得早,家里只留下一个女儿,父女俩就在江边相依为命,形影不离。女儿慢慢长大了,出落得就像一棵清秀的绿竹子,又像七月池塘里的一朵红荷花。

俗话说,一家养女百家求,说媒的快要踩破了门槛。可是,善良的女儿哪里忍心丢下年老的爹爹,让爹爹孤身一人生活?所以,不论媒人怎么说,女儿也不肯给自己许下个人家。

没过多久,当地的一个富户的儿子,看中了秦老爹的女儿,就派媒人来说亲。少女对媒人说:"那么多细哥我都没答应,哪个愿到他家去!莫要说了,我这辈子,只想留在家里伺候爹爹……"

这个富家子弟为了得到美丽的少女，就仗着自己有钱有势，竟然威逼秦老爹说："你岸上种的是我家的地，撒网打的是我家的鱼，就连你驶的船也是从我家租的！既然你家女儿不肯答应，那你们就莫想在这里住了……"

这个无助的打鱼人被逼得没了出路，又不忍心让女儿跟着自己受罪受苦，就想一死了之，好给女儿留条活路。一天晚上，他对女儿说："细妹子，爹爹明日要出门去办点事，要是过了傍晚还没回来，就莫要等爹爹回家吃晚饭了……"

细心的女儿发现爹爹心事重，越想越觉得不安心。第二天清早，爹爹前脚走出了家门，女儿后脚也随着爹爹，沿着江岸悄悄跟着去了。走到了江边的一块大石头前，只见爹爹坐在了大石头上，好像在朝着北边瞭望什么，嘴里还在念念叨叨。

女儿想，也许爹爹是走累了，坐在那里歇一下吧。唉，望不见尽头的苦日子，让爹爹一天天变老了……就在女儿低着头这样思忖的时候，只听得远处"扑通"一声水响，江上溅起了好大的浪花。等她抬头望去，哎呀！已经不见了爹爹的身影……

女儿赶紧追赶到大石头前，只见滚滚东流的江水里，有一只看上去已经年迈的江豚，正借着水浪，依依不舍地向前缓缓游去……女儿的眼睛尖，一眼就认出了，那头年迈的江豚正是自己年老的爹爹变成的！

"爹爹——爹爹——你怎么撇下女儿，一个人走了啊……"女儿含着眼泪，站在江边哭着说，"离开了女儿，往后有谁陪伴和照护你啊？你等等呀，细妹子发过誓要永随着爹爹……"

说完，女儿也纵身一跃，跳进了滚滚的江水里……

就在投入江中的一瞬间，她变成了一头白鳍豚，紧跟着前面的江豚，向着前方游去了……

从此以后，在岳阳城这一带的江面上，在连接着长江的洞庭湖里，就出现了两种珍贵的动物：江豚和白鳍豚。

当地人为了纪念这情意深笃的父女俩，就把他们住过的那个小垸子，改名叫作"秦琪望"。

"唉，一直到如今，莫管是在长江上，还是在洞庭湖里，只要有江豚出现的地方，就必定会有白旗在那里游动。这对穷苦的渔家父女，不舍不离，父女连心哪！"最后，老艄公重重地叹了口说。

"真没想到，中国的白鳍豚，还有这样一个悲伤的身世。"皮埃尔被这个故事深深感染着，他摘下眼镜，擦了擦湿润的眼睛，说，"这个世界就是这样，凡是美好和善良的东西，常常受到丑恶的欺凌和霸权。"

"是啊，因为它们身上没有针和刺，对自己的生存环境也从来不存防范之心。"刘俊说。

"刘俊哥，这是一个很美的童话，就是太……太忧伤了。"王小月也是第一次听到这个故事，她对柳伢子说："伢子，你都记住了吧？爷爷讲得真好！你明天就去讲给同学们听听，这可是从洞庭湖边长出来的童话故事。"

"小月老师说得对，伢子，等你和小伙伴们长大了，也会去了解外面的世界，甚至也会像皮埃尔先生一样，走遍世界。但是伢子，你一定要记住，你要了解世界、认识世界，首先就要了解和认识自己的家乡。"

"要相信，所有的童话也都可能是真的。"皮埃尔指着周笑琳和柳伢子说，"未来的世界，是属于你们年轻一代的，所以，一定要学会去相信童话。有时候，人类的幻想也像科学一样，都是接近相对真理的，没有幻想和童话，就没有科学和真理……"

皮埃尔的话说得有点深奥，柳伢子当然听不大懂。不过，皮埃尔用信任的眼神望着王小月，对周笑琳说道："请把我的话，翻译给这位美丽的老师，我相信，她会讲述给她的孩子们听的。"

王小月听了笑琳的翻译，使劲地点了点头，说："谢谢您，皮埃尔先生，您不仅是位科学家，还是一位教育家！"

皮埃尔说："谢谢！孩子们有你这样的老师，他们的童年是幸福的。"

这时候，刘俊又说道："在某种程度上，这个传说，正好也印证了白鳍豚的生存命运。罗老爹，我不明白的是，为什么现在的洞庭湖人，竟把这么让人揪心的故事抛在脑后了呢？如果现在的人们知道，白鳍豚和江豚有这样苦难的身世，不也能生出一点同情心吗？谁还忍心去伤害它们，对它们下手呢？"

"说的是咯。"罗老爹叹叹气说，"这就叫'崽卖爷田不心疼'，人心不古咯……"

"由此可见，我们今后不仅要向老百姓大力普及生态保护的科学知识，国家也应该大力普及传统文化、乡土文化教育啊！"刘俊深有感触地说，"传统文化、乡土文化里，保存着中国人的是非观、善恶观和道德价值观……小月，这也是你们这些当老师的责任和使命哦！"

小月说："谁说不是呢！要做的事情多着哩！不过现在……大家肚子都饿了吧？米饭焖好了，准备吃饭咯！"

小月用柴火、吊锅焖出的米饭真是香呀，米饭上还蒸着豆豉腊肉和腊鱼。老艄公又从小屋里捧出一小坛子泡好的酸辣椒，可下饭啦!

皮埃尔第一次吃到这么地道的洞庭湖农家饭,开心得不得了,不一会儿竟吃得满头大汗,直朝着老艄公竖大拇指,夸赞说:"太美味了!太美味了!"

……

半圆的月亮悄悄升起来了,好像正在不远处的山峰间,笑眯眯地偷看着正围在篝火旁说说笑笑、吃着热腾腾的腊肉焖米饭的客人们。奔流的江声,也不时地高一声、低一声地传过来,给花狗渡的这个夜晚增添了几分别样的气氛。篝火噼啪作响,映照着每个人的笑脸,也温暖着每个人的心……

是呀,等到明天,他们又将奔赴各自的生活和道路,不知何时能再相见和欢聚。所以,这个夜晚,无论对老艄公、王小月和柳伢子,还是对刘俊和他的队员们,对来自异国他乡的皮埃尔来说,都是那么短暂和美好。也许,正是因为这样,在这个世界上,在我们的生活中,才会有一些真诚和温暖的瞬间,使人永远留恋和珍惜;才会有一些走过我们生命的不同寻常的人,虽然意外相逢,却能立刻喜欢上他们,爱上他们,并且在离开之后,永远地铭记他们、怀念他们!也正因为这样,人间才会有温暖的故事、美丽的童话和抒情的诗歌……

吃过晚饭,收拾好了碗筷,小月对刘俊说:"刘俊哥,我是多想在这里多待一会儿啊,可是,伢子们今天的作业,我还没来得及批改,明天一早,我还得早早地去接细伢子们,所以,我得回去了,你们这几天不要走啦,我明后天再来看你们。"

老艄公说:"天晚了,细妹子,你一个人撑船我不放心,老爹送你过去。"

"不用啦，老爹，今晚又没有风浪。"小月说，"您就放心吧！"

"我看不如这样，"这时，刘俊吩咐队员们说，"你们在这里支好帐篷，今晚我们就在花狗渡安营扎寨了。劳烦老爹撑船走一趟，我也去送一下小月，再跟老爹一起从湖堤那边回来……"

"嗯，这样要得。"罗老爹说，"伢子，拿风灯来，爷爷这就去解船，你莫忘了写作业咯！"

"放心吧，爷爷。"柳伢子说着，就把风灯提了来，交给爷爷。

花狗一见爷爷要朝渡船那边走，就像接到了"命令"一般，"嗖"的一下，先冲到了岸边，还没等爷爷解下小船的缆绳，就稳稳地跳上小船，蹲在船板上等着爷爷、小月和刘俊了。

"这个虎子，真是灵醒！"刘俊笑着说。

"可不是吗，伢子上学去了，虎子就寸步不离地跟着老爹，给老爹做伴！"王小月说，"爷爷教出来的，不管是伢子还是虎子，没有不灵醒的。"

今夜，月光下的湖水安安静静的。不远处的芦苇丛里，传来了几只夜宿的水鸟"咕咕"和"叽叽"的嬉闹声。空旷的湖面上，偶尔还会有不安分的鱼儿弄出的"噗嗤""噗嗤"的戏水的动静……

"小月，你在这湖区小学，一共教了多少年书了？"刘俊问道。

"刘俊哥，问这干吗？"小月淡淡一笑，说，"我十七岁从师范一毕业，就跟着阿爸在这里教书了，算起来，有十多年了。"

"就从没想过……放弃？或者去干点别的吗？"刘俊好像是在故意试探着问道。

"刘俊哥，不瞒你说……"在淡淡的月光下，小月的眸子那么明亮，却又有点湿润，好像蒙上了一层薄薄的雾，"风里来雨里去的，一天天，一年年，那么苦，又那么无助……怎么能没想过呢！"她的语气是那么平静。

"是啊，本来都已经离开了，最终还是舍不得，又回来了。"刘俊若有所思地说，"小月，你能不能告诉我，你为什么要和你阿爸一样，苦苦坚守在条件这么艰苦的湖区小学里？其实，你在这个年龄，完全可以重新选择……自己的明天。"

"重新选择？"小月轻轻一笑，问道，"刘俊哥，那我问你哦，你们一年又一年地，总是在这江上、湖上追寻白鳍豚的踪影，这要追寻到什么时候呢？"

小月接着说："你知道吗？刘俊哥，每当这时候，我就会想到你，想到你们的工作。我就会想，你们能长年坚持在这里追寻白鳍豚，也是饱一顿、饥一顿的，本来都是大知识分子、科学家，却情愿过着风里来雨里去的打鱼人一样的日子，这是为了什么呢？"

"为了什么？小月，说起来其实也简单，不就是为了自己选定的和热爱的一份事业、一个梦想吗？"

"是的，刘俊哥，你说得对，为了自己选定的和热爱的一份事业、一个梦想！所以，慢慢地，我自己就想明白了，既然你们能在这里锲而不舍地追寻呀，追寻呀，我为什么就不能在这里坚守下去呢？更何况，这里是我的家乡，是我们祖祖辈辈生活的地方！总得有人给家乡留下几颗种子吧？总得有人在田野上、小路边，给细伢子们埋藏下几根'绿树枝'吧？"

"绿树枝？什么绿树枝？"刘俊有点不解地问道。

"哦，这是你留给我的一本书里写到的一个故事。说是世界上有那样一根神奇的'绿树枝'，就埋藏在家乡的田野上和小路边的泥土里，谁要是找到了，谁就能解开一个让家乡不再有贫穷、疾病和愚昧的'秘密'……"

"原来是这样！"刘俊望着美丽的小月，像一位兄长一样，心里涌出了无限的疼爱，也充满了深深的敬佩，"小月，你……你真不愧为洞庭湖的好女儿！和你相比，我们的辛苦真算不上什么，你能在这里坚守下来，可比我们艰难多了……"

"是的咯，是的咯！"老艄公把小月的每一句话都听进了心里，不由得也感叹说，"唉，伢子跟我讲过好多次了，说他们学校的名字叫'仙女湖小学'。世上到底有没有'仙女'呢？有的，有的咯！伢子说，王小月老师，就是他们心目中的'仙女'！听了细妹子这一番话，我老汉也算没有白活，细妹子真的就是'仙女下凡'，下到洞庭湖边来咯！"

"罗老爹，莫要这么说，我可当不起哟！"小月羞涩地说道。

"当得起，当得起！你当不起，还有谁当得起？"

"小月，老爹的话，说得一点不为过，你就是洞庭湖母亲的好女儿，是这方多灾多难的水土养育出来的，一个心地善良的'仙女'！"刘俊说，"你要相信一个真理：念念不忘，必有回响。人生在世，付出者，是最美丽的；奋斗者，才会有幸福、有快乐……"

欸乃一声接着一声，小船悠悠前行……

星星和月亮，把空旷的湖面照得一片澄净……

不知不觉间，小船已经靠近岸边了。刘俊觉得，这个夜晚，时间怎么过得这么快呢，要是能把时间多挽留一会儿，该有多好啊！

第二十三章　淇淇长大了

皮埃尔结束了在长江一带的考察工作后，给刘俊他们留下了许多他整理的最新的世界鲸类领域的研究资料，说："亲爱的刘，谢谢你，你是我最好的朋友，最愉快的合作伙伴！等着我，我还会再来的。"

"我们等着你再来中国。"刘俊依依不舍地拥抱了他，然后故意逗他说，"要记着那个古老的非洲谚语哦！当你看见了白狮子……"

"哈哈哈……请相信我！"皮埃尔朝着周笑琳挤了一下眼睛说，"谢谢你，美丽的中国女孩，我会想念你的！"

"谢谢您，皮埃尔先生，期待着再有机会为您服务，再和您一起寻找白狮子。"周笑琳也给了皮埃尔一个大大的拥抱，笑着说，"我猜想，您这么快就要返回伯尔尼，一定是想念那头来自印度河的'白狮子'啦！祝您健康、好运！"

"是的，看见了你们的淇淇，我就想念我的白狮子了！"皮埃尔说，"当然，我也会想念淇淇的，希望它在这里生活得健康快乐!"

送走了皮埃尔先生,刘俊和周笑琳等人,风尘仆仆、迫不及待地赶回了武汉。

徐佩芬教授说得没错,她这一次真的是从北京满载而归,给刘俊和他的队员们带来了两个意想不到的惊喜——不,不是两个,准确地说,是三重惊喜。

这第一重惊喜,不用细说了,为淇淇建一个安全和舒适的"新家"的经费,总算是落实到位了。

这第二重惊喜,说起来,也算是淇淇的"福气"大。

当徐佩芬这位"白鳍豚之母"写的那份报告送到北京后,淇淇的事情,也引起了另一位母亲的牵挂。

她就是孩子们都十分尊敬的陈奶奶。

陈奶奶是一位工作十分繁忙的国务委员,还是中国人民银行的行长。得知白鳍豚淇淇急需一个属于自己的"新家",年迈的徐教授为了筹集建造这个"新家"的经费,正在北京奔走,陈奶奶也跟着急得一夜未睡,像牵挂着自己的孩子一样,为淇淇未来的生活思前想后……

失眠了整整一夜,到天亮的时候,陈奶奶终于想到了一个好主意。她以个人的名义,通过中国银行总行的联络渠道,向国外的一些驻华银行,发起了一个为濒危的珍稀动物白鳍豚募捐的活动。

结果,陈奶奶的募捐活动得到了许多外国驻华机构的支持。大家都有一个共识:白鳍豚不仅是中国的珍宝,也是世界的珍宝。

淇淇真是幸运呀!不久,陈奶奶就为淇淇募集到了五十多万美元。有了这笔钱，陈奶奶喜笑颜开地对徐教授说："科学院给你们的那笔钱，你们就用来给淇淇建造一个新家好啦，我募集到的这笔钱呢，可以用来购置进口的仪器设备。一定要用最好的设备，保障淇淇的日常生活安全，做好对它的科学研究哟！"

第三重惊喜，更是让徐教授和刘俊他们喜出望外。

原来，白鳍豚淇淇刚到武汉不久，日本《东京新闻》很快就向全世界报道了这个消息。接着，法国、瑞士、日本等国家的研究机构和鲸类专家，都纷纷给我国发来了贺电与贺信，一些国家的鲸类专家也像皮埃尔先生一样，不断地向中国提出申请，希望到中国的长江一带考察白鳍豚，也以见一见淇淇的"芳容"为快。

在日本，著名的"江之岛水族馆"馆长崛由纪子女士，自从看到淇淇的消息，也是兴奋和向往得不得了，一颗烂漫的"少女心"，一下子就被神秘的淇淇给深深吸引住了！

崛由纪子在少女时代，亲眼见证过中国赠给日本上野动物园的一对大熊猫，曾在日本引起多大的轰动。

那是 1972 年秋天，中日邦交正常化之后，一对中国的大熊猫，就像一对友好的和平使者，从四川来到了上野动物园里。从此，到上野动物园参观大熊猫的大人和孩子，每天都会早早地在门外排起长长的队伍。当时，崛由纪子就是站在长长队伍中的一个小女孩。

那时候，日本国民对大熊猫的喜爱，简直到了疯魔的程度，追大熊猫的人远远超过后来的"追星族"。有一次，两只大熊猫在地震中受到了惊吓，很多日本人举着牌子，在上野动物园门前和几条大街上游行，牌子上写着："对不起，我们没有照顾好大熊猫！"

崛由纪子也记得，多年后，有一只在日本生下来才一周的熊猫宝宝不幸夭折了。崛由纪子和很多日本妈妈一样，带着小朋友去哀悼熊猫宝宝，为它献上一朵小小的白色雏菊。上野动物园年老的园长在记者会上，讲着讲着，竟忍不住失声痛哭起来……

也许，正是因为这些经历和记忆，让崛由纪子不禁生出了一个美好的梦想：假如能像迎请大熊猫一样，把白鳍豚淇淇也迎请到日本，让日本的大人和孩子都亲眼看一看淇淇，该有多好啊！

经过多次联系，崛由纪子向中国方面表达了自己的这个心愿。同时她又提出，希望能为淇淇的日常生活提供一些设备上的帮助，毕竟，江之岛水族馆经过多年的摸索和试验，已经积累了丰富的经验和科研数据，知道什么样的设备和设计是最安全和最适合鲸类生活的。崛由纪子还说，如果今后能与中方一起合作，共同推进对白鳍豚的科学研究，那就更好了！

崛由纪子的心愿，正是徐教授从北京带回来的第三重惊喜。

刘俊风尘仆仆地从洞庭湖边回来后，激动得像个孩子一样跳了起来。他对徐教授说："老将出马，一个顶俩，还是老师本事大啊！淇淇有您这样的'慈母'，真是幸运！"

"我哪有什么本事，是我们淇淇的魅力大、福气大嘛！"徐教授摆摆手说，"阿俊，事不宜迟，趁热打铁才能成功！我们得赶紧分头行动，好让淇淇早日搬进一个宽敞舒适的'新家'，不辜负中央领导和科学院领导，还有心怀大爱的陈大姐对我们的期望。崛由纪子女士的愿望和建议，我们也要尽快研究一下，做出决定……"

……

淇淇是中国的"国宝"，是否能把淇淇运送到日本，与日本民众见面，这当然不是水生生物研究所和徐教授、刘俊能决定的。但是，双方经过你来我往的交流和协商，最后签订了一份为期十年的正式合作协议书。

科学家们签署协议，总是很严谨的，所以，这份合作协议书有一个长长的全称，叫《中日合作进行人工饲养条件下白鳍豚繁殖研究和饲养设施建设协议书》。

徐教授带着刘俊，还有水生生物研究所的领导，组成了一个科学代表团，专程赶往日本访问和商定了这个协议。

在去日本之前，刘俊笑眯眯地对徐教授说："老师，请您过目，这是我根据日本方面提供的一些信息，也查阅了一些最新的国际资料，理出的一个设备清单……"

徐教授接过来仔细一看，高兴地说："阿俊，你考虑得真是仔细啊，连需要几块什么样的玻璃，都理清楚了。"

"……用于水下观察的、优质专用玻璃八块，豚池专用的无味油漆若干，豚池滤水设备，夏日降温冷却设备……"

徐教授一边看，一边夸赞说："没想到呀，阿俊，你连夏日降温的设备都考虑进去了。"

"等淇淇的新家落成了，我想，那么大的一个空间，用我们现有的几台空调，肯定不行，所以，要请日本方面帮忙解决啦。"

"阿俊，为了淇淇，你真是操碎了心哪，你把本应留给宝贝女儿的那份心思、那份爱，都给了淇淇！"

"唉，能和淇淇相遇，也是我生命中的缘分呢！您不是也一样？"刘俊说。

……

一年后，一座宽敞、明亮，以浅蓝和蓝白的颜色为主体的椭圆形白鳍豚馆，就像童话中的一座漂亮的城堡，出现在了秀丽的珞珈山下。

这是淇淇的新家。宽敞、漂亮的池子，四壁都是流线型的设计。除了专供淇淇日常栖游的"主养池"，还有为淇淇未来的伙伴准备的"副养池"，另外还有一个专供淇淇体检、治疗和体能训练用的"医疗池"，一个供将来怀孕和生育的白鳍豚分娩用的"母婴池"。

此外，在主养池的旁边，又专门设计了一层可以隔着特殊玻璃，从仰视的角度观察淇淇日常行为的"透明观察窗"。

除了这些，跟各个池子和整个白鳍豚馆配套的，还有由十六个滤水罐、七台大水泵组成的水泵房，两台三十六千瓦的冷却设备，等等。

"老师，您放心吧，对比现有的国际资料来看，我们的淇淇拥有的这个'新家'，至少在二三十年内，不会落后于世界先进水平！"刘俊如数家珍一般，把各种设备介绍给徐教授听，"这是从德国进口的，这是我们国产的，这是从日本买回来的……"

"阿俊，我们真应该深深感谢日本外务省国际协力事业团，和'江之岛'的那位做事干练、果断的崛由纪子所长，要不是他们这么高效、务实的合作，淇淇的这个'新家'，哪会来得这么快啊！"

"是呀，日本的朋友真是帮我们解决大难题了！"

"中日两国是一衣带水的邻邦，拥有两千多年的友好往来历史了。"

“所以，我们也不难理解，崛由纪子女士希望淇淇有一天能去日本，当一次'和平使者'的梦想了。假如真有这么一天，那我们的淇淇……就太伟大了！”刘俊满怀憧憬地说，“希望淇淇真的能够创造这样的奇迹！”

徐教授和刘俊到了日本后，让他们这一行人没有想到的是，日本天皇得知中国科学院的白鳍豚研究小组的科学家来了，高兴地邀请中国代表团去他的皇宫里做客。

天皇也是一位著名的鱼类生物学家，天皇夫妇俩在会见中国代表团时，还向徐教授和刘俊仔细地询问了淇淇的喂养情况，也询问了白鳍豚在长江和洞庭湖的生存现状……

这时候，刘俊在心里想道：好你个淇淇，果然成了“世界明星”啦，连天皇夫妇都是你的“粉丝”了！

不久，淇淇就搬进了自己宽敞、漂亮的新家，开始了新的生活。

在宽敞明亮的椭圆形池子里，淇淇每天生活和游玩的“花样”，真是越来越丰富了。

周笑琳和彭子兰给它起了个绰号：“吃鱼大王”。一日三餐，它吃起鱼儿来，几乎是一口就能吞下一条，平均每天竟然可以吃掉十千克左右的鱼儿。如果喂给它的鱼儿太小了，它还显得有点不过瘾、不耐烦呢！

淇淇也是一名“游泳健将”。它可以在水中自由自在地侧游、仰游、潜游和转游，刚刚还在按顺时针的方向游着，忽然又会掉转头，再按逆时针方向游去……

有时候，自己玩得太“嗨”了，还会突然来一个“水中直立”，身体向上蹿出水面，为周笑琳他们来上一个“华尔兹”或

"回旋舞"的优美姿势，小嘴里还会发出"吱吱"的叫声……

"看把你给'嘚瑟'的！"这时候，周笑琳会惊喜得手舞足蹈，赶紧再"奖赏"它几条美味的鱼儿。

看着淇淇一天比一天更加矫健了，刘俊对徐教授说："老师，您发现了没有，淇淇真的是长大了！"

"是的，这个我也观察到了，淇淇成熟了。"徐教授说，"一般说来，雄性白鳍豚长到四五岁，就会显出成熟的征兆。淇淇刚到我们身边时，大约只有两岁，算起来，现在快满五岁了，变成一个成熟的小伙子了！"

"哎呀，总算长大了，真不容易！"刘俊说，"我注意到，春季的时候，淇淇显得格外'激动'，时常表现出烦躁不安的样子，甚至贴到池壁上挨挨擦擦的，显得急不可耐。食量也减少了，有时甚至不愿意吃东西。"

徐教授笑笑说："淇淇正当青春年少，有求偶的要求了。"

"是的，随着年龄不断增长，淇淇求偶的愿望，一定会越来越强烈。"刘俊说，"这正是我越来越着急的事情呢，得尽快给它找个'女朋友'了！"

"是呀，至少也要早点给它找到一个伴，不能让它承受太久的孤独。"

"我们努力去寻找！老师，过几天，我就回到长江边和洞庭湖去……"刘俊一边说，一边又想道：淇淇，好小子，你一定要争气啊，矫健些、再矫健一些！不要生病，要学会战胜孤独……

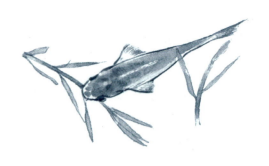

第二十四章　天鹰翱翔

淇淇抓鱼的"本领"越来越大了。

按照刘俊的吩咐，周笑琳和彭子兰在给淇淇喂食时，尽量把鲜活的鱼儿投放到池水里，让淇淇自己游动起来抓鱼吃。

笑琳观察到，有的鱼儿为了不被淇淇吃掉，会暂时躲避在饲养池的一层层台阶上。淇淇一旦发现了它们，先是悄悄地靠近一点，然后突然冲向台阶，快要接触到台阶时，又忽地一下转一个大弯，这样，池水形成的浪头就会把台阶上的鱼儿驱赶出来。一旦鱼儿游到了池子中间，那就稳稳地成了淇淇口中的"菜"。

有时候，也许淇淇嫌这种方式太麻烦，干脆就来点"简单"和"粗暴"的：直接把尾巴伸到台阶上，突然横扫过去，把鱼儿驱赶到池子中间……

"好你个'吃鱼大王'，本事见长呀！"周笑琳和彭子兰每天都会把观察到的情形，认真地写在饲养日志上，供徐教授和刘俊他们做研究时参考。

可是，今天一大早，笑琳在翻译皮埃尔留下来的那些资料时，有一些数据，把她吓出了一身冷汗！

这份资料里说，从 20 世纪 50 至 70 年代，全世界共饲养过 100 多头亚河豚。以美国为例，1956 年，佛罗里达州首次引进了 4 头亚河豚，进行人工饲养，结果，没几天就死了两头，另外两头也仅仅活了一年的时间。从 50 年代末到整个 60 年代里，曾有 20 多个鱼类研究机构和水族馆，相继引进亚河豚，进行人工饲养试验。仅 1965 年就引进了 34 头，到 1966 年，共引进了 70 多头。然而，存活时间稍长一点的，只有 19 头，其他都没能存活多久。日本"鸭川海洋世界"，1968 年 10 月 22 日曾引进两头亚河豚，其中一头雌性豚，死于 1972 年 1 月 8 日，成活 787 天。另一头雄性豚，死于 1985 年 4 月 12 日，共成活了 5989 天，超过 16 个年头。此外，印度加尔各答饲养过一头恒河豚，仅成活了 10 天；日本"鸭川海洋世界"也饲养过 5 头恒河豚，只有一头成活了 299 天，其他的都没有存活多久；皮埃尔所在的伯尔尼大学的那个研究所，从 1969 年至 1973 年，共引进了 8 头恒河豚，也只有皮埃尔最为得意的那头"白狮子"，成活 5 年多。

笑琳把翻译出来的资料交给刘俊时，一脸的苦相。

"怎么啦？大清早的，这么严肃？"

刘俊看出了笑琳的脸色有点不对头。

"刘老师，看了这个，我不敢再喂养淇淇了！"

"哦，为什么？不是喂得好好的吗？前两天不是还跟我'嘀瑟'，说是和淇淇越来越有感情了吗？"

"正是因为这个，我怕不久……如果那天突然到来，我没有勇气去面对……"笑琳说，"您看这个，全世界淡水豚的成活率这么低，真的吓出我冷汗来了！"

刘俊接过资料，匆匆浏览了一下，说："是呀，能幸存下来，活的时间长久一点的，确实不多。"

"您看，只有一头活了十六年，其他的都是仅仅活了一年半载。"

"不要乌鸦嘴！"刘俊好像是在安慰周笑琳，也像是在安慰自己说，"我看过一个数据，德国杜伊斯堡市饲养的一头亚河豚，已经成活二十七年之久了！"

"不知道我们淇淇，会不会这样命大？我好害怕……"

"先不要杞人忧天，"刘俊说，"要乐观地去想，也许，淇淇能够创造奇迹！"

不过，虽然嘴上在这样安慰周笑琳，其实，刘俊自己心里也不平静了。他知道，种种数据都表明：淡水豚的人工饲养，是一个世界性的难题。现在，这个难题正在等待着……不，正急需他和他的队员们、同事们去攻克它，去寻找到最正确、最科学的解答方法。

而眼下，最迫切的一件事情，就是要为已经成年了、越来越焦躁不安的淇淇，尽早找到一个伙伴、一个"女朋友"。

两天后，刘俊又带着高翔等几个年轻力壮的科考队员，带上全套的救护和运输设备，还有干粮、帐篷什么的，再次出发了。

这一次，他们把追寻的范围从曾经给他们带来好运的那个江心洲，一直扩大到了鄱阳湖一带。

然而，一个星期的时间过去了，他们却连一头白鳍豚的影子都没看到。

"刘队，就算找不到白鳍豚的身影，至少也应该有几头江豚出来'打个招呼'吧？为什么连江豚也看不见了？"高翔满脸的失望，望着已是胡子拉碴的刘俊说。

刘俊放下望远镜，指着江面上那些轰隆作响的挖沙船和来来往往的运输船，还有不远处江岸上几根冒着黑烟的烟囱，忧心忡忡地说："这些东西一天不消失，别说白鳍豚和江豚了，总有一天，连其他鱼类也会生存不下去的！"

"真是越来越不像话了！"高翔说。

"利欲熏心啊！为了眼前的一点利益，竟然把我们的母亲河糟蹋得如此千疮百孔，真不知道这些人是怎么想的！"

"看来，我们在去年的科考报告里发出的呼吁是对的：要拯救白鳍豚和江豚，首先就要拯救长江、洞庭湖和鄱阳湖……"

"是的，但愿我们的呼吁，能引起有关部门的重视，拯救长江母亲河，已是迫在眉睫的事了！"刘俊说。

……

也算是"天无绝人之路"吧，就在刘俊和高翔他们在江心洲至鄱阳湖一带搜寻了多日却一无所获的时候，突然，一个意外的消息从远方传来：这两天，有一小群白鳍豚，大约有九头的数量，从洞庭湖口进入了观音洲江段……

以前，刘俊他们曾多次去这一带考察过。每一次去，都会给当地的渔民做一些科普辅导，叮嘱他们说，如果发现了白鳍豚和江豚，要赶紧给武汉打哪个电话，应该怎样去保护它们，不要惊吓它们……果然，这一次，几个渔民一发现情况，就赶紧想办法把电话打到了武汉。

因为刘俊他们此时正在鄱阳湖一带，离观音洲江段还比较远，徐教授估计他们一时半会儿还赶不到，所以一接到电话，就自己带着几个人，先赶往江心洲了。

　　刘俊接到电话，真是喜出望外，掉头就往观音洲赶去。不料，刚走了一半的路程，却遇到一段山路，被前些时日一连几天的暴雨冲下的山石给堵住了。时间紧迫，刘俊他们只好绕道前往。

　　等到刘俊星夜驰驱，终于赶到观音洲时，除了徐教授和水生所的几位同事，还有其他几路人马，湖北省水产局的、环保局的，还有几家消息灵通的报纸的记者，也闻讯赶来了。

　　有徐教授在现场"坐镇"，刘俊顿时觉得心里踏实了许多。

　　"阿俊你看，现在豚群已被安全地引进了对面的大涧水区。"徐教授拿起望远镜，指给刘俊看，"你来之前，我们制定了一个安全可靠的方案，决定采用大网眼捕捞网……"

　　"放网的船只，绝不能使用有螺旋桨的机器船，只能用人工摇橹划桨的小木船……"

　　"这个是肯定的，已经在当地征集到了十只木船和富有经验、水性又好的艄公。"徐教授叮嘱说，"切记，我们这次的目的，不是要大量捕获，只要为淇淇找到一个伴，当然，最好是捕到一头雌性豚，就达到目的了。"

　　"明白。"

　　"现在我最担心的，还不是捕捞的问题，而是长途运输。从这里到武汉，路途遥远且不说，关键是路上还有好几处塌方，坑坑洼洼的……"

　　"这个……确实是个问题。"关键时刻，刘俊眉头一皱，突然想到了驻扎武汉的舟桥旅某部的上尉连长，"老师，我来试试……看看舟桥旅部队，能不能为我们提供什么帮助，如果走水路……"

"嗯，走水路，倒是一个稳妥的办法。"

于是，刘俊赶紧拨通电话，打到了张连长那里，说明了这里的情况，请张连长想办法支援一下。

"好啊，刘队长，我们正愁没机会尽一点志愿者的义务呢！你稍等。"

没过半个小时，张连长的电话打了过来，说："走水路，耗的时间同样也太长，不如从天上走！"

"从天上走？张连长，这时候我哪有心思开玩笑啊！"刘俊在电话里急切地说道。

"开玩笑？刘队长，我说的是真的！"

原来，张连长接到电话，立刻向团首长做了汇报请示。热心的团长竟然很快联系了武汉军区的空军某部。空军方面一听，也爽快地答应说，既然是运送"国宝"，那有什么问题！我们可以马上派一架军用直升机待命，随时起飞，空运我们的"国宝"回武汉！

"原来是这样啊！"刘俊听张连长这么一说，顿时眼睛都湿润了，"张连长，你们果然是人民的好子弟兵、新时代最最可爱的人啊！关键时刻，还是你们办法多！"

两个小时后，从观音洲大涧水区那边传来了一阵欢呼声：

"成功啦！胜利啦！有一头进入网围了……"

"各船只务必注意，动作一定要轻缓，要小心，再小心……"

这时候，下到水里和渔民一起拉着渔网多时的刘俊、高翔和几个队员，已经个个被冰冷的江水浸得脸色发紫了……

"刘队长，要不要现在就起网，把它弄到船上去？"渔民问道。

"不，再坚持一会儿，白鳍豚皮肤娇嫩，在岸上待的时间越短越好，等看到直升机飞来，我们再起网不迟。"

话音刚落，从远处的空中传来了轰轰的马达声……

大家仰头望去，只见一架军用直升机，旋转着巨大的螺旋翅膀，如同天鹰翱翔，正在快速向这边飞来……

按照电话里约定的方法，岸上的人们迅速点燃了早已准备好的四堆大火，为直升机提供降落标志……

可是，这时候暮色已沉，飞机在空中转了好几个圈，也没有降落下来，却飞到江对岸的芦苇荡那边去了。

事后才知道，原来是夜晚的雾气太浓，驾驶员一下子并没看见作为标志的那四堆大火。

不一会儿，飞机降低了高度，重新飞到江这边来寻找，终于看见了火堆，然后便呼啸而来，在四堆熊熊燃烧的火光中间的一块空地上安全降落了……

——事后，刘俊回忆起这个场景，觉得就像小时候看过的电影里的情节一样，既让人紧张，又令人兴奋！为了一头白鳍豚，他们在短短的时间内，竟然得到了舟桥部队、空军部队方面快速派出的支援力量，这在全世界鲸类科学研究史上，也是从未有过的事情。而生活在江水、湖水里的白鳍豚，有一天竟会乘上军用直升机，完成一次长途迁徙，更是刘俊和他的队员们做梦也想不到的……

"好，大家注意啦，现在准备起网。"刘俊吩咐说，"注意，出水时白鳍豚一定会受惊、挣扎，大家动作既要小心，又要快捷，千万不要伤到它的尾鳍……"

"明白咯，放心吧……"

"那好，开始起网……"

第二十五章　珍珍

　　刘俊和渔民们用一副特制的担架，小心翼翼地把出水的白鳍豚抬上了江岸。那一瞬间，满头白发的徐教授，就像一位妈妈见到了自己失散多年的儿女一样，情不自禁地俯下身去，用自己温暖的脸颊，轻轻爱抚了一下白鳍豚光滑的皮肤……

　　刘俊看见，老师的眸子里噙着晶莹的泪光……

　　看上去，这头白鳍豚的体长没有淇淇那么大。小家伙静静地躺在担架上，一动也不动，挺乖的样子。一双小小的眼睛，正在好奇地打量着四周的人们，好像在说："干吗呀？你们要把我带到哪里去呀？"

　　"多可爱的小家伙呀，小嘴细长细长的。"徐教授脸上露着甜蜜的微笑，又轻轻地抚摸了一下白鳍豚湿漉漉的皮肤，说，"这么乖，看上去娇滴滴的，真像个小姑娘……"

　　观音洲这一带的渔民们，也许是第一次看见这样的场面：为了捕捞一头白鳍豚，四面八方，动用了这么多的人！

　　更让他们感到稀奇的是，第一次有一架军用直升机连夜飞来，降落在荒凉的江边上……

消息不胫而走，附近白螺区薛潭乡的一些垸子的乡亲，有的点着火把，有的提着灯笼，有的打着手电筒……老老少少好几百人，都跑来看稀奇、看热闹。

"好哉！好哉！"有的老倌情不自禁地发出了人们平时早就不用了却还在这一带保留至今的文言叹词，好像别的词语都难以表达此时的惊讶一样。

"乖乖，连解放军的飞机都出动啦！"

"真了不起，一下子就把它捉到了！"

场面是热闹和沸腾的。但是，"接亲"的直升机巨大的螺旋桨还在那里转动着，对不起乡亲们了，此处不能久留。

有些渔民赶紧站出来维持秩序，给担架让开了通道。

只见白鳍豚舒舒服服地睡在上面，不跳不闹，那么安稳乖巧，任凭人们忙活着，一溜小跑着，把它抬上了飞机。

这家直升机的编号为武汉空军第八机组 5404 号。用飞机运送白鳍豚，在水生生物研究所当然是开天辟地第一次，气压、空气流通等，都不能不考虑。徐教授和刘俊都知道，国外已有数次在空运海豚时发生不幸的记录。白鳍豚是用肺呼吸的，不能像鱼类那样完全泡在水里，但又一刻也不能离开水。怎么办？

刘俊当机立断，和护送小组一起，打了满满的几大桶江水，一起拎上了飞机，一路上可以不停地往白鳍豚身上洒江水。

为了避免白鳍豚挣扎和撞伤，几个小伙子就在狭小的机舱内躬身站成两排，每个人都用腿部来护住豚身。

一个多小时后，飞机顺利地降落在了珞珈山下。

第二头"水中国宝"白鳍豚，乘着直升机安全地抵达了武汉，这无疑是中国白鳍豚科考研究和保护项目开展以来，一次成功行动的进展。消息一夜之间就传到了中国科学院。第二天一早，中国科学院就发来了祝贺的电报。

德高望重的伍老，又给所里的这个新成员取名叫"珍珍"。伍老说，"珍珍"蕴含着两层意思：一是表示它是无比珍贵、珍稀的，二是寄寓着人们对白鳍豚生命的珍重与珍惜的愿望。

经过各项仔细的体检和数据采集之后，大家欣喜地发现，珍珍果然正是一头雌性白鳍豚。从年龄上推算，珍珍比淇淇小四岁，是个"小妹妹"。

"这可真是'天赐良缘'哟！"徐教授高兴地对刘俊说，"阿俊，你们这次算是心想事成、如愿以偿啊！"

"太好了！我们的淇淇，以后不会孤独、寂寞了！"

"这就叫'有缘千里来相会'！"徐教授说，"没想到，我们这次行动，竟是做了一次'红娘'。"

"哈哈哈……没错，简直就是一次完美的'迎亲行动'。"

……

淇淇的体长已经有两米多了。珍珍的体长还只有一米五，眼睛小小的，嘴巴细细的，看上去真像是一个娇小、秀气的"小女生"。

因为珍珍还比较幼小，为了让它有一个适应饲养池的过程，刘俊和徐教授研究和商量后，决定先让珍珍在"副养池"里独立生活一段时间。

周笑琳和彭子兰在喂养淇淇时已积累了一些经验，所以，在他们的悉心照料下，半年之后，"小女生"珍珍就完全适应了新的生活环境，看上去比淇淇还要好动一些。

"老师，我觉得，可以让珍珍进入淇淇的池子了。"这一天，刘俊对徐教授说，"珍珍的体重已经增加不少，看上去也比较'泼辣'了。"

"好，先放进去试试看，万一淇淇突然发现自己的家里进入了生客，产生什么异样的攻击行为，立即把它们分开，以免珍珍受到伤害。"

"好的，我们随时准备隔离它们。"

刘俊做好了相应的准备之后，就轻轻打开了连通"主养池"和"副养池"之间的廊道，让珍珍顺着这条通道，自动游进了淇淇的池子。

大家原本有点担心"小女生"珍珍会受到淇淇的欺负，结果却让人大跌眼镜，珍珍一进入淇淇的大池子，好像变得更泼辣、更放肆了，野性十足地在池中畅游着，反倒把已经成为"大小伙子"的淇淇"吓蒙"了。

"喂，怎么啦，淇淇？不要害怕，勇敢点呀！"笑琳观察一番后，有点替淇淇着急了。

"淇淇看上去好像有点不知所措，看它那个紧张的样子，好像自己家里闯进了'劫匪'一样。"刘俊也看出了淇淇那种畏首畏尾的表现，就故意逗周笑琳说，"周笑琳，你看你们把淇淇训练得这么'娘'，哪有一点男子汉的样子？"

"是的欸，关键时候，淇淇怎么这么'掉链子'？"周笑琳真是哭笑不得，就指着彭子兰说，"这不能怪我，淇淇这个性格，随他！"

彭子兰说："第一次见到'小女生'，淇淇也许'害羞'吧？"

这时候，周笑琳又冲着池子嚷嚷道："喂，淇淇，拜托你给我争点气，有点出息好不好？"

"哈哈哈……"刘俊大笑着说，"这就叫作'斯文书生'遇上了'女汉子'吧？"

两天后，这一对"有缘千里来相会"的"小恋人"，渐渐可以彼此接近一点了。

特别是淇淇的紧张状态和"羞涩感"，正在一点一点地消除。也许，在它的心里，正在滋生出某种好奇：为什么自己身边会突然出现这个同类？它是从哪里来的？它会成为我的朋友吗？……

淇淇在一种犹豫不决和好奇的状态中，又过了五天。

这天午后，天气骤变。随着一阵明亮的闪电划过，轰隆隆的雷声也响了起来，一场暴风雨来临了……

就在一阵电闪雷鸣之时，一直站在池子边观察着淇淇和珍珍的刘俊，突然捕捉到了一个惊人的瞬间：

原本彼此仍然不敢靠近的淇淇和珍珍，也许是出于惊慌，也许是为了相互安慰，竟然在电闪雷鸣中紧紧地靠拢在了一起……

"快来看，它们游到一起了！"刘俊惊奇地叫道。

周笑琳、彭子兰和在场的其他几位同事，都赶紧跑过来观看。

"天哪，要不要这么浪漫啊？"周笑琳惊讶地说，"一阵电闪雷鸣，就让彼此靠拢了！是不是有点太'上邪'了？"

"'上邪'了？啥意思？"刘俊不解。

"哦，就是汉代的那首乐府民歌：上邪！我欲与君相知，长命无绝衰。山无陵，江水为竭，冬雷震震，夏雨雪，天地合，乃敢与君绝。"周笑琳笑着给刘俊解释了这首古代诗歌。

"你可真能联想！"刘俊高兴地说，"淇淇总算表现得有点男子汉的样子了！"

"当然啦，本小姐亲手调教出来的，怎么会'尿'呢！"

"说你喘，你还真咳嗽起来了？"

这时候，淇淇在前面游着，珍珍紧紧跟随在它后面，看上去真像一对彼此信任、寸步不离的"小恋人"呢！

在接下来的日子里，周笑琳又观察到，每一次喂食时，只要是珍珍抢到前头来吃鱼了，淇淇总会非常"绅士"地在一边等着，从来不去和珍珍争抢食物。等到珍珍吃饱了，游开了，淇淇才会游到喂食区，享用自己的"餐点"。

淇淇也像一个任劳任怨的大哥哥一样，宽容地接受着一个小妹妹偶尔的"骄横"和"撒野"。

有一天，细心的刘俊突然发现，淇淇身上多出了一些牙痕。

"怎么回事？它们打过架？珍珍身上好像没有什么牙痕。"

"准确地说，不是打架，是'你侬我侬'在戏耍。"笑琳说，"淇淇总是让着珍珍，任凭珍珍撒野咬它。"

"女生怎么都喜欢咬人啊？"平时总不喜欢说话的彭子兰，这时候插嘴说了一句。

"怎么，你女朋友也喜欢咬你？"周笑琳说，"告诉你，被女生咬，那是痛并快乐着，你看，淇淇就心甘情愿地让珍珍咬它！我说得对吗，刘老师？"

"两码事，两码事。"刘俊说，"你少跟我贫。"

——几年之后，中央电视台《东方时空》"纪事"栏目，专门来拍摄了一段淇淇和珍珍在一起的纪录片。一对生活在水中的"小恋人"相依相靠、形影不离的生活状态，感动过无数的电视观众。和珍珍在一起的日子，是淇淇一生中最幸福、最快乐的一段时光。

就在淇淇和珍珍相亲相爱的日子里，徐教授和刘俊他们，也在心中憧憬着另一个美好画面：不久的将来，会不会有一天，淇淇能和珍珍一起，创造一个新的奇迹——送给世界一个白鳍豚宝宝，一个属于它们的第二代呢？

第二十六章　大水来袭

大自然是慷慨的，它敞开自己广阔的胸怀，用无边的田野、山川和无尽的雨水、草木、蔬果、农作物，还有各种生物与微生物构成的"食物链"，滋润和养育着世间万物，让地球上的各种生命生生不息，繁衍至今。它无私地给予每一窝小鸟一个安全的小巢，给每一群小鹿一片幽深的森林，给每一片小树林一方伸展枝叶的天空，给每一簇野花和小草一块湿润的土壤……

但是，大自然也有自己严正的法则，对于肆意破坏、践踏、污染和伤害它的任何野蛮行径，一定会给予报复和教训，决不会永远只做"沉默的羔羊"。

果然，这年夏天，当青青的秧苗正在拔节生长，湖中的莲蓬也刚刚挺出清澈的水面，还有瓜田里的瓜果刚刚变得成熟饱满，青青的柑橘已经挂在茂密的橘树上……仿佛在突然之间，风狂雨骤，天低云暗，紧接着，伴随着炽亮的闪电和滚滚雷霆，一场场特大暴雨，席卷了整个长江流域和洞庭湖、鄱阳湖地区……

这是大自然在向那些愚昧无知的人，表达自己的愤怒和抗议，也是大自然在用自己的方式——用严正的闪电霹雳、用万钧的雷霆、用脱缰的野马一样的洪水，给生活在长江沿岸和洞庭湖、鄱阳湖畔的那些环境破坏者和不思悔改者一些警醒和教训吧。

一轮又一轮强降雨，有如倒海翻江一般，倾泻在人们面前……

山体出现了滑坡，道路开始塌陷，一座座房屋被冲毁，一片片农田被洪水淹没，许多堤坝也出现溃口……

洞庭湖水系的资水、沅江、桃花江、桃林河……鄱阳湖水系的乐安河、信江、赣江和修水……还有长江流经湖北地段的洪湖、监利、松滋、嘉鱼……到处都在告急，到处都有洪水泛滥。无论是大江大湖的三湘大地、荆楚大地，还是千里沃野的赣鄱地区，暴雨来袭，水激浪淹，几天之内都变成了一片汪洋。大水漫过了湖岸，漫过了田野，漫过了一个个村镇、墩子和山墺……

本米，暴雨来袭之前，刘俊和高翔等几个队员，又米到了洞庭湖城陵矶头那个观察点一带，开始了新一轮的野外科考和江上追寻。但是，急骤的暴雨很快就把他们设在那个观察点的临时小屋给冲走了。幸亏刘俊果断做出决定，带着队员们及时转移到了一处安全的高地，不然后果真是不敢想象。

"不行！这里已经很危险了，我们必须马上撤离！"

这时候，刘俊的脑海里又闪过了那曾令他心痛欲裂的一幕：也是这样的暴雨连绵的夏天，也是这样来势凶猛的大洪水，他的好兄弟、好搭档大星，正在江面上专注地观察着一群被洪水驱赶着的白鳍豚，就因为低估了洪水的暴烈程度，没能及时撤离，结果被一股突如其来的山洪给卷走了……

"队长，现在附近的水陆交通，不少已经封闭了，我们往哪里撤呢？"

其实，刘俊此时最放心不下的，是王小月和老艄公、柳伢子的安危。他明白，多年来的填湖、围垦、挖沙，还有乱砍滥伐、乱盖滥建……让洞庭湖的蓄水能力和排水系统都受到了不同程度的破坏。眼下，连续数天的强降雨，使得整个洞庭湖水位激增，许多被分割而成的湖心岛、小洲和墩子，一夜之间就"水漫金山"了……

那么，小月和她阿爸所在的那个仙女岛，会不会遭遇什么危险呢？能保住吗？还有，桃林河的水位肯定也会上涨不少，罗老爹的渡口会不会也遭到什么不测？……一想到这些，刘俊觉得，自己的心跳顿时变得急促了。

"高翔，我们抄近道，先撤到罗老爹的渡口去，看看罗老爹那里是否安全。"

"好，我们现在就收拾设备，马上转移！"

到了罗老爹的渡口一看，果然，桃林河两岸已经面目全非，许多汊港已经变成了汪洋一片，有的芦苇荡被大水淹得只能看见一些芦苇缨子了。罗老爹的那栋小屋，因为地势还算高，倒还安然无恙。

刘俊他们赶来的时候，老爹正和花狗坐在小屋门前，看着远处泛滥的河水，默默地叹着气呢。

看见刘俊他们突然出现在这里，老艄公不禁为他们捏了一把汗。

"你们这些后生啊，不赶紧回到汉口去，这个时候还惦记着我这老汉做什么？"老艄公心疼地说，"快进屋来，把衣裳烘烘干……"

"老爹，刘队长一直在担心您老人家的安全哪！"

"嗨，莫要担心我咯，这样的大水，隔个两三年就会来一遭，我知道怎么对付它。"

"老爹，今年这个汛期，来势真猛啊！"

"莫怪我老汉不拣好听的话讲，这是老天爷看不过眼，发怒啦！"老爹又给小伙子们冲着泡椒子茶，"他们敢那样子糟蹋洞庭湖，老天能不给点报应？……"

"老爹你说，这时候，王小月的那个岛子……"刘俊担心地问道。

"唉，你和我想到一处去了，"老艄公说，"我也不放心细妹子和伢子们哪！听说，上级派来了解放军，打你们监利、洪湖那边过来了，在帮着抗洪抢险咯……"

"真是放心不下啊，能不能过去看看？"刘俊望着外面仍然下个不停的雨，心里的惦念变得越来越强烈。

"刘队，这么大的雨……"

"越是这时候，越要有人在小月身边才好！"刘俊自言自语道。

这时候，罗老爹把烟袋锅往腰带上一插，说道："多一条船多一条路，走，我送你去！"

"老爹，您老人家……"

"莫嫌我老，水龙王老了，筋不老咯！"老爹一边穿戴着蓑衣、斗笠，一边说，"摇橹驶船，你们尽可放心，什么样的风浪我没见过？快把雨衣穿上。"

高翔从装备里拎出三件救生衣，说："刘队，我跟你一起去吧！"

刘俊说："好，我们两个和老爹一起出发，其他队员原地待命，随时留心涨水状况，安全第一！"

花狗一见老艄公穿上了蓑衣，又是忽的一下站起来就想往船上跑。老艄公一把按住了它，说："你莫动咯，在家陪叔叔们，我去去就回来。"

虎子听懂了，有点不情愿地呜咽了一句，站在门口，眼巴巴地望着老艄公解开缆绳，和刘俊、高翔一起上了船……

唉，天上好像被刺开了口子，大雨硬是停不下来。

洪水！洪水！洪水！眼看着，洪水漫过了一道道大堤，漫过了一道道威胁着乡亲们的生命和财产的水位线……

大堤之内，可是祖祖辈辈生息的家园哟！大堤之内，有老人们晚年的平安，有母亲们的欢颜，还有孩子们的教室、课桌和小操场……那可是洞庭湖的希望和明天哟！

一道道命令，从中央，到省里，到市里、县里、镇子里……迅速地传了下来：要不惜一切代价，保障人民群众的生命安全！只要人在，就能渡过任何困境和难关！

暴风雨中，武警部队、舟桥旅部队、还有空降兵部队……都纷纷出动了！一队队指战员的身影，就像划过沉沉黑夜的一道道铁流、一阵阵疾风、一道道闪电。英勇的解放军将士们，我们最可爱的人，总会在危难的时刻，就像神兵天降一样，出现在乡亲们身边。

这个时候，大水也在肆虐着扑向仙女岛。眼看着，湖水已经没过了小月平时用来系缆绳的木桩，淹过了从湖岸通向小学校的那个埠头。

电闪雷鸣，一阵紧过一阵……孩子们望着小教室外面翻江倒海似的一片汪洋，一个个都有点紧张了。他们纷纷聚拢在王爷爷和王老师身边，好像跟王爷爷、王老师挨得越近，就越安全一样。

课是上不下去了。王小月把孩子们集中到地势最高的一个空教室里，把所有的电灯都拉亮了。

"莫要怕，莫要怕咯，伢子们，王老师正给镇上打电话，会有船来接我们的……"

年老的王校长张开怀抱，尽可能地把伢子搂在身边，让伢子们挨近他。

"大家都不要怕！有王爷爷和王老师在，不会有事的！"柳伢子也在帮着王爷爷不断地抚慰和鼓励那些处在惊吓中的细伢子。

柳伢子个子长高了不少，这个时候，他像懂事的大哥哥一样，正和高年级的同学一起，帮着照护一、二年级的细伢子。

小月回来了，阿爸赶忙问道："联系上了？"

"阿爸，电话打不通了，可能线路被冲断了……"小月扭着湿漉漉的衣服下摆，安慰着孩子们说："大家都要勇敢些，要像柳伢子哥哥这样，不要怕！我们都是洞庭湖的孩子，怎么能惧怕大水呢？我相信，镇上会派船来接我们出去的，不要怕……"

就在这时，眼尖的柳伢子突然从窗口看见，远处的汪洋中，有一只小船正在朝这边驶来……

伢子仔细一看，惊叫道："王老师，快看，那是爷爷的船！"

"什么？罗老爹来了？"小月瞪大眼睛一看，"哎呀，还有你们刘叔叔和高叔叔！快，快去接他们一下。"小月和柳伢子，拿起几顶斗笠，就冲出了教室……

老艄公、刘俊和高翔都穿着救生衣，在大雨中靠了岸。

"老爹，刘俊哥，你们怎么来了？"王小月满脸不知是泪水还是雨水，赶紧用双手去扶着罗老爹下了小船。

"细妹子，不用扶我，我还没有七老八十咯！"老艄公说，"他刘叔叔硬是放心不下你和伢子们，非要来看看不可咯！"

小月赶紧把老艄公、刘俊和高翔迎进屋子，给他们倒了点热水喝。

"小月，你们没事儿就好！这暴雨下得……昏天黑地的！伢子们吓坏了吧？"

"伢子们都很勇敢，现在有你们在身边，就更不怕了！"小月说，"刘俊哥、高翔，这都什么时候了，你们还在这一带活动啊？"

"是啊，我们与洞庭湖，算是难舍难分啦！"高翔说。

"江水猛涨，湖水泛滥，生态环境越来越糟糕……以后，白鳍豚恐怕就更难找了！"刘俊说。

"人不留客，天留客咯！要不是这场大雨，还留不下你们哪！"老艄公看了看天色，说，"细妹子，看样子雨水一时半会停不下来，湖水涨得快，得赶紧把细伢子们送出走。"

"老爹，电话线断了，镇上联系不上了。"小月神色焦虑地说，"算上你摇来的船，我们现在只有两条小船……"

"趁着天还没黑下来，多摇两趟。"老艄公说，"先把伢子们送到稳当的地方再说。"

"那好，我让伢子们收拾东西，准备转移。"

就在这时，湖面上隐约传来了马达声……

只见柳伢子和几个孩子，惊喜地欢呼着说："快看，是快艇！是解放军叔叔的快艇！"

"没错，是冲锋舟！"刘俊望着湖上说，"太好了！是解放军的冲锋舟接你们来了，来得真及时！"

王小月、王校长和孩子们，还有老艄公、刘俊和高翔，都惊喜地跑出来迎接解放军。

不一会儿，几艘冲锋舟驶近了。

最先靠岸的那艘冲锋舟上，有镇上的一名干部当向导。一些身着救生衣和雨衣的解放军战士，迅速跳下冲锋舟，朝岸边跑来……

"细妹子，镇上一直联系不上你们，真着急啊！你赶紧组织细伢子上船，先转移到镇子上，那边已经腾出了房子。"镇上来的干部吩咐小月说，"一定要清点好细伢子，一个都不能少！分两批转移，老校长先带第一批小一点的伢子走，你和大一点的伢子第二批走，把必要的东西也带上，岛子上不能留人了。"

事不宜迟，老艄公、王校长，还有刘俊、高翔，赶紧帮着把细伢子们一个个地抱上了冲锋舟。

"老爹、刘俊哥，待会儿你们也跟着我们到镇上去吧？"小月说。

"莫管我们，还有后生们在渡口呢！"老艄公说。

正在说着，又有几艘冲锋舟驶来了。几个同样身着救生衣和雨衣的解放军，迅速跳下了水，朝着岸边奔过来。

有一位指挥员大声叮嘱着战士说："动作要迅速！注意脚下，不要滑倒……"

因为每个人都戴着雨衣风帽，刘俊没有看清他们的面容，只是突然觉得，这个指挥员的声音有点熟悉。等刘俊仔细一看，不禁惊喜地叫道："张连长！怎么是你啊？"

张连长也没想到，会在这里听见有人喊他。他赶紧拉下雨衣风帽，也仔细一看，"哎呀，刘队长，大科学家！真是太巧了，你们怎么会在这里？"

"我们正在这一带考察，被暴雨阻挡在这里了！这可真是'人生何处不相逢'啊！"

两个战士也闻声跑了过来，"啪"地给刘俊敬了个军礼，说："刘队长好！"

"哇，小肖、小于，你们也来了！"刘俊激动地对肖鹏飞说，"可惜了，周笑琳这次没跟我出来，不然你们就是火线相遇了！张连长，湖北不是也在抗洪抢险吗？你们这支部队怎么到湖南来了？"

"本来，我们舟桥旅正在洪湖、监利一带执行任务，今天突然接到命令，说是洞庭湖这边告急，请求支援，我们这支部队离这里最近，所以就近渡江，赶到这边来了！"

"好啊，哪里有险情，哪里就有你们舟桥旅！了不起啊，张连长！"

"军人嘛，灾情就是命令，危险的地方就是我们的前线！"张连长说，"快上船吧，先转移到镇上去再说。"

这时候，小月和老艄公都走上前来。刘俊说："来，认识一下，这是我们的张连长，解放军舟桥旅的一位大英雄！上次动用了空军的直升机，帮我们把白鳍豚珍珍运回武汉的，就是这位张连长！"

"嗨，区区小事，是我们应该做的，我算哪门子英雄。"张连长大笑着摇了摇手，对老艄公、小月说，"我和小肖、小于，都是白鳍豚保护小组的志愿者，是刘老师的'兵'！"

"哦，原来你们熟识呀！"王小月惊讶地说，"真没想到，这场暴雨让你们在这个小岛上相遇了！"

"是呀是呀，真是太巧了！"刘俊把王小月介绍给张连长说，"这是仙女湖希望小学的王小月老师，洞庭湖上的'仙女'，也是我们白鳍豚保护小组多年来的一位最坚定的志愿者……"

"哦，这么说，我们都是一家人啦！"张连长说，"水位还在上涨，天也快黑了，这里不能久留，先完成转移任务吧，别的话，到镇上再说。"

"张连长，你们送小月老师和孩子们到镇上去，我和高翔坐罗老爹的船回渡口去，队员们正在那里等着我。"

张连长转念一想，果断地安排道："这样吧，鹏飞，你们几个负责转移王老师和孩子们到镇上，我送刘队他们去渡口，把老人家的船拴在我的冲锋舟后面……"

"是！"

"注意清点人数，一个都不能落下！"

"明白！"

"两个小时后……"张连长看了一下手表，说，"我会联系你们，跟你们会合。"

"您放心吧，连长，我们保证完成任务！"

肖鹏飞和几个战士站在水中，把柳伢子等最后一批孩子一一接上了冲锋舟，最后，王小月也拉着战士的手，登上了冲锋舟。

小月依依不舍地说："刘俊哥、张连长，那我们先走啦。"

"去吧，小月，不要光顾着照顾孩子们，还要把自己照顾好！"刘俊像大哥哥一样叮嘱道。

这时候，柳伢子站在冲锋舟上大喊了一声："连长叔叔！"

张连长闻声一看，只见冲锋舟上所有的孩子，都跟着柳伢子，齐刷刷地举起右手，并拢手指，给张连长敬了个不太标准的

"军礼"。

"好样的，孩子们！"说完，张连长好像有意要给孩子们做一个标准的军礼示范一样，也对着冲锋舟上的王老师和孩子们，回敬了一个军礼。

目送着孩子们坐着冲锋舟远去了，张连长才和刘俊、高翔、老艄公一起，登上最后一艘冲锋舟，朝着花狗渡渡口驶去……

第二十七章　山楂树之歌

暴雨总算停歇了下来，肆虐的洪水暂时退却了。

8月骄阳，驱散了沉重的乌云。风雨雷电，也都随着逃遁的云层隐入了天边。昨晚还在任性地肆虐着的大江、大湖和河湾、汉港……都忽然变得像婴儿一样安宁了，大地重新恢复了原有的沉静。无声的大水，正在沿着一条条大大小小的河道和沟壑，奔向下游，奔向远方……

这天黄昏，刘俊特意来到镇子这边，看看小月和孩子们临时上课的地方。原来，是镇中心小学想办法腾出了几间宽敞的教室，让希望小学的孩子们能继续上课，孩子们的吃和住，镇政府协调了中心小学，也都做了安排。

"放心吧，刘俊哥，"小月笑着说，"再大的困难，也吓不倒我的，更何况，我不是一个人在'战斗'……"

"是的，咬咬牙，再坚持一下，一切都会好起来的！"

小月陪着刘俊在学校附近的田野边走了走……

金色的夕阳，映照着远处滚滚奔流的江水。绯红的晚霞，也给远处的山林、村舍、田野，还有西天的云彩……都镶上了美丽的金边。他们在田野边的一个小凉亭里坐了下来。

"刘俊哥，你还记得那天，坐在罗老爹的小船上，你跟我说过的一番话吗？"

"什么话？你说说看……"

"那天我问你，你们长年在这里追寻白鳍豚，饱一顿、饥一顿的，过着风里来雨里去的打鱼人一样的日子，这是为什么呢？你告诉我说，很简单，不就是为了自己选定的和热爱的那份事业、那个梦想吗？"

"哦？我还说过这么励志的话？"刘俊笑了。

"是的，你说得太对了！一想起你说的这些话来，我明白，自己经受的这点苦、这点难，实在是不算什么的，我还感到，我所付出的一切努力，都是在为了自己家乡的明天……"

"是呀，如果我们选择了一份宽广的、无私的、能为更多的人带来希望和幸福的事业也好，理想也好，那么，任何重担都不能把我们压倒，我们所感到的，也就不会是可怜的、有限的、自私的乐趣……"

"你说得真好！"小月忽闪着美丽的眼睛说，"我就是这样想的！"

"哈哈，我可说不出这么高尚的话来，这是马克思还在上中学的时候，在自己的作文里写到的理想！"

"哦，是马克思说的呀！"

"是啊，我的老师徐教授，也常常拿这些话来鼓励我，给我鼓劲儿……对了，我一直记得你说的那个'绿树枝'的梦想。'少年强则国强，少年智则国智'，同样的道理，只要洞庭湖的少年强、少年智，洞庭湖也就会'强'、就会'智'啊！"

"是呀，美丽的'绿树枝'……"小月指着跟前的田野和远处的江畔说，"不就是埋在这些地方吗？谁要是找到了，谁就能解开让家乡不再有贫穷、疾病、愚昧的'秘密'了……"

"找吧，小月，继续找下去！我们也会继续追寻下去、找下去的。"刘俊双手使劲地攥了一下拳头，说，"无论什么时候，一定要给自己一个信念：只要寻找，就能寻见！'苦心人，天不负'嘛！"

是呀，只要寻找，就能寻见！这是一个多么美好的目标和坚定的信念啊！

望着夕阳下的田野、江流、村舍，望着大水过后的宁静的家乡大地……小月用力点着头说："你放心，刘俊哥，我会的！"

"唉，要是大星还在，听到你这么说，他会多高兴啊！"刘俊望着远处滚滚的江水，突然说道。

"是的，可惜大星哥那么早就走了！"

"'出师未捷身先死'，我们这些活着的人，就更应该好好热爱生活，珍惜自己的每一天！"

"刘俊哥，不要说这个了吧。想起来还是挺让人伤感的。对了，好久都没有听到你吹口琴了……"

"每天早起晚归的生活，你没听高翔说过吗，我们早都变成了在江上风波里出入的'老渔翁'啦，那点技艺早已荒废了！"

"怎么会呢！刚刚你还说，要好好热爱生活嘛！你看，面对这么美丽的田野和落霞，来一曲呗？"

"别开玩笑，那支口琴，早不知扔到什么地方去了。"

"谁说的？"这时，小月像变戏法一样，从身上的书包里摸出了一支口琴，递给了刘俊，"你看看，是这支吧？"

"咦？怎么会在你这里？"

"嘻嘻，那年你们走的时候，给我留下了好多书，我收拣的时候，又发现了它，就收藏起来了。每次想念你们的时候，我就会拿出来看看，胡乱吹奏几下……"

"哦，真没想到，有一天还能再见到它！"刘俊禁不住一阵激动，捧到嘴边轻轻一吹，就吹奏出了一串漂亮的琴音……

"你看，轻轻一吹，还是这么好听！"小月说，"这可是你的'青春遗响'哦！吹奏一曲吧？"

"吹奏什么呢？你想听什么？"

"我记得，你最喜欢吹奏《红河谷》和《山楂树》，那就《山楂树》吧！"

"好的，就吹《山楂树》！"

在金色的夕阳下，在晚霞映照的田野边，一支优美抒情的《山楂树》的口琴曲，轻轻地随着刘俊手腕和双唇的移动，荡漾了起来……

> 歌声轻轻荡漾，
> 在黄昏的水面上。
> 暮色中的工厂，
> 已发出闪光……
> ……

琴声在轻轻荡漾，江水在远处，一个漩涡套着一个漩涡，奔向了远方……暮色慢慢降临了，星星闪烁在田野、山墺和大江之上……

哦，等到明天早晨，新一天的太阳，又会带着它炽热的光芒，准时跃出东方的地平线，用自己的万道霞光，把世界照耀得一片澄净。是啊，太阳每天都是新的。崭新的太阳，将会重新照耀着我们的城市和乡村，照耀着我们的峻岭、田野、湖岸和芦苇荡……

听着，听着，小月也情不自禁地跟着哼唱了起来：

> ……
> 我就沿着小路，
> 向树下走去，
> 轻风吹拂不停，
> 在茂密的山楂树下。
> ……
> 亲爱的山楂树呀，
> 请你告诉我……

第二十八章　杜鹃啼归

"布谷！布谷！布谷！……"

清晨，从远山那边，不时地传来布谷鸟的歌声。这声音听上去是那么殷切，又那么悠远……

布谷鸟又叫杜鹃鸟，传说它是古代长江上游的蜀国一个姓杜的国王变成的。那个国王很爱自己的家乡和百姓，每年早春时节，他的灵魂就会化作杜鹃鸟，在田野上空不停地啼唤，每次啼唤，口角总有鲜血流出来，滴在大地上，把花朵都染红了。那些被染红的野花，就是杜鹃花，也叫"映山红"……

在洞庭湖一带生活的人听来，杜鹃鸟啼唤的声音，好像是在呼唤远方的儿女们：

"阿哥阿姐……割麦插禾……阿哥阿姐……割麦插禾……"

"不如归去……不如归去……不如归去……"

只要有田野的地方，有山林、有湖岸的地方，就总能听见布谷鸟的歌唱。它们的歌声，能唤醒辽阔的大地上的每一个小村和小塆；它们的歌声，也像露水一样悠远和清亮，一声声回荡在大地和农人的心上，唤起人们殷切的乡愁和乡思……

这天一大早，小月高兴地把一张报纸递到了年老的阿爸手上。

"阿爸，你看到报纸上的报道了吗？真是一个天大的喜讯哪！"

"细妹子，什么喜讯啊？让你兴奋成这样子！"

"你自己看吧！"小月把报纸上的报道指给阿爸看，"这一版，还有这一版。"

原来，就在大水暂时退却的这些日子里，王小月去县里参加了县团委组织的几次学习。让她特别激动和欣喜的是：今年夏天的这场大水，再一次给各级政府和有关部门敲响了环境保护的警钟。所以，从中央到省里，再到市里、县里，都下定了决心，要全面治理和保护洞庭湖的生态环境，要在洞庭湖一带全面实施"平垸行洪、退田还湖、移民建镇"的工程……这两天的报纸上，果然登出了这些令人欣喜的治理规划。

"阿爸你看，要不了多久，东洞庭湖、西洞庭湖、南洞庭湖，当然，也包括仙女湖那一片，所有的人和房屋都会搬迁出去，湖水、湿地、芦苇林……都要全部还给洞庭湖了！"

"哦，这真是太好了！早就应该这样做咯！"阿爸一边看报纸，一边也在想象着，"到那时候，那些飞走的白鹭、野鸭、鸬鹚、白额雁、水葫芦……该都会重新飞回来了！"

"不光这些水鸟啊！"小月说，"还有飞到外地去的那些细伢子、细妹子，也应该赶紧飞回来嘛！"

是啊，那些飞到外地去的细伢子、细妹子……

这一瞬间，小月又想到了柳伢子的妈妈玉娥。

虽然小月一直咬紧牙关，信守着对玉娥许下的诺言，始终没有对老艄公和柳伢子吐露半点玉娥的事情，但是，在小月的心里，一直在期待着玉娥能早日回来。她相信，玉娥绝不是一个绝情的人，也不是对洞庭湖完全没了感情。不，她只是让洞庭湖暂时伤透了心。洞庭湖夺走了她的丈夫，也毁了她刚刚拥有的一个温暖的小家。唉，洞庭湖啊洞庭湖，你让一个那么善良、那么俊秀的细妹子，一下子就失去了自己的明天！

不，你伤透的还不只是一个、两个细妹子的心，你伤透的是一茬又一茬细妹子和细伢子们的心。你白白糟蹋了儿女们、乡亲们多少的好日子？不是吗？要不他们怎么都会你约着我、我约上你，一群群、一茬茬地离你而去呢？哪怕含着眼泪，哪怕背负着亲人的惦念和抱怨，也要离开你，宁肯去远方的、陌生的地方吃苦受累，也不愿在你的怀抱里吃苦受累了……

唉，洞庭湖啊洞庭湖，你真的应该醒醒啦！

什么时候，你的茶山，重新变得青翠明朗？你的湖水，重新变得清澈澄净、一望无际？你的秧田里，重新变得笑声朗朗、田歌互答？你的汊港和河湾里，重新能听见鱼儿泼剌、白鳍豚和江豚"吱吱"唱歌的声音呢？什么时候，你能让自己的每一个儿女，无论走到哪里，都会把你想望，都会把你记在心上，望得见你的茶山，望得见你的湖水，望得见你绿色的芦苇荡，记得住那一份温暖的、青翠的、亮晶晶和湿漉漉的乡愁呢？

……想到这些，小月的心里似乎忽然有了希望，有了盼头，也有了信心。

"你等着，玉娥姐，我这就给你写信，好好给你讲讲洞庭湖将要发生的巨大变化。"小月在心里坚定地说道，"一封信唤你不回，我就两封信、三封信……要是你还不回来，我就带上柳伢子，找遍南方也要把你找回来！我就不信，村前栽下了梧桐树，还引不回飞走的凤凰鸟；山上的茶园返青了，四月里的鹧鸪不飞来！到那时候，玉娥姐，我们一定要约上更多的细妹子和细伢子，重新唱起采茶歌，一起去打花鼓、'扎'故事、采红菱……"

这时候，从远处辽阔的茶山上，从洞庭湖畔的白雾深处，又传来了杜鹃鸟一声声啼归的声音：

"阿哥阿姐……割麦插禾……阿哥阿姐……割麦插禾……"

"不如归去……不如归去……不如归去……"

声音是那么殷切，那么响亮，又那么执着，好像要从洞庭湖畔，从那些青青的茶山上，一直传送到遥远的天边，传送到身在异乡的每一个喝着洞庭湖水长大的细伢子、细妹子的耳边……

那么，美丽而倔强的玉娥哟，你在哪里？你听到了吗？蒌蒿长在湿润润的湖畔，水柳长在蓝幽幽的河腰。

……

就在王小月暗暗期盼着柳伢子的妈妈玉娥早日回家，也在憧憬着家乡将要发生的巨变的时候，已经返回武汉的刘俊，却正在经受着他人生中又一个痛苦的夜晚。

进入仲夏以来，已经和淇淇在一起快乐地生活了两年半的"小女生"珍珍，先是表现得有点没精打采的，接着又慢慢地开始厌食，最近几天，竟然完全拒绝进食了。

"珍珍，珍珍，你到底是怎么啦？"周笑琳急切的声音里都带着哭腔了，"求求你，不要吓我啊！你张开嘴吃一点嘛！就吃一点点，好吗？……"

可是，珍珍仍然一点东西也不肯吃。它已经完全没有了往日的活泼劲儿，也不肯再像平时那样，总是追着淇淇不放，彼此形影不离了，而是独自向隅，无力地倚靠在池子边缘，看上去是那么可怜……

淇淇好像也感到了珍珍的异样。两年多了，珍珍伴随在它身边，是它的"小恋人""小妹妹"，也是它最亲密的小伙伴。现在，珍珍突然失去了往日的快乐，淇淇的心，好像也在跟着一起难受……

淇淇想靠近珍珍，用自己的身体去爱抚和触碰一下珍珍，可是，珍珍好像又在尽力地躲避着它。淇淇只好安静地停在不远处，静静地看着珍珍，好像在一遍遍地问道："珍珍，你怎么啦？是身体好疼吗？"

"老师您看，这怎么办啊？"刘俊用急切的目光看着徐教授。

这几天，刘俊和徐教授一直在密切观察着珍珍的变化。根据他们现有的对白鳍豚生殖系统的研究成果来看，白鳍豚的成年年龄，雄性为四岁，雌性需要到六岁。也就是说，只要再等上三年半的时间，珍珍就"成年"了。到那时候，淇淇和珍珍，也许就可以"拜堂成亲"，生育出它们的豚宝宝了……

徐教授、刘俊和整个研究小组，一直都在暗暗期待着这样的一天，期待着淇淇和珍珍能为世界创造一个新的奇迹。可是现在……一个不祥的念头，划过了刘俊的心头……

"刘老师，这样下去，珍珍也许……"周笑琳手提着鱼桶，却只能干着急，不忍心说出"坚持不了几天的"那几个字来。

经过几位兽医的仔细会诊，对珍珍的体温、血液、呼吸气息……都做了采集和分析之后，珍珍被确诊为患上了"间质性肺炎"。

徐教授、刘俊与兽医商量研究后，对症下药，采取了一系列的治疗措施，同时采用强行喂食的方式，来维持珍珍生命必需的营养。

可是，两三天过去了，珍珍的状况不见任何好转。给它强行喂进去的食物，不一会儿它又吐了出来……

这个夜晚，兽医又给珍珍打了针、喂了药。刘俊、高翔，还有周笑琳、彭子兰，都苦苦地守在珍珍身边，几乎眼睛都不敢眨一下。

守在池子边，刘俊想到了曾经的一幕：去年这个时候，因为要给淇淇和珍珍做听觉能力的测试，它们暂时被分开了几个月。刘俊观察到，在它们被分开的短暂的几天里，无论是淇淇还是珍珍，都突然表现得那么焦躁不安，好像是不约而同，都不情愿"配合"研究人员的任何测试。也许，它们是在用各自的"反抗"行为，表达着同样的意思：

"为什么要把我们两个分开？为什么？……"

"还给我淇淇！听见没有？快还给我……"

"你们，快把珍珍还给我！珍珍，你在哪里？……"

两天后，淇淇和珍珍被送回到了它们共同的池子里。看得出，"小别重逢"之时，它们都用各自的皮肤和嘴巴，不时地摩擦和爱抚着对方，表达着重新相聚的亲昵和欣悦……而现在……唉，谁能料到，珍珍的身体突然出现了这样的状况呢？

好不容易熬过了一个令人心焦的夜晚。多么漫长和痛苦的一夜啊！周笑琳觉得，刘俊老师好像在一夜之间变得苍老了许多……

第二天，就在新一天的太阳刚刚升起，新鲜的阳光照耀进池水里的时候，8时55分，白鳍豚珍珍最终没能挺过来，一个小小的生命，永远停止在了它的幼年期。

珍珍的死，让每个人都感到了心如刀割般的疼痛！

事后，研究小组请来湖北医科大学附属第二医院的医学专家，协助解剖和分析了珍珍的病理。结果发现：珍珍不仅肺气肿、腹膜淋巴肿大，肠膜也有红色炎症。

最令人吃惊和痛心的是，在珍珍的胃里，竟然积存了近七百克的铁锈片和玻璃片碎屑。它们无法被消化，也排泄不出去，虽然并未造成对胃部的损伤，但因为这些异物存在，最终影响了它的食欲和机体对疾病的抵抗能力……

"不出所料，又是污染物给害的！"在看到这个解剖结果的那一瞬间，刘俊不免黯然神伤。他紧紧咬着牙帮骨，脸颊上又鼓起了一道坚硬的棱子。

"珍珍死得冤啊，才这么小的年龄……"

刘俊气恼地狠狠抡起拳头，重重地捶在冷冰冰的解剖台上……

第二十九章　淇淇，再见

寒来暑往，柳色秋风……

在通往远方的道路上，那些苦苦追寻、上下求索的人们，总是要艰难地解答着一个又一个新的难题，一步步向前迈进。

时光的脚步，一晃就迈进了 2002 年的夏天。老话常说，时光催人老，岁月不饶人。但是胸怀大爱、拥有梦想的人，心，永远是年轻的。

现在，徐佩芬教授八十多岁了，已是一位慈祥的老奶奶了。而在周笑琳和彭子兰这些年轻人心目中，一直那么坚定、果敢、精力充沛的刘俊老师，也不知不觉地双鬓染霜，头发变灰，变成了中年人。这位多年来一直担任着中国白鳍豚研究和保护小组的副组长、兼任野外科考队队长的中年汉子，现在已是国内著名的白鳍豚研究和保护专家，人们更习惯称他"刘教授"了。

屈指算来，白鳍豚淇淇从洞庭湖到水生生物研究所，已经风风雨雨地度过了二十二个春秋。

这期间，最让刘俊和他的同事们难以释怀的，莫过于珍珍的夭折。虽然，时间已经渐渐抚平了刘俊心中的伤痛，但是，二十二年来，他和同事们一心想为淇淇再找一个同伴的愿望，却一直没能实现。

长江浩荡不息，日夜向着远方流淌。正在从曾经的千疮百孔中渐渐恢复着应有生态的洞庭湖，湖水千尺，潋滟荡漾，继续滋润着、养育着这片土地上生生不息的万物……

然而，刘俊和他的队员们为之付出了几十年光阴的白鳍豚，却越来越音讯杳然、踪影渺茫……

经过这么多年苦苦的科考追寻，一些令人痛心和不甘的数据记录，已经成为了人们不得不承认的事实。

作为世界上最古老、最珍稀的物种之一，也是世界仅有的六种淡水鲸类之一的中国"水中国宝"白鳍豚，在长江中现存的数量，从 20 世纪 80 年代初期观察和发现的三百头左右，已经减少到不足一百头。1986 年，国际自然保护联盟（英文简称 IUCN）物种生存委员会，率先将白鳍豚列为世界上最濒危的十二种动物之一；又过了十年，1996 年，世界自然资源保护监测中心（英文简称 CMC）公布的全球最新二十种最濒危动物，白鳍豚依然名列其中……

岁月在流逝，时代在变迁。星移斗转，沧海桑田，谁能阻挡住时光匆匆的脚步？白鳍豚淇淇，也在二十二年的寂寞和孤独中，越来越老了。

刘俊一直清晰地记得，那个夏天，在珍珍永远离别了淇淇的那段日子里，淇淇独自在池水里孤独地、落寞地游荡着，嘴里不时地发出凄惨的叫唤声……

哪怕过去十几年了，刘俊对那个凄惨的叫唤声，仍然刻骨铭心、记忆犹新。他觉得，那种叫唤声似乎不是从水下发出来的，倒更像是在水面上发出的。是的，淇淇几乎是在使出浑身的力气，把头抬出水面，然后不停地发出自己的叫唤声，好像只有这样，才能唤回它的珍珍……

在研究小组里，有一位研究动物声学的王博士，专门负责常年为淇淇录音，分析淇淇的"语言"信息。刘俊和丁博士对淇淇平时的声音再熟悉不过了。淇淇失去珍珍后，安装在饲养池底的监听器，录下了它连续数天发出的凄惨的叫声。

那是悲鸣，还是呜咽？是无望的呼唤，还是无助的抗议呢？刘俊和王博士对比了淇淇的全部声音图谱，发现淇淇的这种声音，是过去的日子里从来没有发出过的……

唉，也许是因为"哀莫大于心死"吧，现在，淇淇再也发不出这样的声音了。难道只是因为它老了吗？不，或许，淇淇在心里已经对自己的未来不再存有任何幻想了，所以，它选择了沉默。它是在沉默中，挨受着生命最后的日子……

最近一段时间，淇淇的活动状态，愈加让人担忧。"老态龙钟"了且不说，就像十四年前那个夏天里，珍珍最后度过的那几天一样，淇淇也开始拒绝进食了……

一种不祥的阴影，开始笼罩在伴着淇淇一路走来的每个人心头！

这天早晨，已经行动不便的徐佩芬教授，突然有点预感似的，让助手用轮椅推着她，来到了淇淇的池子前。

刘俊看见徐教授来了，惊讶地迎上去推着轮椅："老师，您怎么来啦？有什么状况，我会随时向您通报的。"

刘俊的头发已白了不少，脸色看上去也有点憔悴。是呀，最近一连几天几夜，他一直在守着淇淇，几乎没有睡过一个囫囵觉。

徐教授心疼地看着刘俊，就像一位年老的母亲，看着自己不知不觉也已经白了头的儿子。

"阿俊，你看我这记性，真是越来越不行了！你今年有多大年龄啦？"

"老师，您问这个干吗？"刘俊苦笑了一下，说，"我是1940年生人，属龙的，比大星大一岁，已经六十二了！"

"哦，你是属龙的，我记得大星是属小龙的。"徐教授说，"难怪你们都跟江水、湖水这么有缘哪！"

"是呀，这一辈子，都交给长江和洞庭湖了。"刘俊笑笑说，"老师，这是您影响的结果嘛，您是我们的引路人。"

"唉，'误人子弟'啦！我把你们都引进了江河湖泊里，跳不出来了……"徐教授说，"我一直觉得，你还是个年轻人，哪知道你也是年过花甲的人啦！"

"花甲不花甲的，倒也算不了什么。"刘俊无奈地两手一摊，说，"关键是，大半辈子，两手空空啊！到现在，仍然只有一个淇淇！"

同事们得知徐教授来看淇淇了，都纷纷赶来，围在她身边。周笑琳和彭子兰，这时候虽然都已经成为了研究员，但因为多年来喂养淇淇已经习惯了，所以至今仍然兼任着淇淇的"营养师"。

"笑琳，淇淇的状况有点好转吗？"徐教授指着池子里的淇淇说，"唉，它现在跟我一样，也是风烛残年了。"

"徐老，您和淇淇都是我们的寿星！"周笑琳说，"您不仅是我们的'白鳍豚之母'，也是我们白鳍豚保护和研究界德高望重的'老祖母'！"

"老师，看淇淇目前的状态……"刘俊替笑琳回答说，"不太乐观啊！不肯进食，也不愿动弹……"

"嗯，估计消化系统已经老化了。淇淇能活到今天，也算很不容易了！"徐教授问道，"阿俊，世界上已知的豚类寿命记录是……"

"是二十七岁。德国杜伊斯堡1975年引进了五头亚河豚，其中一头幼豚，至今还活着。"刘俊回答说。

"不容易啊，不容易……"徐教授坐在轮椅上，盯着池子里一动不动的淇淇，静静地看了许久许久，就像一位年老的母亲，在用慈爱的目光看着自己最亲爱的儿子。

"哦，淇淇，我可怜的孩子，再见吧，再见……我们都会深深感谢你的！唉，你看我也已经老得不能动了，也许，这是我最后一次来看你了……"她没有说出声来，只是在心里这样想、这样说道。

"老师，看一看它就行了，您放心吧，这里有我们照料着。"说完，刘俊推起老师的轮椅，缓缓地离开了池子边。

时令虽已进入夏日，但今天的空气里好像有点雨意，早晨的微风里带着一点凉爽。在这个浸透了徐教授大半生心血的饲养基地四周，有她和同事们亲手种植的桂花树、石榴树、樱桃树和小叶女贞树。这么多年过去了，这些树都已长大、长高了。

在7月的微风里，鲜艳的红色石榴花正在盛开。桂花树、樱桃树和小叶女贞树的枝叶是那么繁密、青翠。这怎能不让人联想到伍老、徐教授、刘俊、高翔、周笑琳……这一代又一代人的青春芳华和繁花般的中年时光，不也是在这里栽种，在这里吐翠，在这里绽放和盛开，也在这里化作了默默的春泥？……

刘俊把徐教授送回家后，刚刚返回来，只见周笑琳满脸泪水地迎过来，哽咽着说："刘老师，淇淇……怕是已经不行了……"

"怎么会……这么快？"刘俊强忍着悲痛，说，"淇淇，好样的，总算让徐教授看到了它最后一面……"

"那……现在，要不要再通知徐老呢？"

"不必了，"刘俊说，"不要让老人家再承受这个伤感了……"

虽然刘俊在心理上早就有所准备了，知道终究会有一天，将与淇淇永别，但是，一旦这个时刻真的来到眼前，人的理智还是难以战胜感情的。在看到已经安安静静地躺在水中、正处在弥留时刻的淇淇的那一瞬间，刘俊再也控制不住自己的感情，泪水像打开的闸门一样迸涌了出来……

是呀，二十二个春夏秋冬的相依相守和牵肠挂肚，一旦永诀，怎能不让他悲伤呢？他俯身在池子边，用一种哭号的声音，与淇淇做着最后的交流：

"淇淇，淇淇，你听得见我在跟你说话吗？……你安心走吧，走吧，这么多年来，你辛苦了，你累了……现在你要回去了，就要回到长江、回到洞庭湖里去了，你再也不会孤独了……再见吧，淇淇，不要害怕，没有人会伤害你了，你安心地去吧，淇淇，我们都会想念你的……"

不知道淇淇在生命的最后时刻，是不是听懂了刘俊的话，是不是看到了刘俊含着泪水的眼睛，它无力地、慢慢地也永远地闭上了自己小小的眼睛……

这个时刻，是 2002 年 7 月 14 日，早晨 7 时 25 分。

在场的所有人，高翔、周笑琳、彭子兰……都流着眼泪，低下头，默默地向淇淇做了最后的告别。

刘俊不忍心再看下去，强忍着悲痛，转过身去，不让自己哭出声来。这个已经年过花甲、头发斑白的人，就像永失了自己的一个亲人，满怀悲怆地回到办公室里，双手紧紧捂着脸颊，仍然止不住滚滚的泪泉。他想让自己稍微冷静一下，却无法控制住自己颤抖的双肩……

他在心里默默地感念着这个远去的生命。他知道，如果没有淇淇，没有淇淇在这二十二年间的顽强生存与配合，中国的白鳍豚科学研究事业，仍然只能在黑暗中摸索和徘徊。

正是因为有了淇淇，中国不仅在白鳍豚和江豚的保护生物学、繁殖生物学、行为生物学、血液生物化学、生物声学等学科，都获得了一些真实的数据和研究成果，而且也使一批年轻的科研和科考人员，借助淇淇的生命存在成长起来……

也是从淇淇身上，几代科学家和研究人员，还生发出了诸如生命教育、野生动物保护、自然生态保护和修复、中国淡水豚拯救与保护、长江水域保护、洞庭湖和鄱阳湖水域保护等催人警醒的话题，也促成了国家和政府部门的一些生态保护行动，唤起了许多志愿者的拯救与保护行动……

这时，高翔走进来，轻轻说道："老刘，不要太难过了，毕竟，淇淇的生命是自然终了的。"

"是呀，高翔，这一点确实还算欣慰，淇淇走得那么平静，没有什么挣扎和痛苦……"

"老刘，淇淇现在已经躺在治疗室的台子上了，所领导也都到了，叫我来请你过去……"

刘俊一听，立刻就明白了，大家都在等着他去干什么。

是的，他是一天一天地看着淇淇长大、成熟，最终又慢慢老去的一个最亲的"亲人"，但他毕竟又是一个科学家，一个白鳍豚研究专家。按照惯例，在淇淇身上，还有最后一件事情，也必须由他亲自动手来完成，那就是解剖淇淇的遗体，提取一些宝贵的数据……

想到这里，刘俊擦了擦脸颊上的泪痕，在心里说道："淇淇，好样的，你把自己的一切全部献给了人类，我们永远感谢你！"

说完，他站起身，擦干眼泪，向着治疗室走去。

这时候，天空中飘起淅淅沥沥的微雨，好像是在为一个离去的生命哭泣。夏日的清风，会带着它的灵魂离开城市，回到滚滚的长江上和洞庭湖里去……

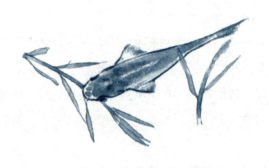

第三十章　妈妈回家了

世界上有许多歌都消失了，但是也有一些歌，是永远不会消失的，比如，妈妈教你唱过的歌，你在小时候唱过的歌。

柳伢子很小的时候，妈妈给他唱过的那首歌，他只记住了前头两句："洞庭湖干了，妈妈哭了……"就这两句，却一直记在他的心头，从小时候，一直伴着他走到了今天。真不容易啊，当年洞庭湖边的细伢子，现在已经长成男子汉了！是啊，二十几年的时光，一眨眼就过去了……

"布谷！布谷！布谷！……"

"阿哥阿姐……割麦插禾……阿哥阿姐……割麦插禾……"

伴随着一声声布谷、鹧鸪、竹鸡的歌声和啼唤声，还有秧鸡、野鸭、水葫芦等各种水鸟的欢唱与低语，又一个明媚的春天，来到了洞庭湖畔。一片片田地里，不是铺展着金色的油菜花，就是盛开着淡淡的粉紫色的紫云英。油菜花和紫云英从小塆的屋前屋后，一直铺展到了青青的茶山那边，好像要铺展到远远的天边……

这时候，一个浑身披满霞光的年轻人，正从油菜花和紫云英掩映的田埂上，大步走过来。

哦，这个年轻人走近了。他不是别人，正是已经长大了的柳伢子。

对了，我们现在应该称呼他的学名"罗春柳"才好吧。

前些年，罗春柳从省里的师范大学毕业了，一毕业，他就回到了自己的家乡洞庭湖工作。经过几年的努力，他不仅成了乡政府一名年轻的村干部，眼下还当了家乡桃林河的"河长"。

两岸长满了芦蒿、芦苇荡的桃林河，是他从小就再熟悉不过的一条河。他的爷爷罗老爹，在这里摇了大半辈子渡船；他的小学老师王小月，常年撑着小船从这里经过。清幽幽的河水，映照着他童年和少年多少难忘的时光：采芦蒿、摘菱角、钓螃蟹、摸鱼儿，坐在爷爷的渡船上，带着花狗虎子一起到镇上去……一串一串成长的记忆，不都是流淌在这道河水里吗？

哦，已经过去了这么多年，无论是他的家乡洞庭湖，还是他身边的几位亲人，都已经发生了不小的改变。

春柳的爷爷，这位风里来雨里去，在江边和湖边摆了大半辈子渡船、守了大半辈子渔火的善良的老艄公，现在已经九十多岁了。虽然摆不了渡船了，但老人的身子骨还算硬朗。几年前，乡亲们劝说着，终于让他住进了镇里的敬老院里。

陪伴着爷爷和春柳的花狗虎子，三年前就老得不能动弹了，最后安静地死在了爷爷的怀抱里。春柳和爷爷一起，轻轻地把它埋在了渡口边的一棵苦楝树下。花狗不在了，但是"花狗渡"这个名字，会永远地被人记着。这也是人们对花狗虎子最好的感念吧。

那么，春柳的亲人还有谁呢？

没错，还有他的妈妈玉娥。小月说得没有错，玉娥终归是洞庭湖的女儿，是从四月的茶山上飞走的鹧鸪鸟。一到春天，响遍山野的杜鹃唤归的声音，谁能听不见呢？傍晚时分的树影拖得再长，也离不开树根；远行的人无论走得多么远，也不会走出母亲的心。就在春柳念初中二年级的那一年，在他差不多快要忘了妈妈的容貌的那一年，妈妈突然从远方回来了，回到了他和爷爷身边。

妈妈站在老艄公面前，满脸羞惭地叫了声："阿爸……"

年老的爷爷，一句埋怨的话也没有，只是欢喜地拉过早已长高也早已懂事了的柳伢子，把这个像春天里的水杉树一样茁壮的少年，还给了玉娥，说："回来了好，你看看，伢子都长大咯，快认不得了吧？"

玉娥一把把伢子搂在了胸前，泪水打湿了伢子的头发。

"对不起，好伢子，是妈妈不好……你莫怪妈妈……"

在妈妈的泪花里，一家人终于重新团聚了。妈妈回家了，爷爷和柳伢子都相信，青青的茶山上，明亮的水田里，还有清幽幽的河埠头，又会飘起妈妈唱的那些好听的采茶歌和花鼓歌了，不信就等着听吧。

"布谷！布谷！布谷！……"

"阿哥阿姐……割麦插禾……阿哥阿姐……割麦插禾……"

布谷鸟还在远山不停地啼叫着，叫得那么殷勤，那么急切。

春天的早晨，青翠的茶山、湿漉漉的湖畔和芦苇林里，都笼罩在轻柔的、淡淡的白雾中。太阳从东方的湖面上升起来，大公鸡站在一垛柴堆上引吭高歌，绯红的霞光，映红了一望无边的湖水。鲜艳的桃花，洁白的梨花，盛开在小塆的四周。明亮的水田就像一面面明亮的镜子，映照着漫天的朝霞……

哎，人勤春来早，洞庭湖畔总是春工忙忙的，每个人看上去都步履匆匆的样子。

这时候，春柳要到哪里去呢？是要去看望他的王老师吗？

王小月老师的那个"仙女湖"，和许多大大小小的湖心岛、湖心洲和塆子、墩子一样，都已经与整个洞庭湖连成了一片，有的被永远淹没在辽阔的湖水里了。这也是它们最好的归宿。多灾多难的洞庭湖，正在渐渐恢复曾经的"八百里洞庭"的浩瀚景象。

王老师和她阿爸，这两代人一直苦苦守护着的那所希望小学，几年前也随着湖区的小塆，迁到了镇子边上的新村里。小月至今还是独身一人。她说，湖区的每一个孩子，就是她最亲爱的孩子。

现在，她当然再也不用每天摇着小船，顶风冒雨、穿云破雾地去接送细伢子们了。希望小学也比以前更漂亮了，还多了一个小小的足球场。每天清晨，伴着小学校的钟声，孩子们的欢笑声和朗读声，总是传得很远很远……

听，从小教室里又传出了小月老师亲切的声音：

"现在，请同学们跟着我，齐声朗读课文……"

"长江两岸，柳枝已经发芽……"

"长江两岸，柳枝已经发芽……"

"海南岛上，到处盛开着鲜花……"

"海南岛上，到处盛开着鲜花……"

"我们的祖国，多么广大！"

"我们的祖国，多么广大！"

不一会儿，在小教室的外面，小月的阿爸，那位老得已经弯了脊背的老校长，正举着一把小锤子，站在一棵皂角树下，一下一下地敲响下课的钟声。钟声回旋着，好像要响彻整个洞庭湖一样……

当然，每当冬天到来之前，老校长还是喜欢像以前那样，默默地、一趟一趟地往小教室的屋檐下搬着劈好的木柴，好给伢子们过冬取暖用。

哎，春天来了，好像所有的草木，所有的茶树和新竹，都在温暖的春光里，在淅淅沥沥的春雨里，细细密密地与土地交谈着萌发的机缘，也给山野和天空讲述着怎样返青和拔节的故事……洞庭湖边真的是春工忙忙啊！

尾　声

　　江南春来早。生活在洞庭湖边的人们是这样,生活在城市里的人们,又何尝不是如此呢?布谷鸟的歌声,唤醒了洞庭湖畔青翠的茶山和一个个小塆,不也飞翔在春日的东湖之畔和秀丽的珞珈山下吗?

　　"布谷!布谷!布谷!……"殷勤的呼唤声,好像是从黎明的薄光里传来,一声接着一声,响彻整个珞珈山麓和东湖边的每一块田野、每一片小树林……即使是坐在山脚下的水生生物研究所的会议室里,也能听见布谷鸟一阵阵嘹亮的歌声呢。

　　"好嘛,这真是'千山响杜鹃',古人的描写果然精妙!"

　　这是 4 月的一个上午。刘俊坐在会议室里,侧耳细听了一会儿窗外的布谷鸟叫,情不自禁地感叹说。然后,他把话题转回来,用询问的目光望着坐在眼前的几位跟着他奋斗多年的队员和同事,说:"布谷鸟叫得这么欢,你们说,我们该怎么办呢?"

　　听刘俊这口气,他们谈的话题好像不太轻松,所以这个座谈会一上来就"卡了壳"。

那么，到底是什么事，让会议的气氛一下子变得这么沉闷，大家都不知道该怎么说下去了呢？

"刘老师，依我看，这份报告，我们不能这样送上去。"还是周笑琳打破了沉默，望着犹豫不决的刘俊，诚恳地说道，"这样的结论，一旦正式做出来，我们对未来、对历史、对后人……没法交代！我希望，大家都能支持我的想法，我们这一代人，仍然要在长江和洞庭湖边，继续我们的追寻……"

说实话，刘俊一直很欣赏周笑琳的性格，他甚至觉得，周笑琳在处理一些事情的坚定与果断的态度，跟他年轻的时候很有几分相似。徐教授也不止一次地称赞过："你带出来的兵，都有几分像你。"

"可是，笑琳，你也知道，早在 2007 年，国外就有研究机构发布过一个报告，把白鳍豚列入了'功能性灭绝'动物名单……"

"他们这样做，是他们的事，可是我们……我们不应该这样悲观，至少我是不甘心就这样去承认这个结果的！我相信，随着国家对治理和保护长江母亲河的力度加大，白鳍豚的生存现状也许会出现新的转机！"

说到这里，她把一摞报纸摊开在大家面前，用坚定的语气继续说道："这是今天的各大报纸，你们看，头版头条都刊登了一篇长篇报道……"

"哦，今天的报纸……这么快？"刘俊惊讶地问道。

"我怕大家没有注意，所以一大早特意跑出去买回来的，就是为了给大家多一些信心！"

原来，报纸上刊登的，是党和国家领导人近日在长江考察纪实的长篇报道。

"你们都仔细看看这一段，"周笑琳指着报纸，轻声念道，"万物勃发的仲春时节，他再次来到长江岸边……三天两省四地，步履匆匆，风尘仆仆……"

"你们看到没？领导人走访和视察的这些地方，不都是我们这么多年来牵肠挂肚的'观察点'吗？宜昌、荆州、岳阳城陵矶、君山码头、石首码头……"

"是啊，正是白鳍豚和江豚的主要活动区域。"刘俊感叹道，"全是我们心心念念的地方！"

"还有这段文字，你们看……'长江严重透支''长江病了，病得不轻了'……"周笑琳又慢慢地给大家念道，"'治好长江之病还是用老中医的办法，追根溯源、分类施策。开展生态大普查，系统梳理隐患和风险，对母亲河做一个大体检。祛风驱寒、舒筋活血、通络经脉，既治已病，也治未病，让母亲河永葆生机活力。'……'长江是中华民族的母亲河。让母亲河永葆生机活力，这是长江经济带发展的题中应有之意。'……"

"哎呀，说得太好了！怎么全都是我们心里想说的话……"高翔一边看也一边发着感叹。

大家你一言我一语，越说越感到兴奋。刚开始时笼罩在大家心头的那种沉闷和不甘的气氛，好像渐渐散开了。

"反正我觉得，我们这个已经在长江上追寻了二十多年的研究小组，对白鳍豚和江豚的未来，还是要有充分的信心！"说到这里，周笑琳又把目光转向刘俊，"刘老师，您是我们这个研究小组的元老之一，也是野外科考队的老领导，您老人家是不是……给我们'亮'一下您的观点呢？……"

大家都把目光投向了鬓发斑白的刘俊。刘俊略微沉默了一会儿，又把放在他跟前的那份报告翻了几页，然后坚定地合上了它，抬起目光，缓缓地说道：

"我已经是个老头子了，你们不要这么盯着我看。'中国白鳍豚保护与研究'这篇大文章，我们写下的那一篇，很快就会翻过去的。但是，这篇大文章的确还没有写完，还要靠你们年轻一代来继续写下去……是啊，你们看，'共抓大保护，不搞大开发'。别看只有区区十个字，却是振聋发聩、一语中的啊！……只是，笑琳哪，不瞒你说，我还是有点替你担心……"

"刘老师，您老人家是不是担心我没把你说的那个'白狮子'的谚语放在心上？不，您放心，我牢牢地记在这里呢！"周笑琳故意拍了拍自己的胸口说。

"不，我不是这个意思。我是说，就算长江、洞庭湖、鄱阳湖里，还有为数不多的白鳍豚和江豚在等着你，可是，你的'兵'呢？你知道，我们这代人，都已经老了……"

"这个……"周笑琳笑了笑说，"的确是个问题，不过我想过了，我可以给所里写报告，申请'招兵买马'嘛！我就不信，白鳍豚这么宝贵、可爱的生命，今天的年轻人会没有人愿意来为它做点什么！再说啦，我不是还有张连长，还有我们家肖鹏飞，还有小于……这些'铁杆志愿者'吗？您还不知道吧，张连长转业到地方后，自己要求到长江天鹅洲半自然保护区工作了。"

"哦，那里啊。当年的珍珍就生活在离那儿不远的地方。"

"是呀，人家张连长现在是那个保护区的领导了，他还组织起了一个有二十多人的白鳍豚保护志愿者团队，可以随时听我'调遣'……"

"哦，张连长，了不起啊！"

"对了，还有咱们所里去年分来的李小瑾、杨立新、汪洋……也都是我的'铁杆志愿者'，还有……"

"还有我呢！"

周笑琳话音未落，一个脸色黝黑、身体健壮的青年，背着一个双肩包，应声走了进来。

大家望着这个推门进来的年轻人，却不知道他是谁。

"刘叔叔、高叔叔、笑琳姐，你们认不出我了？"

刘俊上下打量着这个似曾相识的年轻人："你是……"

"刘叔叔，我是罗春柳，柳伢子啊！"

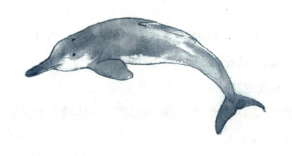

附录　白鳍豚小常识 20 问

1. 世界上有几种淡水鲸类动物？

共有六种：南美洲亚马孙河的亚河豚，印度河的印河豚，恒河的恒河豚，中国长江的白鳍豚和长江江豚，还有生活在阿根廷拉普拉塔河的拉河豚。

2. 中国古代典籍里有白鳍豚的记载吗？

目前发现最早记载白鳍豚的一部古代典籍，是两千多年前（战国至西汉时期）的《尔雅》。《尔雅》被誉为中国的"辞书之祖"，该书称这种水中动物为"鱀"，将其误作了鱼类。晋代学者郭璞作注时，才将"鱀"与鱼区别开来，并对鱀的外形特征、生活和行为习性做了较为准确的描述。宋代诗人孔武仲有一首《江豚诗》，把江豚与白鳍豚做了简单的区别："黑者江豚，白者白鱀。状异名殊，同宅大水。"

3. 白鳍豚是鱼吗?

白鳍豚不是鱼，是生活在我国长江中下游以及与长江相连的洞庭湖等湖泊里的哺乳动物。它用肺部呼吸，有 36℃ 的恒定体温，跟人类一样是胎生，白鳍豚妈妈用乳汁喂养幼小的豚宝宝。一头成年的雌性白鳍豚，一般两年才能生育一胎豚宝宝。

4. 白鳍豚主要生活在长江哪些地方?

根据科考和调查得知，白鳍豚栖息在长江干流中下游（上至湖北省宜昌的黄陵庙，下至长江口）。洪水季节，少量白鳍豚也会进入洞庭湖、鄱阳湖等与长江连通的湖泊。

5. 白鳍豚最喜欢在什么地方活动?

一是水草繁茂的长江边滩区域，这些地方往往也是鱼类繁殖区，食物充足；二是长江与支流交汇处，这些地方往往也是鱼类集中的区域；三是沙洲的洲头洲尾，这里江水清浅、日照充足、船只稀少、水草繁茂，也是鱼类繁殖区；四是洄水区，也是鱼类众多的水域。

6. 白鳍豚用眼睛看东西吗?

白鳍豚的视力与海豚不同。海豚具有很好的视力。白鳍豚的眼睛已经退化到只有黄豆那么大，视觉功能也退化到了极其微弱的状态。因此，白鳍豚在水中主要依靠传递和反射回来的声波，来"识别"物体、寻找食物、探测环境和联络同伴。

7. 白鳍豚是通过喉咙发声吗?

科学家研究发现,鲸类动物不是通过喉咙发出声音,因为它们的喉咙里没有用来发声的真声带,只有不能发声的假声带。但是鲸类动物的鼻道上有气囊,鼻道和气囊都埋在头顶的一种甜瓜状的"麦隆"里("甜瓜"的英文是 melon,中文发音是"麦隆")。白鳍豚有三对大小不同的气囊,只要有空气冲击和摩擦,就会产生声音,并从麦隆里发出来。所以,白鳍豚在水里不需要张开嘴,也不需要打开鼻孔,照样能发出声音。

8. 白鳍豚用耳朵听声音吗?

为了适应在水下生活,白鳍豚的身形和各部位都已进化成了"流线型",所以头上的外耳也早已退化到了只剩下针尖那么大的耳孔。这么小的耳孔无法在水中听到各种声音。科学家研究发现,白鳍豚是用嘴巴来"听"声音的。白鳍豚长嘴巴的下颌骨基部是空的,形成一个空腔,叫颌腔,腔里面充满了脂肪,这些脂肪可以把声音传导到中耳和内耳,达到"听见"声音的效果。

9. 白鳍豚有自己的语言吗?

科学家使用一种特殊的仪器——"水听器",来记录和研究白鳍豚在水里发出的声音。通过这些记录和研究发现,白鳍豚的声音信号,也就是它的"语言",主要是两类:一类是用来联络的"通信信号",包括呼唤同伴、发出呼救等;另一类是"回声定位信号",是白鳍豚在探测目标、观察环境和捕捉鱼类食物时发出的声音。

10. 白鳍豚濒临灭绝的原因有哪些？

除了白鳍豚是大型哺乳动物，自身繁殖能力较弱之外，白鳍豚濒临灭绝的主要原因是人类活动：一是违法滥捕，如滚钩、"迷魂阵"、电捕等不法手段的使用；二是长江航运业的快速发展，运输船只大量增加，船舶发动机噪声和螺旋桨带来的伤害，长江航道整治造成的环境变化，甚至是直接伤害；三是长江水利设施的建设，包括沿岸大堤和涵闸，以及拦江大坝对长江环境的巨大改变；四是频繁的挖沙作业对河床形态、水文条件和栖息环境造成的巨大破坏；五是长江沿线的各类工厂和城市造成的江水污染；等等。

11. 白鳍豚是世界珍稀动物吗？

白鳍豚不仅是世界珍稀动物，还是世界濒危动物。1986 年，国际自然保护联盟把白鳍豚列为世界最濒危的十二种动物之一；1988 年，中国政府颁布《野生动物保护法》（1989 年 3 月 1 日起施行），白鳍豚被列为一级保护动物。

12. 白鳍豚有哪些"美称"？

因为白鳍豚的稀少和珍贵，它获得了"长江女神""水中国宝""长江中的大熊猫"等美称。

13. 目前长江里还有多少白鳍豚？

1982 年科考结果，估计白鳍豚数量约为四百头；1986 年科学考察，估计白鳍豚数量约为三百头；1990 年、1995 年两次科考，估计白鳍豚数量已不足一百头。1997 年至 1999 年，连续三年野外同步考察，共记录到白鳍豚数量十三头；2006 年以后，一直没有确认的白鳍豚野外观察记录。

14. 为什么白鳍豚被宣布为"功能性灭绝"？

国际自然保护联盟对物种的"灭绝"有严格的定义：必须在确定某一物种最后一个个体已经死亡后，才能宣布这个物种的灭绝。但是对于大多数野生动物，实际上很难获得"最后一个个体"是否存活的确切证据，所以国际自然保护联盟又做了进一步说明：当在某一物种的全部历史分布区域内进行了系列的彻底考察（其中还有历次考察所经历的时间跨度应该超过这个物种一个生命周期等具体规定）后，没能发现一个个体，就可以认为这个物种已经灭绝。2006 年，中科院水生生物研究所组织美国、瑞士、德国等多国科学家，采用世界一流技术对长江干流进行调查，却没有发现白鳍豚。专家们认为，长江白鳍豚可能已经"功能性灭绝"。

15. 何为"功能性灭绝"？

功能性灭绝有两个方面的含义：一是该物种已经失去自我繁衍的能力；二是该物种已经失去其所在生态系统中的地位和功能，即对于其所处的生态系统而言，该物种已"可有可无"。但不排除在野外可能发现已被宣布为功能性灭绝物种的零星个体。

16. 白鳍豚和长江江豚的主要区别是什么？

白鳍豚和长江江豚都是生活在长江里的鲸类动物。两者主要的外部区别是：白鳍豚的身体比长江江豚要大得多。已知最大的白鳍豚体长有 2.53 米，体重 237 千克，而已知最大的长江江豚体长约 1.7 米，体重约 70 千克；白鳍豚背部和身体两侧皮肤是淡蓝灰色的、腹部皮肤为白色，长江江豚全身皮肤是深咖啡色的；白鳍豚有一个又长又尖的嘴巴，长江江豚没有长嘴巴；白鳍豚有背鳍，长江江豚没有背鳍。

17. 目前长江江豚的生存状况怎样呢？

白鳍豚已经濒临灭绝，长江江豚的生存状况同样让人忧虑。1991 年科学考察，估计长江江豚数量约为 2700 头；2006 年科学考察，估计长江江豚数量约为 1800 头；2012 年和 2017 年两次科学考察，估计长江江豚数量约为 1000 头。科学家因此疾呼：如果再不善加保护，白鳍豚的今天也许就是长江江豚的明天。

18. 目前长江沿岸有哪些白鳍豚保护区？

1992 年，中国农业部在长江中游建有长江天鹅洲半自然保护区（湖北石首）、长江新螺段自然保护区（湖北新滩口至螺山）两个国家级白鳍豚保护区。2006 年，在安徽建立铜陵淡水豚类国家级自然保护区。此外，还在长江沿线的湖北监利何王庙、湖南城陵矶、江西湖口、安徽安庆、江苏镇江等地，分别建立了省市级保护区或保护站。

19. 国内有没有保护白鳍豚的专门组织？

1996 年 12 月，中国第一个以水生动物为保护对象的基金会"武汉白鳍豚保护基金会"（WBCF）正式成立。该组织旨在动员社会力量，提高公众的环保意识，以多种形式从社会上募集资金，支持长江豚类的研究和保护工作，促进我国生物多样性保护及环境保护事业发展。

武汉白鳍豚保护基金会地址：武汉市洪山区东湖东路 5 号

电话：027-87800371

传真：027-87491247

20. 白鳍豚保护志愿者还可以联系和申请加入哪些组织？

目前，长江沿线已有近二十个民间环保组织，可供有志于白鳍豚和江豚保护的志愿者联系和申请参与。例如：武汉影像自然环保服务中心、安徽爱汇堂江豚保护工作室、南京江豚保护协会、扬州市江豚保护协会、岳阳市江豚保护协会、岳阳市东洞庭生态保护协会、宁波市镇海区青朴公益中心、湖南省创意环境科技传播中心、黄石东贝集团青年志愿者协会、湖北鄂州微笑爱心志愿者团队、黄石市长跑协会江豚长跑队、江西江豚保护协会、上海江豚志愿者协会、华中农业大学蓝色精灵协会、江苏大学京江学院青年志愿者协会、九江学院方舟生态协会、南京师范大学江豚保护分会、中南林业大学"绿源"环保协会等。

（主要资料来源：《长江女神白鳍豚》，刘仁俊著，中国农业出版社 2002 年 11 月第 1 版；《风雨长江五十载——陈佩薰与白鳍豚研究》，陈佩薰著，海洋出版社 2007 年 4 月第 1 版；《话说长江濒危动物》，魏卓著，湖北科学技术出版社 2007 年 8 月第 1 版）